回溯纪元

黄天 著

天津出版传媒集团
百花文艺出版社
天津大学出版社
TIANJIN UNIVERSITY PRESS

图书在版编目（CIP）数据

回溯纪元 / 黄天著. -- 天津 : 百花文艺出版社 : 天津大学出版社, 2023.6
ISBN 978-7-5306-8225-8

Ⅰ. ①回… Ⅱ. ①黄… Ⅲ. ①幻想小说-中国-当代 Ⅳ. ①I247.5

中国版本图书馆 CIP 数据核字(2022)第 011900 号

回溯纪元
HUISU JIYUAN
黄天 著

选题策划: 任 彦 王 硉 刘博超
责任编辑: 孙 艳 **封面设计:** 李晶晶
出版发行: 百花文艺出版社
地址: 天津市和平区西康路 35 号 **邮编:** 300051
电话传真: +86-22-23332651（发行部）
+86-22-23332656（总编室）
+86-22-23332478（邮购部）
网址: http://www.baihuawenyi.com
印刷: 廊坊市海涛印刷有限公司
开本: 880 毫米×1230 毫米 1/32
字数: 160 千字
印张: 8.25
版次: 2023 年 6 月第 1 版
印次: 2023 年 6 月第 1 次印刷
定价: 58.00元

如有印装质量问题,请与廊坊市海涛印刷有限公司联系调换
地址:廊坊市安次区码头镇金官屯村
电话:(0316)2516500
邮编:065003

目录

第〇章

回溯元年春 剑南庇护所

巨大的发电机发出咆哮般的轰鸣，周围的灯光因为电压不稳忽明忽暗，映出张一清坚毅而充满棱角的面庞。他身着深色的迷彩服，和这个昏暗的洞穴几乎融为一体。灰色的战术腰带紧紧地扎在他的腰间，上面还挂着几个弹夹，别着一把精致的 19 式手枪——这是军官才有的待遇。他一边看着前方幽蓝色的光，一边警觉地环视四周。

张一清身后是几台巨大的仪器，每一台都连着碗口粗的电缆，这些电线杂乱无章地堆在地上，另一端连着汽油发电机。几个穿着相同迷彩服的人正聚精会神地盯着面前的屏幕，神情紧张，熟练地操作着这些设备。他们身后还站着两排士兵，穿着防弹衣，端着隼式冲锋枪，冷静地注视着一列队伍在他们面前缓缓通过。

队伍很长，三十多个人一字排开，他们都不是军人，有稚气未脱的少年，还有满头银发的老者，每个人的脸上都写满了紧张和无助。队伍的中间有一个年轻人，面如死灰，穿的虽然单薄，但是在这个阴冷的洞穴中还是满身大汗。他一边随着队伍缓缓前进，一边盯着墙上跳动的计时器，上面显示着“6:52”——鲜红的数字每一秒钟都会跳动一次，刺激着他们本来就已经绷紧的神经。

忽然，身后的人拍了拍他的肩膀："何教授，别着急，还有时间。"

何教授转过身，看到一个和自己年纪差不多，一样面无血色、头发凌乱的人，身上斜挎着一个帆布包，和自己不同的是，眼神里满是希望和信念。

"嗯，我没事，时委员。"何教授尴尬地笑了一下。

"时委员"名叫时宇，曾经是国联会科学伦理部的委员，但因为国联会早已解散，所以他委员的身份也失效已久了。他现在和队伍中的所有人身份都一样，只是一个普通的"信使"。

这时，时宇被后面的人撞了一下，向前趔趄了几步，摔倒在地。何教授连忙冲上前去，吃力地把时宇扶了起来。他们被关在这个阴暗的洞穴中几个月了，都因为缺乏阳光的照射而出现了骨质疏松的现象，刚才这一次看似轻微的撞击，很可能造成严重的骨折。看到时宇能自己站起来，何教授长舒一口气。

未等时宇开口，身后那个撞到他的人骂骂咧咧道："磨磨蹭蹭的干什么呢？"那人叫诺亚，声音还未脱稚气，是一个看起来只有十七八岁的孩子。

时宇拍了拍裤子，整了整领口，意味深长地看了诺亚一眼，但是什么都没有说。

"你还敢瞪我？要不是你们这帮白痴通过了法案，我们现在会在这个倒霉地方？"诺亚指了指身后一片漆黑的山洞，情绪激动起来，"这么简单的道理都想不明白，你们国联会是不是蠢得冒烟了？"

两人的争执惊动了哨兵，张一清也跑了过来。看到事情闹大了，诺亚又小声嘀咕了几句，然后若无其事地回到了队列中。

待一切恢复平静，张一清又回到了刚才的位置，继续平静地目视前方。

何教授朝时宇身后看了一眼，压低声音说："你不要在意，他们还年轻，不知道你们的苦衷。我们都知道你们是被逼无奈的，而且现在的情况也不是你们能预料到的。"

时宇却摇了摇头。"他说的没错。我也没有什么好辩解的。"他深深叹了口气，"只是连累了我的家人，还有你们的家人。"

何教授笑了笑："其实现在看来，我们的家人反而是最安全的呢。"说着，他把手放在时宇的肩膀上，凝视着他的双眼："我们这么多人，只要有一个成功了，他们就得救了。"何教授的目光越过时宇的肩膀，投向后面长长的队伍。

何教授走到队伍的最前端，时钟上的数字已变成了"11:22"，他长吸一口气，回身浅笑着对时宇说："再见了，时委员，祝你好运。"说罢冲着那个机器的中心跑去，消失在幽幽的蓝光之中。

时宇愣了一下，在这个已经朝夕相处了几个月的人身上，他从来不曾看到勇敢乐观的一面。他呆立在那里，回味着何教授离开之前注视的目光，回想着凌乱的头发下被石壁映出的苍白脸庞，掩埋在他的恐惧之下的，竟然是些许的期待和兴奋。忽然，一声剧烈的爆炸打断了他的思绪。

他意识到是洞口被攻破了，这里离洞口有将近两公里，但是爆炸产生的震动还是让他一个趔趄，扶着旁边潮湿的石壁才勉强没有摔倒。他倒吸一口冷气：该来的终于还是来了。

在仪器前紧张操作的士兵们仿佛什么都没有发生，依旧紧盯着屏幕，快速地输入着什么。而张一清熟练地拔出了腰间的手枪，如离弦的箭一般朝着洞口的方向跑去，后面几十名荷枪实弹的士兵紧跟着他跑了过去。而在他们消失的方向，传来了张一清的喊声："快走！"

时宇被张一清的叫喊拉回了现实，他抓紧自己的挎包，像何教授一样，冲着蓝色的光圈跑了过去，湿滑的岩石让他差点摔倒。他用双手扶着地面，来到蓝色光圈的中心瘫坐下来，这才有机会回头看自己的身后，队伍还有十多个人。其他人能平安抵达吗？张一清他们能撑多久？

几秒钟之后，一声尖锐的噪音穿透他的鼓膜，好像能听到环绕着他的电场的变化。他发现自己正在被越来越亮的白光包围，尖锐的电流音，融合了发电机的轰鸣，让他感到震耳欲聋，好像整个世界都天旋地转，他下意识地抓紧了自己的挎包，抱在胸前，几秒钟之后，眼前忽然一片漆黑，他晕了过去。

不知过了多久，冰冷的风拂过时宇全身，唤醒了他的意识，他发现自己躺在了草丛中。空气依旧是那么潮湿，但是没有一丝霉味，这是下过雨之后的气息，是他久违的"外面"的味道。他扶着额头坐了起来，看到一条灯火通明的大桥横跨两岸，上面还有星星点点的车灯在穿梭。

他深吸一口气，露出一个放心的笑容。

他抬起头，看到了一轮新月和远方明亮的木星……

第一章

第一节

2080 年秋 武汉大学 珞珈量子通信研究中心剪彩典礼

宋清明面对若干个相机镜头礼貌地微笑着，甚至还露出了与他年龄不相匹配的腼腆。

宋清明教授是近几年学术界不可多得的“明星人物”，曾经执教于武汉大学的他，不久前刚刚因为在量子通信方面的成就得到了国家终身成就奖。随后他就脱离了大学的管理，开始筹划完全由他个人主导的珞珈实验室，凭一己之力募集到了全部资金。这样一来，他不但可以用优厚的待遇留下有天赋的人才，还可以更自由地实验和证明自己的诸多设想。而今天，珞珈实验室的建成，代表着他人生中全新的一页缓缓翻开，无限的可能在向他迫近。

不远处，一个留着披肩长发，戴着金丝眼镜的清秀女生对他招手并喊道：“宋教授，来合影了！”她身边还有两个年纪相近的男生，三人并肩站在“珞珈量子通信研究中心”的牌子前，脸上洋溢着青春的笑容。

女生名叫杨诗怡，是和宋清明接触最早的学生之一，今天是她为数不多梳披肩发的时候，平时她都扎一个紧实的马尾，显得干练而沉着,虽然看起来有些文弱,但是办事却雷厉风行。两个男生分别是张桢和北原术直:张桢个子不高,自带书生气质,脑子很好,平时看起来嘻嘻哈哈,喜欢和杨诗怡开各种玩笑,但是一旦扎进实验室里就经常废寝忘食;北原术直是个子最高的一个,留着中分的长发,一身剪裁合体的西服外加打着温莎结的极细领带更显得帅气,每次出现都是别人目光的焦点。他的父亲是东京大学应用物理系的北原新夏教授,也是宋清明的至交好友。北原术直虽然不像张桢一样有天马行空的奇思妙想,但是踏实肯干,从不会令人失望,而且效率奇高,很少熬夜。宋清明看到他们每一个人,仿佛都能看到自己年轻时的一些特质,这可能也是他带过二十多个学生,最终只留下了这三个人的原因吧。

宋清明整了整领带,朝他们走去,配合他们做出各种奇怪的手势,让摄影师记录下这个历史性的时刻。

在欢笑声中,还有些许遗憾在宋清明头脑中挥之不去,因为照片中还缺少一个至关重要的人,如果没有他,整个实验室的研究无法进行得如此顺利。这个人没有出现在合影之中,也没有在任何论文上留下姓名,让宋清明多多少少有一些愧疚感。

他的思绪不禁回到几个月以前,他们上次碰面的地方。

烈日炙烤着大地,宋清明在长江畔一栋高层建筑旁下了车,躲在玉兰树的树荫里核对了三次地址才走了进去。电梯停在39层,他找到走廊尽头的一个房间,确认了门牌号之后,轻轻地敲了几下门,头顶的摄像头快速转向他,接着,门内齿轮转动,门把手周围亮起绿光,他推门进去。一个中等身高的年轻人从屋子中间朝他走来,好像是中亚人和东欧人的混血,清瘦而憔悴,但全身上下打理得非常体面，短发修剪得很精致，没有一丝胡茬的脸庞显得有些惨白。

宋清明仔细打量了一下他：几个月不见，岁月仿佛在他身上留下了额外的痕迹，脸上的皱纹已经若隐若现，黑色的头发也隐约有些银丝，衣着虽然整齐，但是颇有中年人的风格，丝毫不像是二十多岁的年轻人。

年轻人将一杯冷饮放到宋清明面前："外面挺热的吧？这是韩国进口的薄荷饮料，特别解暑。"

"你现在的生活也开始'小资'起来了嘛！看来我逼你来实验室是对的。"宋清明轻啜了一口沁凉的饮料，薄荷的香味从口中激荡到心脾，瞬间驱走了暑热，"其实我这次来就是想探望一下。如果你觉得实验室的工资不够，可以再跟我说。"

"什么都不缺。其实我都不好意思拿您的工资，因为毕竟和杨诗怡、张桢他们比起来，我真的什么都没做。"

"他们的工作当然很辛苦，但是最重要的研究方向都是你提出来的，很多时候想法比实践更重要。现在的学术圈，踏实肯干的人并不少，但是灵感却多是昙花一现，像你这样能提出这么多想法的人，我从来没有见过。我还怕给你的工资留不住你呢。就单单是通过半导体空穴控制电子自旋，他们就发表了三篇SCI（科学引文索引）了。"

"其实您知道，这都是我哥哥的想法，我只不过是拾人牙慧而已。"提到哥哥，年轻人低下头，不再说什么。

宋清明的笑容也渐渐消失，有些犹豫地说道："关于你哥哥的去世，他们调查出结果了吗？"

年轻人痛苦地摇摇头："我问过很多次了，大阪警方始终认定是意外，可能是他们把这一切掩盖得太好了吧，伪装成了独自登山时不慎坠落的事故，什么证据都没有留下。但是我自己知道，这件事绝对不是意外，我哥哥非常谨慎，也不喜欢运动，在他出事之前的两三个月，他告诉我感觉受到了监视。但是出事前几周一切又恢复了正常，他对我说可能是自己太疑神疑鬼了，可能就是在这个时候放松了警惕，才让他们有可乘之机。”

“那你的其他家人呢，他们怎么样了？”

“我妻子和女儿在我走之前就去了别的地方。我现在还没有和她们联系上，但是我有种预感，她们应该还活着，而且急切地等着我的消息。”

说着，年轻人好像想到了什么，从茶几下面抽出一个文件袋，说：“宋教授，这是我这段时间的想法，写得比较潦草，而且中间有些过程没有详细证明，您先检查一下。”

宋清明露出惊喜的表情。“我们上个月才把你之前写的想法推导出来，现在你又有什么新的想法了？好像我们根本跟不上你的节奏啊。”他不好意思地笑了笑，又不无遗憾地说道，“如果你能来实验室就好了，那样效率肯定更高。”

年轻人摇了摇头：“您也知道，有我哥哥的先例，我就更不敢抛头露面了。好在杨诗怡他们都挺能干的，交给他们就足够了。其实我现在每天都在想如何联系上我的家人，用在工作上的时间少了很多呢。”

宋清明把文件袋收进公文包，劝慰说：“那你就更应该保重身体，我认识你还不到三年，却感觉你像是老了十岁一样。只有调养好身体，等到你和家人团聚了，才能享受和他们在一起的时光。”

年轻人用力点了点头：“这里的环境的确很难适应，不过我会尽力的。”

宋清明看了看表，拿着薄荷饮料站了起来，一边向外走一边说：“我不打扰你了，看到你这里条件不错我放心了不少。你千万不要跟我客气，如果有什么需要一定要找我，别的我不敢说，至少在经济方面我还是可以提供一些帮助的。”

“嗯，我会的，您慢走。”他站在门口，目送宋清明上了电梯，才缓缓关上门。

“三、二、一，鞋子！”

北原术直不标准的中文把宋清明的思绪从短暂的回忆中拉了回来，关键人物不能出现在这张有纪念意义的合影之中的遗憾却挥之不去。

杨诗怡丝毫没有察觉教授微妙的神色变化，她笑着对北原术直说：“鞋子是什么玩意儿，你是想说茄子吧？”

还没等北原说话，张桢忽然插嘴说：“有什么区别吗？反正要的都是那个嘴形，鞋子和茄子岂不是都一样。”

杨诗怡愣了一下，一时间不知道该怎么回应。北原自嘲道：“来中国快一年了，中文还是这个程度，真是伤脑筋。”

“不要灰心嘛，中文本来就很难，你的进步已经很快了。你看张桢，学了十多年英语，还在美国待了三年，不也就这样吗？”杨诗怡安慰他说。

“你提我干吗？”张桢白了她一眼，“不损我心里不平衡是吧？”

“明明就是你先嘴欠的。”

宋清明看着这三个学生，边笑边摇头，不知道他们这种青春的快乐还能保持多久。

一个下午的时间很快过去，宋清明和学生们打发走了所有记者，简单收拾了一下全新的实验室，为正式开工做准备。没过多久，宋清明通过内部广播让三人来他的办公室集合，要宣布一个消息。

杨诗怡的办公室就在隔壁，所以她很快就到了，张桢和北原术直十分钟之后才不紧不慢地出现在宋教授面前。

“咱们的实验室今天正式成立了，是这几年不断努力的结果。实验室私有化之后，咱们可以操控的资源其实更多了。说起私有化的事，你们应该都知道路珈实验室的大部分资金都是星汇科技总裁沈伟军提供的吧？”

北原术直摇摇头：“沈伟军是谁？”

张桢用诧异的眼神看着他：“沈伟军是谁你都不知道？星汇科技，就是全球最大的智能设备供应商，你总应该知道吧？现在应该是全球市值第三大还是第四大的公司，沈伟军是星汇科技的创始人兼总裁。最近热门的火星探测计划就是他们主导的。”他一边说，一边从手机中找了一张沈伟军的照片给北原术直看，“喏，就是他”。照片上的人60多岁，头发花白，笑得非常慈祥，目光中却透着刚毅和智慧，一派成功企业家的风范。

宋清明点点头：“对，其实他也算是我的一个朋友，咱们的实验室就是他自己出钱赞助的。”

三个人不禁瞪大了眼。“光这个小型粒子加速器就要三个亿，”杨诗怡用手指了指地面，那里是埋着直线加速器的管道，“整个实验室造价至少十个亿，他到底有多少钱啊？”

“严格来说，是沈伟军以他女儿沈梦的名义投资的，所以实验室的出资方是沈梦。这也是我今天想跟你们说的第一件事，从明天开始，她会来到实验室和我们一起工作。”

“谁？沈梦？她来做什么？”杨诗怡忽然间有种不好的预感。

“她是伦敦政经学院经济管理硕士，来咱们这里就是检查一下账目的问题，顺便帮咱们处理一些公文上的事情。”

“我怎么感觉像是空降了一个领导呢？”张桢靠着墙，怪里怪气地说。

“我下午已经和沈总通过电话了，他说以前比较忙，有些忽视女儿的教育，现在发现她没有经历过社会的磨练不太懂事，所以安排到了咱们这里，一方面是觉得咱们这学术气氛好，没有那么多复杂的人情世故，另一方面也想让她在接触社会之前缓冲一下。”

“有钱就是好啊。把一个不懂事的孩子安排进咱们这里工作，感觉好幸运呢。”张桢的语调仍旧阴阳怪气，杨诗怡也面露愠色，但她并没有说什么。

“下周一就是她第一天来上班，松间晴小姐的工作签证也获批了，也是下周一来报道。”

“松间晴？”张桢喃喃自语道，“这个名字怎么听着这么耳熟呢？”

杨诗怡白了他一眼：“就是术直的女朋友啊，他都提过无数次了你怎么还不记得？你脑子还没腰果大呢吧？”

宋清明笑了笑：“北原新夏教授几年之前为咱们提供了很多帮助，还安排他的独子来帮助咱们。他之前就推荐松间小姐来这里实习，但是当时我们名额有限，现在终于没有这个限制了。她在设备维护和使用方面比你们有经验得多。要不是因为他们两个人异地恋太辛苦,北原教授肯定舍不得放她来。”

“松间小姐加入之后,工作效率应该能提高不少。”说罢,宋教授整理了一下手头的文件,“今天大家都挺辛苦的,早点回去休息吧。周一的时候都精神点。”

三个人与宋教授告别,离开的时候,北原术直还回头对他深深地鞠了一躬。

张桢和北原回到新的办公室里做最后的收尾工作,杨诗怡忽然闯了进来,笑嘻嘻地对北原说:“恭喜恭喜,终于结束异地恋啦。”又转过头煞有介事地向张桢介绍:“我在学校门口见过她一次,真的是大美女呢。”

“我怎么感觉你对美女的关注异乎寻常呢?”张桢用诡异的眼神看着杨诗怡。

“你要是见到她也会这么想的,真的,见一面你就肯定忘不了。”杨诗怡说罢把头转向北原,“你们打算什么时候结婚呀?”

北原腼腆地笑了笑:“可能还没有到那个程度吧,总是和她很有距离感。她和我父亲一起工作好几年了,也来过我家很多次,却从来没跟我提过她的家庭。每次我问到的时候,她好像也不想跟我说。”

杨诗怡有些尴尬:“原来是这样。”

北原似乎急于转移话题:“一年之前我刚来的时候,宋教授说要成立珞珈实验室,我还觉得是天方夜谭,现在已经实现了,时间过得真是快啊。”

杨诗怡点了点头:“是啊,多亏宋教授在商界关系好。”

张桢把一堆乱七八糟的东西从箱子里搬出来,一边原样塞进抽屉,一边应和道:“那是,沈爸爸是什么人,能跟他搭上话就不错了，更别说找他要钱了。”

“沈爸爸是谁？”北原好奇地问。

“就是沈伟军。”杨诗怡用揶揄的眼神看着北原，“你平时都不上网的吗？网上都这么说，管某些特别有钱的中年人叫爸爸，是一种开玩笑的说法。”

张桢插嘴道：“对，要是年轻的有钱人或者富二代她们喜欢叫老公。”

北原哈哈大笑：“真是太有意思了。”

“好啦，我不打扰你们的二人世界啦，下周他就不是你的人了。”杨诗怡说着走出了办公室，留下两个男生尴尬地对视了一眼。

第二节

周末转瞬即逝，周一一早，杨诗怡和张桢早早来到宋清明的办公室等候实验室新成员的到来。

宋清明看了一眼墙上的挂钟，表针指向八点五十五分。“刚才北原给我打电话了，他们几分钟之后就到。”

杨诗怡问：“那沈梦呢，她不是说也要今天来吗？”

“我一会儿再打电话问一下。”宋清明转过头打量了一下张桢，“张桢今天的衣着很不错，我记得他博士答辩那天都没穿这么正式。”

听到这话，杨诗怡也将目光移向张桢。他穿着竖格纹的西装，浅紫色的领带系得非常端正，白衬衫的袖口恰到好处地长过外套一寸，裤线十分明显，一看就从未穿过。

“哎哟，听说松间晴是美女之后开始照镜子啦?!”

敲门声忽然打断了他们的谈话，透过门上的玻璃，大家看到了北原术直就站在外面，后面还跟着一个女生。

两个人推门进来。松间晴个子比北原矮不少，长发披肩，高高的鼻梁上架着一副黑框眼镜，五官不算惊艳，但看着很舒服。她像北原一样身着正装，脚下穿的是普通的运动鞋。两个人站在一起显得非常般配，让杨诗怡不禁有些羡慕。

"宋教授，诗怡姐，张君，这位是松间晴。"

"欢迎欢迎！"宋清明站起身和松间晴轻轻握手，"北原教授对你的评价非常高。"

"哪里哪里，能够有幸在北原教授下面做一些简单的项目是我的幸运。"松间晴的中文发音比已经在中国生活了一年的北原都要标准得多，"今天起能够和大家一起工作，也是我的荣幸，以前总听术直说起你们，从未想象有机会和你们一起工作，给大家添麻烦了，希望多多指教。"说着，她对着所有人深深鞠了一躬。

几个人在办公室里寒暄，等待着沈梦的到来，然而半个多小时之后依旧没有见到她的影子，宋清明又看了看墙上的挂钟，对北原说："你一会儿带着松间小姐在实验室里熟悉一下，她的合同我还没有准备好，等我弄完了叫你们吧。"

"好的。"北原答应着，和松间晴相视一笑，跟着杨诗怡和张桢走了出来。杨诗怡指着旁边的办公室对松间晴说："这就是我的办公室，如果有什么需要你可以直接来找我。"

松间晴点点头："那就麻烦了。"

"那你们继续转转吧，我和张桢就不当电灯泡了。"说着，杨诗怡钻进自己的办公室，张桢也摆摆手，朝走廊的另一端走去。

珞珈实验室的建筑结构很简单，地上一共两层楼，外形是一个大写的“L”形，分为西区和南区，转角处有一个出入口，正对着楼梯和电梯，一楼和二楼西区各有一个研究生的办公室，可以容纳十多个人，是给一些来这里短期实习的学生准备的地方。宋教授的办公室在南走廊的最东边，旁边就是杨诗怡的办公室，对面是小会议室。张桢和北原术直的办公室在靠近楼梯的地方，旁边还有一个办公室是空的，一楼还有一个大会议室。

建筑的其他大部分面积被实验室占据，包括东湖实验室、青山实验室等，里面所有的设备，包括电子显微镜、频谱仪等都是最新的型号，玻璃屏幕投影和光能无线传输是每一间屋子的标准配置。

他们最重要的设备，能测量并操控量子状态的“谷雨一号”就放在东湖实验室的正中。实验室的地下除了有一个小型的直线加速器，还有若干储藏室，放着他们重要的量子通信材料，以及液氮、液氢等原料。

一路参观下来，已经十一点了，北原带松间晴到二楼西走廊的休息室坐了一会儿，这里是他们平时吃饭聊天放松的地方。

北原从冰箱里拿出一瓶薄荷饮料，打开后递给了松间晴，两个人在餐桌前面对面坐下。

“你跟我说说宋教授吧，他是怎么样的人呢？”

北原看着天花板，不无敬佩地说：“宋教授人很和善，我从来没见他发过脾气。而且他真的是非常有天赋呢，我们现在所做的项目都是他的构思，诗怡姐、张桢和我也就是给他帮帮忙做一些验证而已，毕竟宋教授上了年纪，没有这么多精力干杂活。而且宋教授对名利已经看得很淡了，所有的文章都是以我们的名字发表的，我们都觉得挺不好意思的。”

松间晴惊讶地睁大了眼睛:“这种人还真的是少见呢。”

北原轻轻点头道:“是啊,不过他最近越来越忙了,除了周一上午会来实验室给我们开会之外,其他时间可能都在外面。所以一般是杨诗怡负责整个实验室,除了我和张桢两个人,经常有研究生来短期实习,也都由她负责。”

“哦,一个女上司,这在日本还是很少见呢。”

“对呀,我觉得也是。他们这里的氛围的确非常不一样,而且无论是诗怡姐还是宋教授完全没有身份比我们高的感觉,大家讨论的时候也都很平等。只不过她性子比较急,做事的时候最讨厌慢吞吞的,所以经常会和张桢吵架,其实她人很和善。”

“张君呢? 你之前总提起他,今天第一次见,感觉和想象中的不一样呢。”

“张桢是最有意思的一个了,平时总和杨诗怡开玩笑,也特别喜欢给我取外号。”

松间晴笑得眼睛眯成了一条缝:“真是个有意思的人呢,他应该挺聪明的吧? ”

“是啊,他跟我工作差不多,不过他对我们的研究更有热情。”

正说着,杨诗怡和张桢走了进来,从冰箱中拿出饭盒。北原招呼他们过来:“我们正好说到你们两个呢。”

杨诗怡笑着坐到他们旁边, 问北原:“带她去东湖实验室了吗? 看到‘谷雨一号’了没? ”

“还没进去看,下午再找时间吧。对了,‘谷雨一号’这个名字还是诗怡姐取的呢! ”

张桢在一旁兴奋地拍手说:“又到了杨博士讲故事的时间了,杨博士,给我们讲讲你是怎么想起来这个名字的。”

杨诗怡掐了张桢一下，向松间晴解释道："'谷雨一号'就是我们量子通信设备的名字。宋教授的名字是一个节气，所以我就想给这个机器取名叫'谷雨'，因为'先清明而后谷雨'嘛。"

松间晴恍然大悟："还真是聪明的想法呢。"

张桢在一旁不屑地说："嗯，这个故事我听了五十多遍了，每次都不一样。"

北原忙转移话题道："对了，诗怡姐，我们办公室旁边的空屋子可以给小晴当办公室吗？"

杨诗怡歪着头想了想："没问题啊。要不然这样，把那个屋子给张桢吧，你们俩可以用一间办公室。"

松间晴连连摆手："这样太麻烦了，而且我要是整天对着术直，也干不了什么活了。"

张桢露出惋惜的表情："其实我还挺喜欢有独立的办公室的。"说罢满怀怨念地看着杨诗怡。

"马上就不独立了。"杨诗怡边吃边说，"等沈梦来了，你就要和她拼一个办公室了。"

"那算了吧，我觉得北原哥哥挺好的。"张桢说着，上身靠向旁边的北原，"再说了，人家沈大小姐日理万机，不会在咱们这里常待的。"

杨诗怡悻悻道："希望如此吧。"她又转头对松间晴说："我看你中文说得挺好的，你学了多少年啊？"

松间晴不好意思地笑了笑："我刚学不到一年，还不是很熟练。"

"才一年啊？我觉得你的普通话说得比诗姐好多了。"

杨诗怡从饭盒里挑出一大块芹菜扔向张桢："你没完了是不

是？”

就这样你一言我一语地闲聊了半个多小时，吃过午饭，四人各自回到办公室。

下午两点半，宋清明紧急召集所有人到他办公室开会。

一个二十出头的女生坐在宋清明旁边的椅子上，头也不抬，双眼紧紧盯着手机上的“闪拍”，这是一个主要面向年轻人的发布自拍照和小视频的社交应用。

张桢仔细打量了一下这个人——她个子不高，齐腰长发染成了酒红色，衬得皮肤很白，包的牌子虽然自己不认识，但是看质感很明显不是便宜货，身上还有很多配饰，也都价值不菲。最引人注目的要算是她的眼睛，可能是戴了隐形眼镜的缘故，两只眼睛一只蓝色一只黄色，好似波斯猫。相比之下，她的衣着倒是中规中矩，普通花纹衬衫搭配深色过膝裙，裙子上遍布十多条金属拉链，十分时髦。

“人都到齐了。”尽管宋清明极力控制，他的语气还是像在汇报工作一般。

沈梦站起身，一撩头发，淡淡地说：“不好意思啊各位，有点事，迟到了一会儿。我今天来主要是想看一下你们的日常工作，看看还有什么我可以帮忙的。”她环视了一圈，又开始低头滑手机。

宋清明简单介绍了一下所有成员和每一位的主要职责，其间沈梦心不在焉，隔几秒钟就东张西望一下，或者瞟一眼手机。

“嗯，不错。”沈梦说。

气氛忽然冷下来，一时间谁都不知道应该说些什么。北原见状想用一个轻松的话题打破沉默：“我们都非常感谢沈爸爸的资金,每个人都非常感激。”

“你说什么?”沈梦提高了声调。

杨诗怡连忙解释:“术直刚来中国不到一年,中文说得还不太好。他是想说我们都很感谢伯父沈先生的慷慨。”

北原低声问张桢:“你不是告诉我中国人会把有钱人叫爸爸吗?”

张桢无奈地说:“但是你不能当着人家女儿这么说啊,你想当他女婿吗?”

沈梦摆摆手,不再追问:“我不懂你们每天干的工作,所以也不想太多干涉,我来这里其实就是帮助你们管理账目,以后财务方面的问题你们就不需要担心了,这样也能帮助宋教授省出时间做更重要的事。”

“所以……你以后就要来这里上班了吗?”杨诗怡吞吞吐吐地问。

沈梦眉毛一挑:“对啊,尽量每天都来。”

“其实我们这里账务非常简单,”宋清明有礼貌地说,“不会耽误你太多时间,诗怡和我每个月总结整理一次,你过目一下就可以了。”

“不行,我爸希望我每天都来,而且我来这里就是帮你们的,以后这个方面你们就不用担心啦。”沈梦说罢,轻松地一甩手。

宋清明见状也没有坚持:“那好吧。诗怡,松间晴的办公室安排好了吗?”

“安排好了,就在张桢和北原旁边那一间。”

“那就让沈梦也坐在那里吧。”

杨诗怡飞速思考了一下:“没关系宋教授,让沈梦用我的办公室吧，我和松间小姐共用一个。”

沈梦把手一挥，指了指松间晴：“没事，不用折腾了，我就跟她凑合吧。我明天会让人把东西都搬过来。”说着就提包走出了办公室，头也不回地离开了。

宋清明看着沈梦的背影摇了摇头，忽然又想起了什么，说：“小杨和张桢，我跟你们两个人说点事。北原你们两个可以先去忙了。”

很快屋子里只剩下三个人，宋清明的表情严肃起来：“你们还记得搬家之前，咱们收到的信号对吧？”

在珞珈实验室成立之前一个多月，他们在和天宫三号进行通信实验的时候，通过量子信道偶然捕捉到一个来源不明的信号，他们通过超算解码了对方的发射格式，并且发射了一个正弦信号过去，很快又收到了回波。这也证明收到的信号并不是随机的噪音，而是人为调制过的，信息的来源一直是个谜。不过无论信号来源是哪里，对方的量子通信水平都足够和珞珈实验室相媲美。这么长时间以来，对方一直在稳定而不知疲倦地发射着这个正弦信号。

张桢听到宋老板提起此事，好奇地向前探了探身子，想听听究竟是哪个实验室拥有这么高超的技术。

“我动用了很多关系，最后确定这个信号并非来自任何已知研究机构。”

杨诗怡疑惑道：“那究竟是来自哪里？”

“可能是来自外星文明的信号。”宋清明缓缓地说，丝毫没有开玩笑的意思。

张桢恍然大悟：“的确有可能，因为量子通信是全宇宙范围的，所以如果一个文明碰巧使用了和咱们相类似的参数，那的确是可以和咱们进行通信的！”

宋清明点点头：“这样一来，这个成果就意义重大了。通信部认为实验的性质有些危险，他们一会儿就派人过来了解情况。你们两个负责接待一下，他们可能会提出很多问题，你们要有所准备。”

杨诗怡和张桢点了点头，正要往外走，只听宋教授用低沉的声音说道：“他们有可能以后就要接管珞珈实验室了。”

张桢被突如其来的消息震惊得说不出话来，宋清明看在眼里，安慰道：“我希望你们以乐观的心态看待这件事，这是对我们成果的肯定。并入通信部以后，我们可以更加方便地调用一些国家资源。作为科研工作者，我们在人类历史上第一次和外星文明取得了联系，这是很多人可遇不可求的成果。”

张桢深吸了一口气，他知道现在心里最难受的应该是宋老板：他花了数年时间才成立自己的研究机构，好不容易取得了些许成绩，现在因为成果斐然又要回到私有化之前。

看到两个学生像泄气的皮球，宋清明正色道：“这个项目总有一天会结束，但以后和他们打交道的地方还有很多。所以如果你们带着情绪去见他们，最后吃亏的还是我们自己。”

两个人勉强地点了点头，默不作声地离开了。

不久，一辆黑色红旗轿车停在了珞珈实验室的正门前，三个西装革履的人走了下来，最先下车的是一个老者，头发花白，步履蹒跚，但是从他脸上平静的表情和敏锐的目光不难看出，岁月并没有侵蚀他的头脑。

老者身后是一个三十多岁的女性，有些消瘦，留着干练的短发，眉毛很淡，目光如炬，仿佛可以参透别人的思想，虽然没有化妆，但是气色依旧不错，黄色衬衣和胸针相得益彰，细细的腰带证明她是一个注重细节的人。

最后下车的是一个和她年纪相仿的男人，个子不高，短发显得很精神，脸上带着温暖的微笑，眼睛眯成一条线，看上去非常有亲和力。他没有系领带，衬衣的扣子很自然地敞着，合身的西装和锃光瓦亮的皮鞋估计价值不菲。

宋清明走上前去和老者握手："苏部长，一路辛苦了。"

"宋博士，别来无恙啊。"老者的声音浑厚有力，给人一种非常沉稳的感觉。

这时他身后的女子伸出右手，上前一步："宋博士您好，我是计划司的刘思锐，幸会。"那名男子最后走上前："宋博士您好，我是周宁，久仰久仰。"与宋清明握手之后他还鞠了一躬。

杨诗怡有些轻蔑地对张桢小声说："真变态，刘思锐竟然是一个女的。"

"你刚见我的时候还说张桢竟然是一个男的呢。"

"我以为是王字旁那个珍呢。"

宋清明指着他身后的两个学生说："这两位是我的学生，杨诗怡和张桢，现在是研究所的顶梁柱，他们会向你们简单介绍一下珞珈实验室的基本情况。"一行人上电梯来到二楼，年迈的苏部长对他的两个随行者说："你们年轻人去吧，我和宋教授聊聊天。"

四个人来到大会议室，杨诗怡懒散地打开投影仪，一个珞珈实验室的标志出现在屏幕上。来者不善，满怀恶意的杨诗怡故意用讽刺的语气说："想必二位都有一些理论基础对吧？那我就简单说了。”

周宁附和着刘思锐一起点了点头。

杨诗怡语速飞快:“过去一个世纪以来,人类的通信方式主要依靠电磁波做载体。这种传递方式的缺点很明显,一个是容易被截获,保密性差,另一个是由于相对论的限制,传播速度只能达到光速。所以更稳定、更快速的量子通信应运而生。”

刘思锐轻轻点了点头,依旧面无表情,这种旁若无人的态度让杨诗怡倍加恼火,她现在唯一想做的,就是赶快硬着头皮把这个报告讲完,然后回家去泡澡。

“根据泡利不相容原理,占据同一个状态的两个电子,其自旋状态必定相反,这就是量子纠缠效应的基础,即使这两个量子在空间上的位置横跨整个宇宙,这种纠缠效应依旧存在。量子通信就是建立在这个基础上的。比如我们把一个处于这种状态的电子放在地球,另一个放在火星,如果我们发现地球上的量子自旋方向是正向,那么我们瞬间就可以知道,火星上的那个电子自旋方向是反向的。量子通信不但可以瞬时传递信息,而且信号强度不会随着距离的增加而衰减。”

刘思锐忽然开口说道:“但是量子的自旋方向是随机的,所以这并不是一个有效的信息,只是一个逻辑推理而已。”

本来还对两个不速之客不屑一顾的杨诗怡有些惊讶,没想到她竟然能跟上自己的思路, 看来这个清瘦的面瘫女还有两把刷子。

杨诗怡调整了一下站姿,从容地说道:“的确,在以往的研究中,因为无法控制量子的自旋方向,所以量子通信仅用于加密。就好像一副手套,有人随便拿了一只,我看到右手的剩下来,推断出别人拿到的是左手的。”说着，杨诗怡露出骄傲的微笑：“这也是珞珈实验室最革命性的成果，在创造量子纠缠条件的时候，宋教授发现用镓－砷构成的半导体有很多缺陷空穴，利用这些空穴当作电子中介，有很高概率耦合出一种特别的量子对，他们的自旋角动量和观测方式的相关度为1。所以在这种情况下……”

刘思锐皱了皱眉，眼睛转了一下，这个微小的表情瞬间被周宁捕捉到了，他马上举手说：“不好意思杨博士，我对这些了解得不多，能不能用简单点的语言解释一下？麻烦您了。”说罢还吐了吐舌头。看着眼前这个三十多岁的大男人冲自己卖萌，杨诗怡心里有一种说不上来的感觉。

她冷笑了一下，恢复了之前冷冰冰的语气：“抱歉，没想到对你们来说太复杂了。简单说，我们用了一种特殊的方式创造了这种量子对，我们可以通过观测它们，控制它们自旋的方向，真正实现了打破距离限制的瞬时通信。”

刘思锐点点头：“的确是划时代的发现。”

杨诗怡略带讽刺：“真是谢谢您了呢。”

周宁忽然想到什么：“宋博士就是因为这个研究得到终身成就奖的对吧？”

杨诗怡极力掩饰自己的惊讶，继续用不温不火的语气说：“的确。”她对这个其貌不扬的男人的抵触心理消散了一些。

刘思锐依然冷静而敏锐：“所以你们的发现推翻了相对论？”

杨诗怡抿了一下嘴唇，在考虑应该如何解释。这时张桢忽然走到桌子前说：“我解释一下吧，我们的宏观宇宙只有三个维度。但是弦理论认为，微观粒子具有十个空间维度和一个时间维度，只不过有七个维度没有以宏观形式表现出来。”

张桢边说边走到会议室的墙边:“而我们作为三维生物,对更高维度的理解也非常有限。有一种观点认为,我们观察到的微观粒子的一切特性,都是他们的高维实体在三维宇宙中的投影。”

张桢随手拿起一个纸杯,靠近墙面。“在灯光下,这个杯子在墙上的二维投影是一个四边形,”接着他又回到桌前,把纸杯悬于桌子之上,“但是在这个桌子上的二维投影是一个椭圆形。这个杯子本身的形状没有改变,只是观察它的二维平面变化了,所以它的形状才会不同。十维空间对三维空间的投影也是同理,我们观察到的一切,包括质量、速度、角动量等一切我们以为是物体性质的东西,其实都是它在三维世界中的一个表现而已,看起来是某个物体的速度或者形状发生了变化,其实只不过是我们所处的三维空间不同了而已。量子纠缠的假设也建立在这个基础上,即处于纠缠态的两个量子其实是同一个粒子,我们只是用这种方法找到了同一个粒子的两个投影而已。在高维空间中,他们处于同一个点,所以信息的传递并没有超过光速。也就是说,我们没有推翻相对论,只是拓展了它的使用边界。”

张桢继续旁若无人地说道:“而且,我们现在正在进行量子通信的研究,我们最终的目的,是想让物质和信息一样,瞬时传递到宇宙中的任何一个角落,我相信原理是相通的。”

周宁点点头:“珞珈实验室果然人才济济,名不虚传,我几个月之前就听闻你们是诺贝尔奖的有力竞争者了,这不是传言对吧?”

杨诗怡不置可否:“这件事我们也不好说,毕竟我们的成果还没有完全获得验证,所以我们真的没有指望着什么。我们都还年轻,还有机会。更何况身处科技发展的最前沿,这已经是我们的荣幸了,能否获奖并不重要。”

张桢不禁笑了,心想诗姐这个词编得还真是溜,明明连获奖感言都写了好几稿,就等着瑞典皇家科学院半夜给她打电话了,现在还能一本正经地说出这么高风亮节的鬼话。

刘思锐对奖项毫不关心,继续直奔主题:“杨博士,张博士,感谢你们的讲解,最近珞珈实验室和外星人联络的事情,可否跟我们说明一下呢?”

杨诗怡隐约感觉到对方这是在明知故问,不过她也知道现在跟他们作对只会对宋教授不利,于是硬着头皮把之前是如何发现这个异常信号,以及如何排查信号源的事情又说了一遍。刘思锐一边听着,一边在笔记本上写写画画,记录着什么。杨诗怡说完,刘思锐眉头紧锁,会议室陷入沉默,张桢不自在地玩起了手指。

过了许久,刘思锐缓缓地说:“你们是如何判断出这个信号来自外星文明的呢?”

杨诗怡上扬的嘴角带着些许轻蔑:“因为珞珈实验室的研究成果领先世界最高水平二十年,目前尚无能研制出和我们通信的设备的人。举个例子来说,就好像我们刚刚发明了全世界第一台电话,却发现电话铃响了。我们这一个多月就是在思考这么奇葩的事情是怎么让我们碰上的。”

周宁听得津津有味,用余光瞥见刘思锐依旧眉头紧锁,于是忙收起笑容,试探性地问道:“没有别的可能性了吗?”

张桢摇了摇头。“目前看来这是最合理的猜测了。这种基于纠缠态的量子通信是瞬时传递到全宇宙的。每个信道都有自己的‘参数方程’,如果有两个量子的参数方程碰巧一模一样,那么它们之间就可以进行通信。就用电话来举例子,可以说我们的电话是和全宇宙的线路相连的，每台电话有一个42位的号码，有人拨错了，正好打到了我们这里。不过如果这个信号是来自外星文明的话，就很好解释了。”张桢越说越激动，直接从椅子上站了起来，“全宇宙有亿万个文明，其中不乏使用量子通信的高级文明，每时每刻可能都有亿万个‘电话’拨出，所以我们偶然遇上一个，其实也非常合理。”

周宁也被张桢的情绪感染，激动地说：“所以多亏了张博士和杨博士，我们才能有这种和外星文明交流的机会。”

刘思锐转头和周宁低语了几句，然后很快回过身向杨诗怡伸出右手：“感谢你们的配合。你们应该已经知道，从下周起，通信部要协助珞珈实验室的运行了吧？”

张桢心想，哪里来的什么“协助”，明明是“控制”。他不禁心里一沉——虽然刚才宋老板已经打过招呼了，但他还有那么一丝侥幸心理，希望能逃过他们的接管，现在这个希望就像一株小麦苗一样被他们踩得死死的。张桢有气无力地点了点头。而一旁的杨诗怡连头都懒得点，只是抬了一下眼皮。

“那周一见。”刘思锐说着，头也不回地走出了会议室。这种突兀的告别方式让在场的另外三个人都愣住了。

周宁轻轻鞠了一躬，递上两张名片：“这是我的联系方式。张博士，杨博士，我们先走了。”他摆摆手，小跑着去追刘思锐。

两人和苏部长会和，宋清明招呼两个学生一起送客。杨诗怡和刘思锐面无表情，一句话都不肯多说，只听苏部长和宋教授谈笑风生。很快，一行人来到正门口，那辆黑色的红旗轿车缓缓驶来。

正在双方握手告别的时候，引擎的轰鸣声从不远处传来，一辆橘黄色的兰博基尼忽然从停车场驶出,径直撞向红旗车尾。这辆车身以碳纤维制成的跑车前脸被撞得面目全非,安全气囊悉数弹出,所幸红旗车的三位乘客还没有上车,不过他们都被这突如其来的事故吓了一跳。

张桢大概猜出跑车的所有者是谁了,所以当沈梦摇摇晃晃地从车里下来的时候,他一点惊讶的表情都没有,反而还有一丝幸灾乐祸。

苏部长连忙走上前去,想看看她有没有受伤,周宁跟在他身后小声说:“苏部,这是沈梦,是星汇科技总裁沈伟军的女儿,是路珈实验室的主要投资人。”苏部长点点头,上下打量了一下沈梦,发现没有外伤,放心了许多。

沈梦回过神来,满脸怨气地看着这辆“肇事”的红旗,对老者喊道:“你们停这干什么? 这是停车场吗? ”

张桢心想还不错,姑娘脑子没撞坏,还是这德行的。

苏部长笑了一下:“年轻人,以后开车小心点啊。”他又回头问周宁:“咱们的车还能开吗? ”

“后面有点变形,应该不影响行驶。”

苏部长最后又和宋教授握了手:“宋博士, 我们就不多打扰了,改日再会。你们带这个小姑娘去医院看看吧。”

三个人上车离去。惊魂未定的沈梦看着自己被撞坏的车,一言不发。

宋清明来到沈梦身边,关切地问:“怎么样,你还好吧? ”

沈梦没好气地说:“还行,就是刚才差点死了。”

“张桢,你一会儿带沈梦去一趟医院吧。车我找人拖走。”

张桢听了眼睛差点瞪出来,杨诗怡幸灾乐祸地看着他:“赶紧去吧，人家一开心赏你几十万小费也说不定。”

“那走吧，沈大小姐。”张桢的话里充满了不情愿，他边说边拿出手机叫车。很快，一辆黑色轿车就轻巧地绕过兰博基尼的残骸，停在了他们面前，车门上浮现出一个淡黄色的光圈，缓慢闪烁着，张桢把手环向光圈靠近，黄色的光圈变成绿色，车门缓缓打开，两个人坐了进去。

沈梦依旧一言不发，自顾自地摆弄手机，张桢操控车载屏幕，设定目的地为武汉市第四医院，车子悄无声息地启动了。

一路上两个人一句话都没有说，张桢暗自庆幸，因为他想不到和她能有什么共同语言，在他看来，沉默总比尬聊要好。很快，车停在武汉市第四医院门前，沈梦忽然大叫起来：“这是哪啊？”

“第四医院啊，你以为是哪？”

“你怎么把我带到公立医院来啦?!”沈梦瞪着一蓝一黄的眼睛气鼓鼓地说。

“那你平时去什么医院啊？”

“圣克劳斯国际医院。”

张桢搜索了一下记忆，继续问道：“我从来没听过这个医院，在哪啊？”

“在浦东。”

张桢心中奔过成千上万只羊驼，按捺住脾气说：“这次先挂急诊简单检查一下。不过你这个脑子的确应该去上海找专家看看。”

沈梦好像受了天大的委屈，极不情愿地下了车。

医生详细了解了情况之后，建议沈梦做全身核磁共振，两个人来到放射科，找了个椅子坐下等候。

“做核磁的时候身上不能有金属的东西，你身上有吗？我帮你拿着。”张桢低头看了看，万幸她今天没穿那条遍布拉锁的裙子。

沈梦摘下了耳环、项链，解开腕表的时候，忽然毫无征兆地哭了起来。

张桢吓了一跳，看着她声泪俱下，一时间不知所措，只能呆呆地等着，象征性地安慰了几句不痛不痒的话。

过了一会儿，沈梦的情绪平复了一些，才缓缓把手表摘下来递给他，说：“这是我爸在我十岁生日时送给我的。”

这是一块很普通的卡通表，看上去有一股廉价的气息，和她其他的饰品格格不入，不过看得出来是精心保养过的，几乎没有刮痕。这么新潮的女孩还戴着这么一块古董手表，想必对她来说很特殊。

沈梦继续说：“我刚才给他打了电话，告诉他我撞车了，他不但不关心我，反而还说我不懂事、太莽撞，我可是刚出了车祸啊，他都不关心我怎么样了吗？”

张桢心想，您可是追尾了一辆停着的车啊，沈爸爸说的完全没错呀，但是脸上依旧装作很关心的样子，还皱着眉点了点头。

“我已经按照他的要求去工作了，我已经很努力地在改变了，他还想怎么样？根本就是看不起我，觉得我永远也不能像我哥哥那样，有时候我觉得自己真的很多余。我知道你们肯定也都讨厌我，到底想让我怎么样？”说罢，沈梦又哭了起来。

张桢着实惊讶了一下，没想到小姑娘还有如此丰富的内心世界。“可能每个家庭都有难处吧，我小时候我爸就过世了，我妈扔下我不管了，我有一个同父异母的哥哥，我是跟着他和他妈妈长大的，所以我都不知道亲生父母的陪伴是什么感觉。”

张桢的经历倒是引起了沈梦的兴趣，她停止抽噎，小声问道：

“你哥哥多大啊？”

“他比我大十二岁，但是他的心理年龄应该快两百岁了吧。他在外交部工作，是驻德大使，他一直说我的工作很难，但我觉得他每天跟别人打交道其实更难。”

沈梦低着头，不再说话。张桢只好没话找话：“对了，你看过《末日冰川》这本书吗？这本书里对人性写得挺透彻的。”

“没有，那是什么？”沈梦已经彻底不哭了。

“你有机会可以看看，是一本科幻小说，描写在灾难环境下人性扭曲的。我觉得特别好。”

“嗯，我回来看看。”

他们面前的屏幕上忽然显示出了沈梦的名字，她站起身，把身上的金属饰品往张桢手里一塞，走了进去。

检查结果显示，沈梦的身体没有什么问题，医生说回家休息几天就好。

两个人走出医院，张桢刚想问她怎么回家，一辆红色的奔驰车就停在两人面前，高大的司机走下车，为他们打开车门。

“我送你回去吧。”沈梦邀请道。

张桢摆了摆手：“没事，我家离这不远，我走回去就可以了。”

沈梦没再坚持，坐上了车，她按下车窗，微笑着对张桢说：“今天谢谢你了。”

张桢谐谑地敬了个礼便转身走了。

第二章

第三节

周一是珞珈实验室正式被接管的日子。八点半，熟悉的红旗轿车准时停在正门前，尾部被撞的痕迹还清晰可见，周宁紧跟着刘思锐走下车，身后还跟着一个矮胖的女人，油腻的短发被扎成一个小鬏，更显得脸硕大无比。他们轻车熟路地来到二楼，走进会议室，包括宋清明在内的六个人已经在这里等候了。不知为何，杨诗怡看着刘思锐面无表情的脸，始终觉得她挂着掠夺战利品的微笑。

刘思锐和矮胖的女士在一旁站定，周宁走到会议室前方开始了自我介绍。

“宋教授，张博士，沈小姐，杨博士，两位来自日本的国际友人，你们好。很荣幸和你们再次见面，这位是原通信部计划司的司长刘思锐同志。我叫周宁，和郭娜同志一同前来配合刘所长和宋博士以及诸位的工作。

“首先，我代表通信部对在座的诸位表达由衷的敬佩和感谢，你们凭借勤奋和努力取得了全球领先的科研成果，成为量子通信领域的先锋，成为国家的骄傲。”周宁带头鼓起了掌，郭娜见状也跟着一起鼓掌，可惜并没有得到什么响应，除了宋清明象征性地拍了两下手，其他人都木然地看着。

周宁笑容依旧，继续热情洋溢地说："但是请诸位理解，出于对人类福祉和文明延续的考虑，通信部从今天开始协助珞珈实验室运行，内部代号为九〇五研究所，由经验丰富的刘思锐同志全权负责。下面请刘所长发言。"

刘思锐穿着和上次来到这里时一模一样的衣服，沉稳地走上前去，打开记事本，用清脆而严肃的声音说道："根据相关法规，通信部现对珞珈实验室所有设备以及人员进行核查及征用，直至……"

张桢心想这哪是动员会，他往旁边扫了一眼，发现沈梦一如既往地在低头划着手机，杨诗怡则抱着手臂目光呆滞地盯着前方。只有两位日本友人听得聚精会神，大概是害怕行事不当会被驱逐出境吧。

发言接近尾声时，刘思锐用眼神示意站在角落里的郭娜，后者马上走上前去，给每个人发了一份厚厚的《安全手册》。

刘思锐边环视边说："这是保密协议，里面的详细条款请务必仔细阅读，如果违反将会被追究刑事责任。"

张桢翻了翻这份保密协议，除了不能透露信息给任何竞争机构之外，也限制了他们与媒体的交流和社交网络账号的使用。虽然自己本就不会违反其中任何一条，但是这种束缚还是让他浑身不自在。

周宁又回到台前说："改制期间必然会发生一些变化，刘所长和我会尽量把给大家带来的不便降到最低。不过有一些调整是马上生效的，首先，珞珈实验室之前招募的所有实习生都会被遣散，由科研院所的基层研究人员替代。其次，珞珈实验室的六位主要成员都要经过安全审查，这是标准流程，并不是刘所长在故意为难你们。从今天开始，刘所长和我会对你们进行一对一的面谈，希望大家配合。”

简短的动员之后，六个人都怀着惴惴不安的心情回到各自的岗位上，等待即将到来的“面谈”。

雷厉风行的刘所长征用小会议室，只用了一个下午就和所有中国成员完成了谈话。在周宁的不断调节下，谈话气氛还算融洽，虽然刘思锐依然是她那张面无表情的脸，但是周宁看起来非常和蔼，而且在刘思锐提出尖锐问题的时候还会替他们解围，和这个面瘫女形成了鲜明对比。

但是第二天对北原术直和松间晴的调查就没有这么轻松了，尤其是刚刚进入珞珈实验室的松间晴。可能他们觉得两个小时的“审讯”还不够打消他们对松间晴的疑虑，还给她安排了一个月的“观察期”——在此期间，她所有与外界的联络都会被监听，她需要随身携带追踪装置，如果出现在家到实验室路径之外的地方，需要提前一小时申报。

午餐时，大家聚集在餐厅讨论这两天的“面谈”，每人面前摆着一听饮料，吸管有气无力地插着，歪歪搭在瓶口。在大家的追问下，松间晴把要对她进行观察的事情轻描淡写地说了出来，还露出脚踝让大家看她的定位器。除了沈梦像什么都没听见一样继续盯着手机之外，其他人都非常愤怒。

“太不像话了。”杨诗怡气愤地捶了一下桌子，大骂道，“这不是保释的犯人戴的东西吗？还有没有人身自由了？”

北原术直也非常不解：“为什么会这样呢？我们都是外国人，

对我仅仅是抽查了一下我的邮件，并且让我解释了几通电话而已。”

松间晴反倒安慰起大家:“毕竟是人家的规定嘛,我既然想留在这里就要服从啊。”

“不行。”杨诗怡一拍桌子,“我去找刘思锐谈谈。”说着就起身快步走了出去。

松间晴马上去追,但她根本跟不上杨诗怡的脚步,其他人也紧随其后。沈梦好像意识到有热闹可以看,竟也放下手机,跟着他们前往刘思锐和周宁的办公室。

门没有关,杨诗怡礼节性地敲了两下就走了进去,剩下的人也鱼贯而入,本就狭小的办公室显得更加拥挤。

“刘所长,我听小晴说您不但要监听她的邮件和电话,还要限制她的人身自由,这是真的吗？”

周宁赶紧站起身:“杨博士,请别着急,其实我们……”

“是真的。”刘思锐直截了当。

杨诗怡没想到她如此干脆利落地承认,并且没打算做进一步解释,一时间愣住了。张桢赶忙上前一步说:“刘所长,您这么限制人身自由不合适吧？”

刘思锐把面前的记事本合上,抬起头看着他们几个人:“如果你们觉得我的决策不当,可以去通信部复议。”

周宁看到几个人面面相觑,帮着补充道:“刘所长是按照正常流程审查的，我们的确发现了松间小姐的个人信息有异常的地方,比如有双重国籍,缺失教育经历的证明,而且生父生母的信息不明,养父的情况也比较特殊……”

本来情绪就有些激动的松间晴听到这里夺门而出，边跑边哭，北原马上追了出去，紧接着沈梦和张桢也走了，办公室就留下杨诗怡与刘思锐和周宁。

周宁非常懊悔："不好意思杨博士，我真的不是故意想说这些，但是……"周宁摇摇头，不知道该说什么好。

杨诗怡缓缓地说："是我太冲动了，没考虑她的感受。我……我先走了。"她对自己满心失望——本来质问刘思锐是想替松间晴打抱不平的，现在反倒像是自己做错了一样。

杨诗怡来到松间晴的办公室，发现大家都围在她旁边。松间晴的情绪还是很激动，一言不发地坐在椅子上，北原术直轻轻地抚摸着她的头发。

松间晴抬起头，看着北原的眼睛，欲言又止。

"咱们出去吧。"杨诗怡招呼沈梦和张桢，沈梦却丝毫没有要动的意思，托着下巴，兴冲冲地看着两个日本人。

"请不要。"松间晴叫住他们，"有些事情，我想向大家承认。"

杨诗怡和张桢愣了一下，停下了脚步。

松间晴闭上眼睛："其实我……其实是……"她深吸了一口气："我是一个孤儿。虽然来到这里的时间只有几天，但是已经感觉到大家对我的善意，我知道我没办法永远隐瞒我的身份，所以我还是希望和你们坦诚相待，希望你们不要因为我的身世而看不起我。"

松间晴平复了一下情绪，缓缓说道："我生父是美国人，他曾经是一个驻日美军的少校，我的母亲是日本人，我听说我出生不久她就不知所踪，没有人跟我提起过她，是父亲一直在照顾我。而在我八岁那年，发生了浅草事件，我父亲就是牺牲者之一。"

沈梦小声问了一句："浅草事件是什么？"

北原回答道:“是我们小时候发生在东京的恐怖袭击,是日本有史以来最严重的一次,有三百多人遇难。”

松间晴继续说:“那天我失去了我的父亲, 他是我唯一的亲人。是我养父好心收留了我,他也是美国人,在我上中学的时候把我带到了美国。因为我转过很多次学,父母也都……”松间晴又低下头,不再说话。

张桢没想到眼前这个看起来坚强而乐观的女孩还有如此悲惨的曾经,而且,北原术直与她交往了这么多年,竟然也对此一无所知,如果不是今天的这一次意外事件,不知道她还会把这些秘密埋藏多久……想到这里,他不由得觉得松间晴有些神秘。

半晌之后,松间晴抬头看着北原术直,问道:”你会介意我的这些过去吗?“

北原用力摇头:“怎么可能呢,我只会加倍爱你,弥补你过去经受的这些痛苦。”他拉起松间晴的手:“今天真是为难你了,说了这么不幸的事情。”

松间晴擦擦眼角,破涕为笑:”其实都是过去的事情了,也有好的一面,把一切都说出来之后,轻松了很多,也感觉和北原君更加亲近了。而且北原君从今往后会更加心疼我,想到这些也好开心呢。”说罢两个人紧紧地拥抱在一起。

见刚才还是悲情戏主角的两个人猝不及防地撒起狗粮,三个单身男女赶紧逃出了屋子。

临近下班,张桢经过走廊的时候,听到远处有两个女人争吵的声音,应该是杨诗怡和刘思锐,他连忙快步走到拐角,想偷听两个人的谈话。

杨诗怡的语气有些激动:“你们根本不懂我们在做什么,这是量子通信,对方根本没有办法定位,这不是迫害妄想症吗?”

“你也承认现在这个领域还有很多未知,而对方或许比我们领先不知道多少年,你现在看来不可能的事情,在他们看来可能易如反掌。”刘思锐的语气依然非常平静,甚至有些让人恼火。

“这是两回事,从逻辑上来说,我们根本……”

刘思锐直接打断了她:“很多科学理论最终都被证明不完善,明明是一个刚刚兴起的新技术,你们却好像对它已经了若指掌一样,这种盲目的自信是很危险的。”说到这里,她的语调不自觉地开始上扬。

杨诗怡一时语塞,只听刘思锐继续说道:“科学前沿往往都是灰色地带,有些专家学者,表面上是为了人类的进步,实际上还是逃不出一己私欲,他们或许贪图名利,或许为了满足自己的好奇心,无视社会道德伦理,甚至置人类的安全于不顾。有多少发明偏离了初衷而变成屠戮的武器?有多少科学成果以‘造福社会’为名戕害人民?本应给人类带来幸福的科学研究,最终却酿成灾难,这种例子不胜枚举。我在这里的意义,就是阻止你们的成果变成我们不想看到的样子。

“如果我们现在盲目地和外星文明联络,一旦对方心怀恶意,套出人类的信息,做出对人类不利的行动,就再也没有改正的机会了。你们可以去拓宽科技最前沿的边界,而我们负责守卫底线。我们虽然职责不同,但我们不是敌人。”

片刻的沉默过后,张桢听到了关门的声音,他猜测两个人的“友好讨论”告一段落,于是从角落蹿了出来,丝毫不介意杨诗怡发现他在偷听。

“甘拜下风了？”张桢看杨诗怡的脸色还不错，于是开了个玩笑。

杨诗怡却一脸认真的表情：“其实她说的也有道理。有些时候我们想的的确太少。”

“面瘫女有两下子，俩小时就把你招安了。”

杨诗怡不置可否：“今天发生的事太多了，我想一个人待会儿。”

“嗯，我也想提前回家了，明天见吧。”

第四节

转天，张桢像往常一样迟到了半个小时，他惊讶地发现，实验室已经变得让他有些认不出了——前厅里放了一台X光机，加了两排柜子，门口还有两个武警在执勤，腰间别着手枪。

正要往里走的张桢还没反应过来，就被一个高个子武警拦下。

“您好，请出示证件。”

张桢掏出钱包中的身份证，对方仔细核对了照片之后，说：“请把所有随身物品放进X光机过一下。”

他又不得不把书包和兜里的东西一股脑放进去，另一个稍微胖一点的武警盯着屏幕看了一会儿，点了点头。

“刘所长要求，包括手机在内的所有电子设备、存储设备以及纸张、书籍都不可以带入或者带出实验室。”

“什么？手机也不能带？”

“是的。您的所有物品都可以放在旁边的储物柜中。”

张桢知道跟他们理论也没有用，只得乖乖地把所有属于“违禁品”的东西都留在了柜子中。过了安检，他直奔刘思锐的办公室，想找她问个清楚。

“刘所长，为什么今天开始安检了？连手机都不能带？”

“昨天下午我通知了，那个时候你已经走了。”

张桢以为这个教条的老顽固会计较他早退的事，然而并没有，刘思锐从抽屉中掏出一个盒子递给他，里面是一个黑色的长方体，上面有像电话键盘一样的按键，这个东西他只在老电影里见过。

“这是手机？”张桢眨眨眼，不敢相信。

“从现在开始，实验室内只能使用这个军用级别的密保手机，不能拍照，不能录音，不能上网，在保密区域你们可以用这个互相联系，手机号就写在背后。”

张桢仔细端详了一下这个“手机”，它大而笨拙，按键又硬又脆，一股廉价的气息扑面而来，拿在手里如同穿越一般。这种手机大概是上个世纪末的产物，到了本世纪初，智能手机成为主流，那时候的手机即可通过一块触摸屏操控，实体按键就已经消失不见了。而最近几年智能手机也遭到淘汰，大多数人开始使用云手机：因为通信延迟的降低，处理器、内存这种原本集成在每个手机上的硬件都被搬上了“云”，所有的运算和储存功能都由各个手机厂商提供的超算和云存储完成，而手机本身集成的芯片很少，所以核心的通信模块和屏幕完全分离。平时通信模块只需要放在口袋里，就可以和完全透明的屏幕相连。而且手机的核心部分还可以与任何一块无线玻璃屏相连，作为手机的拓展显示器。这种屏幕在珞珈实验室的每间屋子里都有，他们早已习惯了这种便利性。相比之下，眼前的这个东西，要么属于前信息革命时代，要么属于后启示录时代，反正怎么看都不属于现在这个时代。

“那如果我们想要用手机怎么办？而且，纸质资料也带不进来，我们经常要查询一些数据库没有的纸质版文献怎么办？”

“保安室的储物柜旁边有书桌，你们可以在那里看完了之后再进来。”

对这个“解决方案”张桢匪夷所思，不过他转念一想，与其在这里和刘思锐正面冲突，不如问一下宋老板和诗姐，更何况，如果沈梦也在办公室的话，五分钟不看手机对她的煎熬程度，可能仅次于五分钟不照镜子。

想到这里，张桢装作接受了这一切，拿着“手机”走了出去，直接拐进隔壁杨诗怡的办公室。杨诗怡正盯着几张纸看，眉头紧锁。张桢找了把椅子坐下来：“你今天也领了那个手机了对吧？”

杨诗怡将自己的黑色长方体放在桌子上，算是回答了他的问题。

“你没打算反抗一下？咱们以后就只能用这个了？”

“早上沈梦已经和刘思锐闹过一次了，正好让我撞见。本来不让她用手机就已经挺煎熬了，连书都不让她带，她直接就崩溃了。”

“哦？”张桢眉毛一扬，“她还看书呢？啥书？”

杨诗怡头也不抬地看着手中的材料，说：“《末日冰川》。”

张桢想起这是前几天自己推荐给沈梦的，想到自己对这个大小姐竟还有点影响力，他心里不由得有些得意。“后来怎么样了？”

“她跟保安喊上了，还说要拿防狼喷雾，乖乖，对面可是武警啊，沈小姐真是初生牛犊不怕虎，有一个警卫连电击枪都掏出来了，最后没用，不过说实话我还挺想见识见识的。”她抬眼对张桢诡异地一笑,“你要是找保安闹的话叫我一声。”

“然后呢?”

“然后正好小晴来了,就把她拉走了,估计现在应该没什么事了。”

张桢又和杨诗怡闲扯了几句,就回到自己的办公室,打开电脑,一封来自刘思锐的电子邮件首先映入眼帘。

除了开头不到半行的套话之外,后面用三四页说明了增加珞珈实验室,即九〇五所保密级别的相关规定,包括每天的例行检查、每月抽查、室内监控以及禁止携带进入保密区的物品清单,每一条都写得十分晦涩,仿佛故意让他们看不懂,从而方便找他们的麻烦一样。单单是研究这个规则就花了张桢大半天的时间。而且可能是刘思锐觉得门口的两个武警还不足以凸显珞珈实验室的高贵地位,实验室内部的安全保障也大幅加强了。

安保级别最高的是“谷雨一号”所在的东湖实验室,里面有三个视频监控,门口除了面部识别之外,还安装了脑波识别,这是基于人脑的无数毛细血管中流淌的带电离子产生的电磁波信号特征的识别方式。但是这种装置还不完善:情绪激动或者昏昏欲睡的时候,大脑发出的电磁波就会有较大变化,造成识别误差。在吃了几次闭门羹之后,张桢更加着急,越着急越进不去,这恶性循环让他绝望透顶。

到了快下班的时间,张桢没有完成一件实质性的工作,只好安慰自己说今天状态太差。他一边在心里咒骂刘思锐的各种长辈,一边收拾东西准备回家。突然,杨诗怡破门而入对他和北原说:“赶紧去刘思锐办公室。”说完就急匆匆地跑了。

两个人紧随杨诗怡跑了过去, 只见刘思锐和周宁坐在一边,松间晴和沈梦低着头站在门口，宋老板站在四个人中间解释着什么。

听了一会儿，张桢终于从只言片语中搞清了情况：今天上午沈梦和门口武警起了冲突之后，小晴把她拉走了，两人聊起了《末日冰川》这本书，小晴说自己也很想看，沈梦提议带她出去买，顺便请她吃冰激凌表示感谢，于是两个人一起去了商场。没想到这违反了松间晴的"观察"规定：她如果想去家或者研究所之外的其他地方，需要提前一个小时申请并且获得批准才可以，违反规定的后果是失去在珞珈实验室工作的资格。

"我真的不知道这件事，如果我知道是不会拉她去的。"

张桢心想，昨天松间晴跟大家说这件事的时候你沈梦明明也在场，这个记性堪比仓鼠。

"有两个问题，"刘思锐把头偏向沈梦，"珞珈山附近的购物中心有七八个，离这里不过几分钟车程，为什么要舍近求远跑到汉口去？"

沈梦的头摇得飞快："附近的那些鬼地方我是不会去的。我好歹也算是公众人物，被人认出去那种地方逛街，我的脸还要不要了？"说完，夸张地一甩头发。

张桢心里还有点佩服她，这种优越感爆棚、目空一切的言论，也只有她可以收放自如、真情流露地表现出来。刘思锐显然对这套说辞非常买账，又将目光转向松间晴。

"第二个问题，昨天我跟你说过，你脚上戴的环有卫星定位装置，我们提前设置好了你家到实验室的所有可能路线，一旦偏离会有震动提示，在你们离开实验室的路上，应该会有多次震动。如果你之前忘记了被观察这回事，那个时候也该想起来了吧？但你不但没有往回走，也没有向我打电话说明情况，这怎么解释？”

松间晴咬着嘴唇，不发一言。

沈梦见势替她辩解道：“你知道跑车开起来什么样吗？你坐过跑车吗？你知道跑车是什么吗？她根本……”

“闭嘴！”刘思锐严厉地打断了沈梦的话，周宁都被她的这一声喊吓了一跳。刘思锐立即恢复了平静的语气：“让她自己说。”

松间晴喃喃地说：“对，的确晃得太厉害了，我心里又很兴奋，没有注意到脚环震动。”

刘思锐皱了皱眉，仰身靠在椅背上，双臂抱在胸前做思考状。周宁侧身向她耳语了几句，刘思锐点了点头，对大家说：“除了宋博士和松间小姐，其他人都出去吧。”

众人离开后，刘思锐从里面关上了门。

北原忧心忡忡：“小晴不会真的被开除了吧……”

张桢安慰道：“不会的，周所长不是在劝了嘛。而且宋老板也在里面呢。”

几个人收拾好东西走出前厅，在保安室的桌子前坐下，一边聊天一边等着松间晴出来告诉他们所长最终的决定。

北原见沈梦在一旁一言不发，眼睛直勾勾盯着楼梯看，轻轻拍了她一下，说：“你不要自责，我知道你不是故意的，这件事还是小晴太大意了。”

就在这时，松间晴出现在楼梯上，几个人马上站了起来，看到松间晴对他们露出灿烂的微笑，并竖起拇指，才都放下心。她飞快地跑了过来，被北原拥入怀中。

沈梦终于露出了笑容，兴奋地说道：“没事就好，正好我请大家吃顿饭当作赔罪吧？”

杨诗怡眼珠一转:“我和那个谁约好了去看那个什么电影。”话没说完就头也不回地跑掉了。北原术直和松间晴也婉言谢绝了她的好意,很快,大厅里只剩下张桢和沈梦两个人。

“那你呢,你晚上有事吗?”沈梦问道。

“我?”张桢指了指自己,“主角都不在你请我干啥?”

“就算感谢你上周带我去医院呗。”

张桢其实非常想回家好好休息一下,让这糟糕的一天赶紧过去,可心里又对这位大小姐的经历有些好奇,就同意了。

两个人来到停车场,熟悉的兰博基尼飞翼式车门缓缓打开,两个人坐了进去。

“你的车不是撞了吗?这么几天就修好了?”

沈梦点了点车载屏幕,说:“外观一样而已,那辆已经报废了。这辆是自动驾驶的,撞车之后我爸就不让我开车了。”

沈梦的语气比普通人丢了手机还淡定。

两个人系好安全带,汽车就启动了,引擎发出巨大的轰鸣声,车子猛然蹿了出去,张桢第一次体会到“晕车”的感觉,心想难怪松间晴发觉不到脚踝的感应器在震,恐怕他现在胳膊少一条自己都注意不到。

沈梦滔滔不绝地介绍着这辆车的性能,一旁的张桢一言不发,她扭头一看才发现他按着太阳穴,紧闭双眼,脸色铁青。于是她在中控屏幕上点了几下,汽车开始变得平稳起来,发动机的声音也小了许多。

沈梦拍拍他,递给他一粒白色圆圆的东西:“宁神糖,专门治晕车的,泰国进口的呢。”

张桢拿过来放进嘴里,顿时有一股像薄荷又像咸柠汽水的味道在嘴里弥漫开来,然后扩散到鼻子里,虽然味道不好,但是觉得清爽了很多,刚才反胃的感觉荡然无存。“谢谢啊,还真挺管用的。”

沈梦眉毛一扬:“那可不,上次有人吐我车里我花了俩月才弄干净,恶心死了。”

张桢自嘲道:“嗯,没坐过跑车,不知道这玩意儿这么刺激。”

“我就说嘛,”沈梦忽然提高音量,“刘什么的那个老女人肯定也没坐过跑车,她根本就不知道坐上来是什么感觉。”

张桢看看窗外,不想再跟她争论。

跑车在一个商场门口徐徐停下,两个人下车后,车子缓缓地开走了。

“这个地方我来过几次,里面的东西还不错呢。”

沈梦从包里找出一副墨镜戴上,说:“主要是去太高级的地方怕你不习惯。”

两人随便找了间环境优雅的餐厅坐定,点好餐之后陷入尴尬的等待。

“我听说你开始看《末日冰川》了?”

沈梦立马撅起了嘴,满怀怨念地说:“什么玩意儿嘛,我还以为是科幻小说呢。”

张桢纳闷:“就是科幻小说啊。”

沈梦不屑地“哼”了一声:“故事发生在2079年,那不就是去年吗?”

“科幻小说和年份没关系。”不过说到这里,张桢的确有一种奇妙的感觉——那些小说和电影中遥远的未来已经慢慢变成了过去。

沈梦继续说道:“我看的科幻片里都是什么飞行车、机器人的,这小说里的东西比现在还破,一点意思都没有,我是不打算看了。我给松小晴买了一本,以后让她给我讲吧。”

“她叫松间晴。松间是姓。”

沈梦瞪了张桢一眼:“我知道啊,昵称懂不懂啊,一看你就没女朋友。”

张桢抿了抿嘴,想不出这和有没有女朋友有什么关系。

沈梦见张桢默认了,接着问:“杨诗怡是不是也没男朋友呢?”

张桢摇摇头:“应该是没,我给她介绍过一次,但是她见了几次面就说没兴趣,后来我索性也不张罗了。”

“看起来你们都是为科学献身的崇高人士呢。”沈梦捏着嗓子说。

张桢也不知道这句话是不是在讽刺他们,只好装作没听懂:“其实我们只是感觉人心更为复杂,想起跟其他人接触就觉得挺累的。可能搞研究的人很多都和我们俩一样吧,都有社交恐惧症。”

正说着,他们点的菜一个接一个地被端了上来,两个人把饮料倒满,一同端起杯碰了一下,张桢说:“祝贺漫长的一天终于结束了。”

“干杯!”

张桢一饮而尽,小心翼翼地问沈梦:“你是不是挺反感实验室的人的?”但是话一出口他就后悔了,他感觉自己和沈梦还没有熟络到这个程度。

“嗯,我感觉那个刘什么锐是真够烦人的,周宁看上去还成,总是笑嘻嘻的。”

“我不是说他们俩,我是说杨诗怡他们。”

“哦她啊,人挺好的,就是不太会说话。刘什么的才来了几天就跟她吵了好几次了。”

张桢顿了顿,问道:“诗姐跟我说,你第一天跟她见面的时候,让她不要穿白色的衣服?”

“对啊,我跟她说穿黄色的比较好,这样可以显得她牙比较白。”

看来杨诗怡向他转述的时候一点都没夸张,这就是沈梦的原话。沈梦看张桢眼神不太对,反问道:“怎么?你觉得我这是不会说话?我这是教她搭配,是关心她好吧?”

张桢不想跟她争论:“你上次在医院口口声声说我们讨厌你,但是看来你也完全不在乎我们喜不喜欢嘛。”

沈梦停下筷子:“我就知道不应该跟你说那些的。”

张桢装作一副无所谓的样子:“闲聊嘛,你要是不想说就别说了呗。”

沈梦捋了一下头发,欲言又止:“其实……其实我挺喜欢这里的。”

“哦?”张桢抬起头,见沈梦一脸真诚。

“上大学以前我一直读私立学校,然后就直接去了伦敦政经学院。小时候我也不是现在这个样子,从小学到中学,我一直有好多朋友,但是忽然有一年,我爸的生意不太顺利,网上都说他负债累累,公司要倒了,我明显感觉到和我亲近的朋友一个个都疏远了。”沈梦拿起杯子,抿了一口饮料,“其实我知道,私立学校里孩子的父母非富即贵,朋友们不跟我来往大都不是他们的本意,而是父母的意思,我从那时开始意识到原来人是那么势利。后来我爸的公司又步入正轨，之前对我避之不及的同学又都贴了上来，和什么都没发生过一样。”

“我挺理解你这种心情的。”

“后来我才意识到，我的出身就决定了遇到我的人只会有两种态度，他们都认为我是不学无术的富二代，一切全靠家庭给予，一种因看不起而疏远我，另一种想利用我，于是假装对我友善。这么多年，我从来没有遇到一个人会无视我的家境，真心地想了解我这个人。看到小晴，大家会觉得她温柔体贴有耐心；看到诗怡，大家会觉得她干练直爽而且聪明；但是大家看到我，就只会想到我是沈伟军的女儿，不会在意我也有我自己的性格和优点，我已经习惯了。很多人羡慕我的家境，羡慕这种随心所欲有钱任性的感觉，但是精神层面的贫穷你们可能理解不了。”

张桢点点头，继续倾听。

“后来我索性就破罐破摔了，越是没有人了解我，我就越怕有人去试着了解我，我就会故意说一些恶心伤人的话把他们赶走。”

“为什么呢？”张桢有些疑惑。

沈梦咬了咬嘴唇，深吸了一口气：“心理医生告诉我，因为我之前的经历，我非常需要别人的关心，我其实非常渴望获得一个朋友，但是在我内心深处，又害怕当这个人真的了解我的时候，会因为认清我的性格而讨厌我。所以我排斥每一个想和我接近的人，这样我就可以暗示自己，那些人是我主动赶走的，不是因为他们不喜欢我而离开我的。虽然我没有朋友，但是至少还可以保持我的自尊。久而久之，就习惯这样了。我知道这样是自欺欺人，但也算是我的防御机制吧。

“这也是我喜欢来这里上班的原因。你们这些搞学术的人，脑子里没有那么多人情世故，我发现你们人都挺好的……其实能认识你们真的很开心。”

第五节

在刘思锐的监督下，时间过得异常缓慢，让张桢不禁开始怀疑，刘思锐的质量已经达到了相对论级别，能把几百个小时拉长成几个世纪。

这一天张桢正在办公室准备当天的实验记录，忽然听见门外急促的脚步声，松间晴推门冲了进来，上气不接下气地说：“张桢，北原晕倒了！”张桢立即跟着她跑向东湖实验室，一边跑一边问：“怎么回事？”松间晴的话中带着哭腔：“我也不知道，他说胃疼，我让他回办公室休息一下，他刚站起来就晕倒了。”说着两个人进了实验室，北原术直倒在地上，一动不动。

其他人也很快赶到，北原被搬上救护车，杨诗怡陪着松间晴送北原去医院。望着远去的救护车，沈梦叹了口气：“哎，真是想不到，有个女朋友照顾还能把自己搞成这个样子。”

“什么意思？”张桢十分好奇。

“小晴跟我说，她每天都给他做早餐还有中午的便当，家务也大部分是小晴在做。她就是一个典型的日本家庭主妇的样子。”沈梦摇摇头，“我可想象不到这种生活，每天还要给别人做饭、收拾屋子，跟用人一样。”

张桢笑了笑：“你不会有这个烦恼的。”

“为什么？”沈梦头一歪，盯着张桢，“你什么意思？我嫁不出去吗？”

张桢连忙摆手：“不是，我随便说的。”他用余光看到沈梦如尖刀一般锐利的眼神，赶忙告辞：“哎呀，我先回去了啊。”然后就一溜烟进了办公室，留下一脸不高兴的沈梦。

不知不觉过了两个多小时，当张桢面对着繁杂的申请表和报告单感到头疼的时候，敲门声打断了他的思绪。沈梦走进来：“今天小晴不在，一起吃饭吗？”

张桢看了看手头这堆填了一半的表格，身心俱疲，心想反正再折腾一个多小时也不一定写得完，还不如先休息一会儿，更何况自从他上次和沈梦聊天之后，发现两个人还是有一些共同语言的，于是便跟着沈梦来到休息室。沈梦神秘兮兮地从冰箱里拿出两个饭盒，一红一黑，很明显是情侣款。

张桢满脸狐疑：“你一个人吃这么多？”

沈梦“啪”的一声把黑色的饭盒往他面前一扔：“这是你的。”

“你给我准备午饭了？”

沈梦“哼”了一声：“你想得还挺美，这是小晴和术直的，刚才小晴拜托我倒掉来着，我想与其浪费不如体验一下日本人吃什么。”

“哦……”张桢本来还有些犹豫，不过打开饭盒之后，他就完全不再想自己带的那份西红柿炒菠菜了。

饭盒虽然没有装满，但是种类却很丰富——翠绿的生菜和新鲜的胡萝卜整齐地码放在餐盒的一角，旁边还有一些切得正正方方的土豆片，中间两只明虾摆成一个太极图的形状压在米饭上面，右下角还有几个小小的玉子烧，五颜六色的食材让人食欲大增。

“啊！小晴真是居家好女人，真懂生活。”沈梦感叹道，她迫不及待地打开了红色的饭盒,“我的妈啊！这是什么玩意儿！”

红色饭盒里的东西让人大跌眼镜——本就不大的餐盒装了薄薄的一层米饭,上面随意铺了几片生菜和胡萝卜,还有一些细碎的土豆丝,几只小而畸形的虾被埋在米饭里,不难想象松间晴把食物的边角料都放在了自己的饭盒里。

张桢和沈梦交换了一下眼神。“要不然……我跟你换?”他试探性地问道。

“算了,我少吃点吧,难怪小晴身材那么好,都是饿出来的。”

令张桢大失所望的是,虽然这份便当看起来诱人,吃起来却没有那么享受,米饭又冷又硬,其他食材也没有油和盐的味道,让他不禁有点怀疑自己的西红柿炒菠菜加热一下可能会更好。他看了一眼对面的沈梦,很明显她也丝毫没有享受的表情。

沈梦努力咽下一口米饭:“术直好像是胆结石,咱们下班之后去看看他吧。”

“好啊。这小子真是不让人省心。”

一下午的时间在和表格的较量中艰难过去,六点整,沈梦准时敲开了张桢的门:“准备好了没?”

张桢利索地把所有东西都扫到抽屉里:“走吧。”他拿起衣服,边穿边跟着沈梦走了出去。

“真不知道小晴是看上北原哪一点了。”沈梦有些不平衡地说。

“其实小直也很喜欢她,在你们没来之前,我经常和他一起出去,他常提起小晴,提到她的时候就特别幸福,而且他也知道小晴对自己特别好,觉得自己很幸运。”

“那可不,的确是很幸运。”沈梦话峰一转,“那你呢,没想过找个女朋友吗？”

“没有，耗不起。”张桢吐了一下舌头，“虽然有时候我也很羡慕他们两个人，但是有个女朋友真的挺麻烦的。”

沈梦白了他一眼，嘟囔了一句“直男癌”，然后就默不作声了。

很快他们来到了第四医院，周宁和小晴正在病房里面站着聊天，周宁见张桢和沈梦走进来，抬腕看了一下手表说：“正好我也要走了，你们聊吧。”说罢，戴上帽子走出了病房。

“现在感觉怎么样了？”张桢见北原虽然面色红润了很多，不像早上那么惨白，但是在身上蓝白相间的病号服和后面的急救设备的衬托下，依旧给人一种虚弱的感觉。

“急性胆结石。”北原笑着说，“都怪我自己不小心，现在已经基本没有什么痛感了，但是以防万一，明天还是要做手术，后天就可以出院了。”

“也怪我不好。”松间晴自责地对张桢和沈梦说，“前几年我就知道他有胆囊炎了，但是一直没催他去复检，才到了现在这个状况。”

北原温柔地看着女友：“怎么能怪你呢，是我自己太不小心，而且你已经照顾得非常好了。”

张桢心想这可能就是午饭里一点油都没有的原因吧，难怪这么难吃。

“那你以后跟我去夜跑吧？”松间晴笑着对北原说，温暖的目光好像可以把他的心融化。

北原做了一个非常痛苦的表情：“不要啦，反正我也跟不上你，太难为情了。”

张桢不想继续“吃狗粮”，打断道：“你好好休息吧，实验室那边你就别担心了，有我和诗姐呢。”

北原在病床上轻轻俯身鞠了一躬：“那就拜托你们了。”

松间晴从旁边的抽屉中拿出一个信封，双手递给沈梦，说：“不好意思，我还需要你们帮忙。最近这两天我都要在医院照顾术直，但是我现在还在观察期，这是我给刘所长写的证明信，已经找医务科盖章了，里面还有我们两个人的请假单。请你们帮忙转交，谢谢！”

“没问题。”沈梦接过信封，放进自己的手包中。

“放心吧，刘思锐不会为难你们的。”张桢安慰道。

“时间不早了，你们早些休息吧，我们就先走了。有什么事打电话啊。”沈梦用眼神示意张桢起身，简单告别之后，两人离开了病房。

几天后，张桢如常来到实验室，惊讶地在保安室存东西的时候看到了北原和松间晴。

“这么快就出院了啊，身体可以吗？”

“医生说没问题了。这几天真是麻烦你们了呢。对了，张君今天早上看新闻了吗？”北原术直忽然兴奋起来。

张桢猛然意识到昨天晚上是诺贝尔物理学奖公布的时间，难道获奖了？“诺贝尔奖的报道吗？怎么说的？”

“就是把咱们的研究成果介绍了一下，包括现在的一些研究进展，比如和外星人联络，咱们真的好出名呢。”

张桢匆忙从包里翻出手机搜索，刚才还放光的眼神暗淡了下去，诺贝尔奖被授予了一个美国团队，以表彰他们在改变红外线波长材料研究方面的贡献。新闻的末尾提到之前盛传的有力竞争者珞珈实验室落选了——原本上头条的期待变成了蹭热点的失落，张桢摇摇头："我还以为咱们拿了诺贝尔奖呢，白高兴半天。"

"其实没有什么啦，明年也一样有机会。"

"你们俩看起来心情不错啊。"

松间晴接话道："对啊，今天是我观察期的最后一天，这一个月终于结束了，今天再和刘所长汇报一下，我就和你们一样自由啦。"

张桢没有心情分享他们的快乐，他突然意识到什么，又拿起手机重新看了一遍刚才的新闻，快速寻找里面的关键字，"与诺奖失之交臂"以及"和外星文明联络"。

坏了，张桢心想，媒体是怎么知道他们与外星文明建立通信的。他连忙把手机往柜子里一塞，飞速通过安检，三步并作两部跑上楼，急促地敲了几下杨诗怡的门，未等她回应便推门而入。

杨诗怡一副睡眼惺忪的样子，缓缓看向张桢。

"你看新闻了没有？"张桢快步走到杨诗怡桌边。

"夜里就看了。"杨诗怡边说边打了个哈欠。

"我不是说诺贝尔奖的，"张桢拽过杨诗怡的键盘，搜索珞珈实验室，随便点开一条，"你看看这个。"

杨诗怡从一旁拿起金丝眼镜，随手架在鼻梁上，盯着屏幕，眉毛拧在一起："他们是怎么知道咱们和外星文明有交流的？这难道不是机密吗？"

张桢摇摇头："不知道，这会不会对小晴不利呢？"

杨诗怡歪着头想了想："反正这事不是小晴做的，刘所长没有证据。"

"你觉得那个面瘫需要什么证据吗？上次小晴没经过允许和

沈梦出去之后，说不定她正找机会把小晴弄出去呢。”

杨诗怡摆摆手：“刘所长不是这样的人，你也不要把人想得太坏。”

这时，松间和北原走了进来，沈梦也跟在后面，想来凑个热闹。

杨诗怡直言不讳：“小晴，咱们实验室的情况，你没有告诉别人吧？”

松间晴摇摇头：“对啊，刘所长第一天发的保密规则里不是有吗？”

话音未落，周宁来到办公室门口，说：“正好你们都在这，刘所叫所有人来她办公室一下。”

杨诗怡和张桢对了个眼神，是福不是祸，是祸躲不过。

几个人很快来到刘思锐的办公室，周宁坐在刘思锐身后，拿着一个笔记本不知在写些什么。张桢想从刘思锐的神情中寻找些线索，但是徒劳无功，她的表情一成不变，丝毫不给别人读懂她内心的机会。

刘思锐清了清嗓子：“你们可能已经知道了，九〇五所和外星人的联络已经在媒体上公开了。上面很重视这件事，明天部里的调查组会有人来做检查，他们会问你们一些问题，如实回答即可，只要不是你们泄露的消息，就无需担心。”

杨诗怡问道：“今天是小晴观察期的最后一天，对吧？这件事情不会对她有什么影响吧？”

“松间小姐的观察审查结果是她的个人隐私，不过如果她不介意的话，我可以在这里告诉你们。”

松间晴紧张地摇了摇头：“我不介意，您请说吧。”

刘思锐打开记事本，抽出一张纸，一边看一边说："这一个月的审查没有发现松间小姐有安全疑点，未来我们还要定期抽查。基于现在的结果，松间小姐可以继续留在九〇五所工作。"

松间和北原都面露喜色，两个人的手紧紧握在一起，张桢也给了北原一个意味深长的微笑，算是恭喜这两个人的工作和生活都恢复正常。

杨诗怡高兴之余继续问道："那可以说明小晴和这次泄密事件无关了？"

刘思锐摇摇头："这是调查组的事，我没有资格下定论。我们是调查间谍的问题，这和泄密给媒体没有任何逻辑关系。如果她是间谍，只会把消息传递给其他机构，而得到信息的一方为了保全间谍，是不会在媒体上声张的。所以她并没有比你们其他人更可疑。"

张桢点点头，她说的虽然有道理，不过这种遣词造句的方式，感觉不像一个活生生的人类。

周宁也开口道："松间小姐，这段时间真是委屈你了，感谢你对我们的配合。"说着露出一个不好意思的微笑。

刘思锐也随之点点头，示意大家可以回去工作了。

刚出门，杨诗怡就自言自语地说："那到底是谁走漏的消息呢？"

张桢下意识往沈梦的方向看了一眼，这个轻微的动作正好被沈梦瞧见，她有些生气："怎么可能是我，今天之前我都忘了你们和外星人联系这个事了，听那个刘什么的一说我才想起来。"

张桢点点头，毕竟都一个多月了，刘思锐这三个字还没记下来，可见她的记忆对于不关心的事情是多么有限。他带着疑惑回到了办公室。一想到这件事最终会成为刘思锐的麻烦,他的心中就萌生出一些幸灾乐祸。

第二天一上班，张桢就发现已经有调查组的人在等着他了。调查只持续了不到一个小时,出乎意料的是,他们只询问了一些很简单的问题，还花了很多时间了解他对刘思锐和周宁的看法，仿佛受调查的不是他本人,而他只是作为证人去陈述两位所长的情况,这让张桢放松了不少。

午餐时间，张桢和杨诗怡互相八卦了调查组问他们的问题，发现几乎大同小异。

杨诗怡忧心忡忡地说:“他们别是觉得所长是嫌疑人吧。”

“即使不是,实验室也是在她的管理下出的问题,这个连带责任她可能是躲不开了。”他渐生笑意的脸上,不知不觉嘴角都快咧到耳根了。

杨诗怡叹了一口气,没有说话。

“哎哟喂,”张桢调侃说,“你还开始担心起她来啦？”

杨诗怡脸一红,连忙摆摆手:“咱们这里再也经不起折腾了。”

“最开始折腾咱们的就是她啊！上个礼拜我申请做一批新的真空管,结果到现在还没弄完呢,光审批报告就提了七八个,每个都反复写了十多次。”

杨诗怡甩过去一个白眼:“那还不是因为你蠢,最基本的格式都弄错。”

张桢不服气地说:“你上次申请的超算时间和加速器不也被打回来两次吗？你还说我？半斤八两。”

杨诗怡忽然盯着张桢说:“调查组问你的时候你都说什么

了？”

“我就是实话实说啊，还能怎么样。”张桢往后一仰，伸出右手，“我对冰箱发誓，我绝对没有添油加醋说刘所长的坏话，我可真没公报私仇。”“刘所长”三个字是用夸张的太监声调说出来的，有些降低了这句话的可信度。“你呢？”张桢反问道，“你又是怎么说的？”

“我当然也是实话实说。”杨诗怡正色道，“我只不过说她的确可以稍微改进一下工作方法，给大家一些自由罢了。”

正说着，沈梦走进餐厅，坐在了杨诗怡旁边。

“正好你来了，他们都问你什么问题了？”杨诗怡问。

“呃……”沈梦双眼盯着天花板努力回忆，“我忘了，除了问我平时跟谁接触之外，好像也没说什么，反倒是问了我好多刘什么和周什么的事情。”

“那你怎么说的呢？”

“我就有什么说什么呗，他们把我车撞坏了还没赔呢。”

杨诗怡神情紧张：“那除了这个之外你还跟他们说什么了？”

沈梦又想了想：“我其实什么也没说，他们最后问我大家对刘所长态度如何，我说就是偶然听到小晴和张桢抱怨了几句，也就告诉他们了。”

杨诗怡站起身：“我再去看看小晴他们。”

张桢看着诗姐匆匆离去的背影，想着刘思锐这么一个冷血无情的面瘫也有倒霉的时候，心里异常舒畅。

第六节

之后的几天，珞珈实验室的名字被众多新闻媒体无数次提及，尤其是某些境外媒体上蹿下跳，把实验的正当性批驳得体无完肤，认为他们这是“对人类自主选择权的践踏”“剥夺了人类偏居宇宙一隅的权利”“把全人类置于极端危险的境地”，这种研究是“不理性而且不人道的”，应该“立即停止”。与此同时，很多国家也通过正式的外交渠道表达了不满。

实验室外刮起了一场巨大的舆论风暴，而珞珈实验室的成员仿佛身处台风眼，任由外面电闪雷鸣，大雨倾盆，内部却依旧有条不紊，好像没有任何事情影响到他们。

张桢知道这种安宁是暂时的，这种“没有消息就是最好的消息”的平静不会一直持续下去，他不知道自己期待的是一个什么样的结果，但是这种漫长的等待让他有些坐立不安。刘思锐的管理方式的确让人厌恶，但是不代表换了其他所长之后，他们的工作就能变得简单。

终于，在平静了七天之后，刘思锐把包括宋清明在内的所有人都叫到了办公室。

张桢一进门差点以为自己产生了错觉——刘思锐竟然没有穿西服，周宁站在她旁边，完全不见平时和颜悦色的神情，取而代之的是一脸严肃。张桢见此场景，猜出了一二。

周宁站起身，指了指面前的一排椅子，示意他们坐下，然后翻开了手中的文件夹：“调查组认为，已经离开九〇五研究所的四位实习生崔某、陈某、李某和侯某是情报泄露事件的直接责任人。调查发现，他们在离开之前偷听到了敏感内容，随后又对实验室内部拍摄了大量照片，并且在互联网上散播。鉴于崔某等四人没有主观恶意，积极配合调查，我们决定不予起诉。此事发生于刘思锐同志管辖期内，其有不可抗拒的连带责任，现任命周宁同志为九〇五研究所负责人，即日生效。”

从始至终，刘思锐都一如既往地面无表情，看不出心里有一点点波澜。

周宁合上文件夹往后退了一步，刘思锐起身说：“调查组的决定你们已经听到了，今天就是我在九〇五所工作的最后一天。希望大家以后可以积极配合周宁同志的工作，最后祝大家一切顺利。”

刘思锐说罢，大家都有点不知所措，直到宋清明带头，他们才稀稀拉拉地拍了拍手。

消息来得太突然，杨诗怡不敢相信这是真的，刚想开口，却看到刘思锐盯着她轻轻地摇了摇头，于是话到嘴边又咽了回去。

紧接着，宋清明说了一些客套话，感谢刘所长这段时间为珞珈实验室做出的贡献，周宁则向刘思锐保证一定会完成上面布置下来的任务。

会议很快结束，张桢回到办公室仔细回想，忽然发觉有些对不上：刘思锐来之后第一件事就是取消了实习生项目，也就是说，在刘思锐到来之前，就已经泄密了，那么刘思锐调走的真实原因是什么呢？他想到或许可以通过在外交部任职的哥哥打探到一些信息，于是溜到保安室，从柜子里拿出手机，拨通了张桓的电话。

“喂，哥，起了吧？”

“早就起了。怎么了？”

“刘思锐被调走了。你知道是怎么回事吗？”

电话另一边沉默了一会儿：“这个事情比较复杂。你们是国际上第一个敢公开发布自己和外星文明有联系的，这件事曝光之后，引起不少国家的觊觎。你们的量子通信技术已经世界领先，而且你们正是用这个技术与外星文明建立了联系，所以外界都在猜测，或许是外星人把先进的技术传授给珞珈实验室，你们甚至有可能利用外星人发动战争。”

“这也太扯淡了吧，我们现在连一个互通的手段都没有，如何指望他们教我们什么，他们说不定对我们守口如瓶呢。”

“但是其他国家不会这么想。他们已经抗议很久了，他们觉得和外星人联络的机会应该属于全人类，不应该被任何国家独占。这显然是冠冕堂皇的借口，只不过是嫉妒我们有这样的机会罢了。”

“但是这和刘思锐有什么关系？”张桢忍不住打断了他。

“你先听我说完。经过外交部努力，最后达成的妥协是，你们可以继续实验，但是和外星文明的联络必须接受国际监督，不久之后，一些国家会派他们的专家进驻珞珈实验室。”

张桢想了想：“这不是挺好的嘛，我们继续想干什么就干什么，而且还有人来帮忙呢。”

“他们不会真心协助你们的，不搞破坏就不错了。你知道国际空间站钻孔事件吗？”

“完全没听过，国际空间站不是都退役好几年了吗？”

电话另一边叹了口气，说：“对，在十多年前就退役了，但在天宫系列上天之前，国际空间站是人类唯一一个空间站，很多国家都做出了重大贡献：美国设计并制造了核心舱，俄罗斯负责运输船。但就在空间站退役的前几年，有宇航员发现飞船船体有人为的钻孔。调查了十多年，因为国际空间站涉及的国家太多，所以到现在都没有定论是谁来负责。我只是想告诉你，这种国际机构都是非常混乱的。刘所长应该是想到了这一点，所以强烈反对。她是九〇五所的最高负责人,没有她的配合计划就无法进行。出于无奈,上面才考虑换掉她。而且他们做了详细调查,据说她群众基础很差,所以就算走了也不会有消极怠工的情况。”

这一瞬间,张桢的脑袋像被击中一般,彻底把所有的事情串了起来:原来上面早就知道秘密泄露是实习生所为,但依旧大张旗鼓地派人来调查,让他们以为自己是被调查对象,在力图自证清白的同时,自然会对其他问题放松警惕,借机套出他们对刘思锐的真实看法。当得知所有人都对她怨声载道的时候,也就可以放心大胆地找人取代她了。

想到这里,张桢心里泛起负罪感。刘思锐因为莫须有的罪名而受到惩罚,自己却是幕后黑手之一,无意中逞口舌之快,添油加醋的发泄,最终成为她调职的理由。一个多月以来,虽然对她的管理方式颇有不满,但是此刻面对分别,也难免有些伤感,毕竟刘思锐还算是个正直的人。而现在才意识到这个人的优点,已然太迟了。

“哎,如果我当时多说点好话就好了。”张桢摇摇头,叹息了一声。

“你不要自责,对于她来说,调离反而更好,你们实验室的情况非常棘手,所以她现在能全身而退反而是幸运,等着看你们的新所长吧,说不定以后更惨。”

张桢一想到平时对他们笑脸相迎的周宁也有可能面对这样的结局,心中莫名伤感。

“最需要注意的是你们,派来的那些外国人里,有间谍的概率非常大。其实在现实面前,大家都很虚伪。最开始的时候德国公开说这是反人类的研究,应该立刻停止,但是后来当我们接受他们派人到实验室之后，他们马上表示支持，几小时之内就给了我们候选人名单，他们的立场都由利益驱使。因为研究的敏感性，我们限制了可以参与的国家数量，没有入选的国家拼了命地想往里挤，已经入选的国家拼命地排外。你真应该来联大参观一下，看看那些西装革履满口仁义道德的人是怎么大言不惭颠倒黑白的。”

想到人和人的关系会因为这些钩心斗角而交织和分离，张桢心里不由得有些感慨。

“我一会儿要去开会了，先说到这里吧，你自己注意身体。”

“嗯，你也是。”张桢说罢挂断电话回到了二楼，把这一切都告诉了杨诗怡，最后说希望她可以转达他对刘所长的歉意。

杨诗怡叹了口气：“事已至此还能如何呢。”

“你跟刘所长聊聊吧，我感觉你们关系挺好的，我就不跟着添乱了。”

杨诗怡点点头：“嗯，我一会儿就去。”说罢把头埋在胳膊里，一言不发。张桢见状，知趣地离开了。

过了好一会儿，杨诗怡才抬起头来，她深吸一口气，走向刘思锐的办公室，门没有关，里面只有她一个人，在往箱子里放东西。

“怎么了，杨博士，找我有事吗？”

杨诗怡走了进去，关上门低声说：“我已经知道你调职的原因了，刚才张桢都告诉我了。”

刘思锐平静地说：“你们不要相信那些捕风捉影的东西。”

“我知道你是为了让实验室不被其他国家干涉而被迫离开的。实验室的所有人，甚至包括那个不着调的张桢都特别敬佩您的原则。”

刘思锐一直低着头收拾东西，没有说话，好像默认了。

杨诗怡继续说道:“我知道事情的走向可能和你预期的不一样,但你给实验室带来的改变,我们是不会忘记的。我相信未来加入我们的都是严谨的科学工作者,我们是可以为了追求真理而超越国界协同合作的。”

刘思锐抬起头注视着她,罕见地露出了笑容,整个人显出前所未有的可爱:“我知道你们科研人员都很单纯。但是你想一下,别的国家派过来的所谓‘研究人员’,名单最终是由谁来决定的呢?”

杨诗怡愣住了,不知道她想说什么。

“既然这份名单是由各国政府提供的,那么他们一定会给那些愿意为政府出力的人提供机会。对于某些国家来说,在成百上千的优秀学者之中,有淡泊名利一心追求科学精神的人,也有为数不少是为了金钱或名誉就可以违背学术道德的人,他们为了一点经费,甚至自诩正义的爱国热情,心甘情愿做国家的马前卒,这两种人,谁会出现在推荐名单中呢?那些正直的人,与其放弃这么难得的研究机会,还不如跟当局妥协,来换取跻身推荐名单的资格。这就意味着所有进入实验室的人,都有可能心怀不轨。这也是我极力反对的原因,因为我不可能时时刻刻盯着每一个人,怀疑一切,一旦我疏忽了,被别人钻了空子,几个月,甚至几年的心血就都功亏一篑了。”

杨诗怡点了点头:“那你会去哪里呢?”

刘思锐摇了摇头,示意她不能说,然后拍了拍杨诗怡的肩膀:“我希望你们在我走之后能更加小心,不要轻信任何人。”

“嗯,无论如何,我们都会记得你的。”说罢,杨诗怡意识到来送别的只有她一个,连忙化解尴尬,“他们都比较忙,所以就让我做代表来送你了。”

刘思锐把桌子上仅剩的东西收到了箱子里:“没关系,我知道他们对我的想法。比起那些虚情假意的祝福,我更希望听到一些真心话。”

杨诗怡不知道再说什么,走上前去猛然抱住她,刘思锐有些迟钝地抬起双手拍了拍她的后背:“如果有缘,我们还会再见面的。”

说罢,她一手抱着箱子走到门口,回过头对杨诗怡淡淡一笑,然后径直走了出去……

第三章

第七节

刘思锐走了之后，张桢迅速拥抱新所长的管理模式。相比之前的半军事化管理，周宁的管理方式简直像是放羊——繁琐的审批流程没了，东湖实验室门口智障一样的脑电波识别系统也拆了，很多个人物品获准带进实验室，虽然手机依旧不能使用，但其他改变已经让张桢感觉就好像是可以脱下口罩自由呼吸。周宁上任的第一天，就向大家坦承了他的技术水平远远逊色于刘所长，更别提璐珈实验室的诸位了，但他承诺会保障好九〇五所的后勤工作。而且周宁真的说到做到，对所有人提出的任何申请，他都全力配合，从不质疑。

在这种环境下，张桢很难再对刘思锐有任何想念之情，之前的负罪感也被他抛到九霄云外了。其他人貌似也都对周宁的接任表示非常满意，虽然大家在聊天的时候都会夸赞离任的刘思锐是多么正直且有远见的人，但是没有人会说怀念她在的那一个多月的时光。不过自从周宁成为所长之后，无意义的会议变得多了起来，也算是有得有失吧。

这一天他们又聚在一起进行每周的例会，出乎意料的是一向准时的周宁竟然在约定时间不见踪影。就在大家窃窃私语的时候,周宁抱着厚厚一沓材料走了进来,满头大汗。

“不好意思各位,今天迟到了。”周宁一边擦汗一边道歉,“今天事情比较多。”他边说边把手中的材料一股脑递给郭娜,示意她发下去。

“这是我昨天晚上刚收到的材料,你们应该知道 G10 峰会昨天在大阪闭幕了吧?”

大家面面相觑,就连两个日本人也是一副木然的表情。

周宁自嘲:“没关系,G10 峰会上各国领导人讨论的很重要的一个议题,就是咱们研究所正在进行的和外星人联络的研究。你们应该也都听说了,最近我们的研究在国际学术界阻力比较大,不过好消息是,这次峰会各国终于达成一致,我们的研究可以继续下去。”他非常兴奋,继续说道:“不仅如此,经过外交部和通信部的努力,我们得到了很多国家的支持,也争取到了其他国家相关领域的领军人物加入我们的项目,所以从本周开始,我们就成为一个国际性质的研究机构了。”

张桢暗自佩服周宁乐观的心态,能“把枪毙说得像过年”。

“经过初步审核,这六个人会作为 IACC,也就是 International Alien Communication Committee(国际外星通信协会)的初始成员,在下周加入我们的实验室。我刚才发给你们的是他们的基本信息还有学术背景,你们可以先了解一下,下周他们就会来正式报到了。”

张桢仔细看了看手中的材料,第一份是一个瑞士人的简历,印有他的一张照片,附有他发表的所有论文的简介。张桢估计其余五份也大抵如此,就没有再仔细翻阅下去。

“刘所长已经调走了，大家也一定发现了我们现在的安保力度有些调整，但是保密工作还是不能松懈。我需要和大家强调，我们向国际社会承诺的是分享与外星文明联系的内容，但是其他信息，比如量子通信设备的制造、使用等，还是属于九〇五所的保密范畴，也就是说你们千万要注意，量子通信的原理和通信方法等，是不能向外透露的。如果你们发现了可疑情况，一定及时向我汇报。我们最不希望出现的事情，就是别的国家制造了和我们一样的通信设备，私下联系外星文明。

“他们近期已经陆陆续续来到武汉，下周一就正式报到了，在此之前你们可以先通过这些材料熟悉他们。珞珈实验室的成员是六个人，和他们人数一样，希望大家能和以后朝夕相处的同事共享这个和谐的工作环境，避免冲突，否则容易上升到外交层面。”

会后，张桢慢慢走回办公室，对手里厚厚一沓资料完全没有阅读兴趣。转念一想，反正他们也会进行自我介绍，到时候再认识也来得及，于是把资料往书桌最底下的抽屉里一塞，便到东湖实验室检查仪器去了。

周一上班，张桢依旧迟到了半个小时。他一进入大堂就听到一层的会议室中传来了阵阵笑声，走近发现所有人都在这里，几个素未谋面的外国面孔想必就是那几个外国友人了。

“张桢你终于来了！”杨诗怡招呼他赶紧过来，继而转头对其他人说，“这位是张桢博士，就是我刚才跟你们提起的那个人。”

张桢连忙跟大家打招呼，众人用各种不同的语言回应他，瞬间把他弄蒙了。北原连忙递给他一个耳机：“这是人工智能同声传译耳机，和真人翻译的几乎一样。我已经帮你设置好了。”

张桢把这个小东西戴上，瞬间就听到了清晰的声音："张桢博士，很荣幸见到你。"

首先跟他打招呼的是来自瑞士的科林，这是他唯一看过资料的人。科林和照片很像，三十岁左右，唯有深深的眼窝和年龄不太相称，穿着普通的圆领衬衫和工装裤，看起来很随和。

杨诗怡介绍："科林原来是贝尔实验室的，现在一直在证明量子达尔文理论。"

"能参观珞珈实验室是我一直以来的梦想，现在能和张博士、杨博士和北原博士一起工作，简直太令我兴奋了。"说着，科林用双手紧紧抓住张桢的手，热情地摇了几下。

"惭愧惭愧。"张桢有些不好意思。

杨诗怡又指着正和北原与松间晴聊得火热的三个人说："最左边的男生是亚历山大，我忘了姓什么了，从莫斯科来的。中间褐色头发的女生是卡罗尔，德国人，好像是慕尼黑大学的，现在还没男朋友呢。"说着冲张桢挑了挑眉。"最右边那个是法国人希杰。"她又将目光转向角落，"那边正在和宋教授聊天的，穿得很正式的是伊万，英国人，他是搞通信效率研究的，我看看还有一个……"杨诗怡正环顾四周，一个个子不太高，皮肤有点黑的人忽然出现在他们身边，对张桢伸出右手："张博士，你好，能见到你是我的荣幸。"

张桢连忙伸出手："幸会幸会。"

"我是迪恩，迪恩·塞西，来自印度。"他热情又礼貌地和张桢握手，并用左手轻轻拍了拍张桢的大臂，"我是唯一不应该出现在这里的人。"

"哦？为什么这么说？"张桢好奇地打量起这个人——和印象

中的印度人相比，他肤色偏白，更符合高种姓人的特征，头发微卷，身材还不错，虽不是西装革履，但浅色衬衣搭贴身羊毛衫也很正式，并透着一种受过良好教育的气质。

“这里的诸位都是通信或者其他物理领域的著名人士，只有我对这些一窍不通。”

杨诗怡忽然插话进来：“这位可是研究外星文明的专家呢。”

印度人有些自惭形秽：“我可不敢这么说，因为毕竟在你们之前，还没有人成功联系上外星文明呢，所以在你们面前不敢自称专家。我是印度理工大学的教授，在那里开设了一门课程叫作外星文明学，主要是根据恒星演化和宇宙环境，推断外星文明可能出现的形式。当然，都停留在猜测的阶段，所以能来到这里参与你们的项目，让我有更多实际经验，我非常兴奋。”

杨诗怡补充道：“外星文明学这门课程全世界只有迪恩教授的学校在开设。”

“原来是这样。”张桢心想，真是大千世界无奇不有，“这是有远见的一门课程，正好能解决我们现在的问题。”

“我不敢说我能解决，只是尽力去帮忙。”说罢，印度人露出了一个礼节性的微笑。

在简单的寒暄之后，所有人都以极大的热情投入到工作之中。过去的一个多月发生了诸多变故，而今终于尘埃落定，可以把全部精力都放在研究上了，这让张桢感到干劲十足。虽然哥哥和刘思锐都警告过自己，不要对这些外人掉以轻心，但遇到他们之后，张桢感觉他们每一个都是真诚醉心于学术的人，或许真的是搞权术的人想得太多吧。

当天下午，张桢的第一个议题，就是和杨诗怡、科林和迪恩确定如何和外星人建立统一的信号规范，沈梦也因为无聊不请自来。

数月以来，外星人不间断地发送着正弦信号，但因为编码不统一，双方无法交流下去。张桢他们使用的工具，只是一个二进制发射接收设备，这就好像一个人只会说中文，却需要通过二进制与一个只会说英语的人交流。而外星人丝毫没有与人类建立沟通的意思，只是不知疲倦地发送着正弦信号。用沈梦的话说，这就很像《诗经》里的一句："青青子佩，悠悠我思，纵我不往，子宁不来？"翻译成白话就是："老娘不理你，你也不来找我？"

这个问题已经困扰了张桢一个多月，他把所有希望都寄托在IACC的新成员身上，尤其是科林，这位通信行业叱咤风云的专家。

张桢拿着笔站在玻璃板前，简单介绍了一下情况，最后说道："我们现在需要与他们统一编码方式，告诉他们每个数字、字符如何用二进制表示。他们之前的正弦波是用数字信号拟合的模拟信号，我们的目标是直接用数字信号传递。"

科林点点头："其实人类之间也有编码不同的问题，和密码学类似，比如二战时轴心国用的'谜'式密码机，盟军虽然每天都能收到通过'谜'加密的信息，但就是因为没有解码装置，所以根本看不懂。对于我们和外星文明的沟通来说，如果没有统一编码，最基本的数字就和加了密一样，他们能收到，但是理解不了。"

迪恩忽然找到灵感："数字应该是宇宙共通的语言，而且数字是可以用简单的二进制表示的，所以我们应该从这里入手。"

科林笑了笑："不是这么简单的。在没有统一编码的时候，他们甚至都不知道我们多少位字节代表一个数字，比如说，如果我们用 2 个字节表示一个数，那么 1111 的意思就是 33，但是如果用 4 个字节表示一个数，那么 1111 的意思就是 15。”

迪恩恍然大悟：“有道理。即使我们数字的编码统一了，运算符又怎么办呢？人类会使用加减乘除、平方开方，但是外星文明的数学可能建立在完全不同的基础上。”

“这倒是没关系，”科林从张桢手中拿过笔，在玻璃板上画了起来，“外星人可能不用加减乘除这四个算符，但是如果他们理解加这个符号代表什么意思的话，也一定会承认 2 加 1 等于 3。所以只要能解决如何表达数字的问题，后面就都好办了。比如‘2A1B3’‘ 2A2B4’这种公式，如果我们发的足够多，他们肯定会意识到，A 就是一个算符，代表加号，B 也是一个算符，代表等号。”

张桢一拍脑门：“对啊， 那其实根本不需要统一编码方式，如果我们按照一个固定的格式，发送足够多的算式过去，他们不但能分析出加减乘除符号，连数字本身应该也可以看出来嘛。”

“对对，”杨诗怡也开始兴奋起来，“这不就是用穷举法的暴力破解嘛。”

科林继续说道：“不光是数学如此，推而广之，在我们建立了基本运算符的数学共识之后，就可以交流类似场论、拓扑和数论之类的抽象概念，扩大编码库。然后就是统一物理学的理论和化学元素，进而可以讨论氨基酸、蛋白质等。而且，如果我们把所有出版物也按照这个原则翻译过去，全部发给他们，理论上来说，如果我们发送的资料足够多，他们直接就可以学会人类的语言了。”

杨诗怡迫不及待地说：“我觉得可行。我去找宋教授和周所长商量一下，咱们下午再碰。”

“好的。”张桢边说边做了一个“OK”的手势，这个突破性进展让他难以抑制心里的激动，想到困扰他一个月的问题竟然在几个小时就迎刃而解，他除了对 IACC 刮目相看之外，还对研究所的未来乐观了起来。

他一路小跑回到办公室，向北原术直解释了一下情况，然后写了一个简单的程序，生成了他们想要的所有等式的列表。后面还有高等数学的内容，比如场论、数论等，以及人类有史以来所有的物理公式、化学方程式，一些简单的氨基酸和蛋白质的结构组成也被编了进去。在反复核查没有任何问题之后，他们来到会议室与杨诗怡会合。

张桢看着手里的笔记本说道："四则运算，还有我们能想到的所有自然科学的公式和方程式我们都写完了，基本的氨基酸和简单蛋白质的东西我们也写进去了。关于让他们学中文那部分我们还没做，因为东西太多一天弄不完。宋教授那边怎么说？"。

杨诗怡推了一下鼻梁上的眼镜："他觉得基本可行，然后说回去问问他的一个朋友，或许能有些帮助。周所长说明天听咱们详细汇报……我其实和你一样等不及，但是毕竟这是和外星文明分享知识的问题，事关重大，要谨慎考虑。"

张桢不太情愿地点了点头："那就只能等明天了。"说着，心有不甘地走了。

傍晚，宋清明在长江边的高层住宅楼附近下车，路边的玉兰树开始有落叶的迹象，发黄的树叶随着秋风上下翻落，带给人一丝深秋的凉意。

宋清明轻车熟路地来到 39 层，敲开房门，又看到他阔别一个月的老友。令他略感欣慰的是，这一次对方的气色好了很多。

“宋教授,您怎么来了?”年轻人说着迎他进门,然后依旧热情地沏茶倒水,“您来得正好,我最近开始学着做菜了,今天做了烤鱼,来尝尝我的手艺啊,马上就好了。”

宋清明略微有些惊讶,因为认识他这几年以来从没见他有除了学术之外的任何兴趣。“好啊,那我就恭敬不如从命了。”说着,他在沙发上落座,“其实,我这次来是想跟你讨论一下和外星人联络的问题,不知道你有什么想法。”

见年轻人愣了一下,宋清明简单介绍了最近实验室的研究情况,包括张桢他们提出的传递信息的方法,想听听他的意见。“我记得你哥哥当时想到了这个技术会牵扯到外星文明,那他会不会提及一些和外星人交流的方法呢?”

“这种事我哥哥确实没跟我说过。”

宋清明顿时有些失望,因为来之前他已经把这里作为最后的希望了。

“不过,”年轻人话锋一转,“我觉得张桢他们提出来的方法值得一试,问题的关键是利用超级计算机来分析你们提供的材料。如果外星人和人类的发展过程相似,或者有强大的数学物理理论基础,或者靠神经网络等人工智能,他们还是极有可能破译你们的信息的。”

宋清明点点头,他总感觉这个年轻人身上带着一股自信的气场,说出来的话总能让人感到安心。

“关于提交所有文字资料让外星文明来学人类语言的方法,还真是很新鲜。”年轻人一边说着,一边打开烤箱检查了一下,随后又回到客厅,“目前看来也没有什么更好的方法了,所以死马当活马医呗。”

“还有一件事,我想听听你的想法。”宋清明说道,“你觉得把这些信息发送给他们,会有什么危险吗?我担心透露这些人类的信息有些冒失。”

年轻人靠在沙发上沉思了一会儿,分析道:“我其实想不到会有什么危险,因为毕竟是横跨一个宇宙的超距通信。无论最后交流的结果是什么,他们也很难得到实质性的好处。而且既然外星文明的水平是远高于人类的,向他们分享这些东西,也不会对他们的科技发展有什么帮助吧。”

宋清明若有所思地点了点头。

年轻人抬头看了看墙上的挂钟说:“再等五分钟,烤鱼就出炉了。”

宋清明笑了笑:“看你最近的气色比之前好了不少,而且都开始自己做饭了,感觉你变化很大啊。”

年轻人指向茶几上一个粗糙的木质相框,照片上有三个人,除了他自己之外,还有一个和他年龄相仿的女子,以及一个高中生模样的女孩,眉宇之间和他很像,这应该就是他和家人的合影了。

“你们终于联系上了?”

“还没有,”年轻人又起身走到烤箱附近,“但是我终于打探到一些消息了,我估计很快就能联系上了。”

“恭喜恭喜啊,那你要把她们接到这边来吗?”

年轻人苦笑着摇摇头:“太危险了,其实,知道她们一切安好就足够了,能联系上已经算是奢求。不过有朝一日,我想过去找她们。”

“未来的事情谁知道呢,或许以后会有意想不到的转机。”

年轻人点点头，附和道："是啊，谁知道呢。"说着，他戴上隔热手套，打开烤箱，一股麻辣鲜香的味道扑面而来。宋清明移步到餐桌前，找了个椅子坐下："这味道真不错，我都有点等不及了。"

年轻人笑着把餐盘端上桌，两个人继续开心地聊着。窗外，江水从长江大桥之下不知疲倦地奔流而过，映出零星的万家灯火。

第八节

第二天一早，杨诗怡就准备好了所有材料，打算找周宁汇报。她心中隐约有一种别扭的感觉，刘思锐还在任的时候，虽然汇报起来麻烦，稍不注意就会被问很尖锐的问题，让人尴尬得下不来台，但她的问题都直指核心。而且有了刘所长这道审查，她的工作也安心不少。而周宁对所有的技术工作既不了解也不在意，上次向他汇报工作计划的时候，一开始他还装模作样地提问一下，到后来可能发现自己根本跟不上思路，干脆就不问了。其间她口误了几次，漏说了几个关键的信息，他也没有发觉。虽然所有事情周宁都是全力支持，但是杨诗怡有些担心如果真的出了什么乱子，这位在其位不谋其政的所长能不能承担责任。

不出所料，在汇报期间，周宁空洞而呆滞的双眼一直盯着前方，连眨都不眨，除了点头还是点头，最后非常爽快地同意了他们的下一步计划，还关切地问是不是需要其他帮助。

"我们检查了一下发送序列，内容比较多，大概需要连续发送一个多小时。之后还需要有人盯着设备，以防有什么意外发生。"

"是需要找人来帮忙吗？"说着，周宁把手伸向了旁边的电话。

"不需要，如果真的发生了问题，除了我们三个人之外也没人会处理。另外，这是这段时间我们几个人的加班费申请，也需要您批一下。”

周宁扫了一眼，龙飞凤舞地签了字：“辛苦你们了，你们平时也要注意休息啊。”

杨诗怡把签好的申请单放进文件夹：“嗯，谢谢您，那我就去东湖实验室准备了。”

路过张桢办公室的时候她探头看了一眼，发现张桢正趴在桌子上睡觉。她蹑手蹑脚地走了进去，用力一拍桌子，“嘭”的一声巨响，张桢猛然坐了起来。惊魂未定的他四下张望，就像一只受了惊吓的仓鼠。他脑袋后面的一撮头发非常不配合地立着，随着摆头摇晃。

“你早晚遭报应！”

杨诗怡拉过一把椅子坐到张桢对面，压低声音说：“你觉得周所长这个人怎么样？”

张桢揉了揉眼，靠在椅背上想了一会儿：“感觉还行吧，性格还可以，虽然不怎么精致但是也挺帅的。你有什么想法？我给你们撮合一下？”

杨诗怡白了他一眼：“每次我找他汇报工作的时候，总是感觉他完全听不懂我在说什么，你有没有这种感觉？”

“有啊，第一次见他我就看出来了。”

“你完全不介意吗？”

张桢惊讶得有些夸张：“这难道不是最好的吗？他什么都不管，直接签字，我现在做梦都能笑醒啊。”

杨诗怡忧心忡忡：“你不觉得有点不正常吗？就好像有意要取悦咱们一样。”

张桢换了一个坐姿：“他是咱们的上级，讨好咱们干吗？难道他的命令还需要和咱们商量不成？”

杨诗怡往东湖实验室的方向指了指：“现在全世界知道这套设备原理的人，就算把宋教授也算上，不过四个而已。如果其中任何一个不配合周宁，导致与外星人的联系中断，他肯定比咱们倒霉。你想想，当时换掉刘所长的时候，都怕她人际关系不好而导致罢工呢。”

张桢挑起大拇指：“没想到你这个小姑娘心眼挺多的。”

杨诗怡可能是对“小姑娘”这个词很满意，就没有理会他说话的语气：“我知道你很反感刘所长，但她至少还是懂点东西的。现在周所长不谋其政，只能靠咱们自己小心自律了，我可不希望几亿年的人类文明就毁在自己手上。”

张桢安慰她说：“放心吧，你没这么大本事。”

杨诗怡又白了他一眼，扬了一下手里的单子：“走吧，干活去了。”两人一起来到东湖实验室，一进门发现北原正和科林兴高采烈地聊着。杨诗怡皱了皱眉，按照规定IACC的人是没有权限进入东湖实验室的，她想了想措辞，委婉地把科林请了出去。

目送科林离开，杨诗怡生气道：“刘所长和周所长之前说的什么你都忘了吗？量子通信是咱们的核心机密，不能透露的呀。按照规定他连进这间实验室的权限都没有，更别提看到咱们这些发射的日常操作了，要是让别人掌握了这一套操作流程，那还得了？！咱们这么多年来好不容易积累的成果不能就这么拱手送人啊。万一他们知道了‘谷雨一号’的运作原理，仿造出一个怎么办？”

“放心吧，绝对不可能。”张桢拍了拍胸口，“就算他们知道了‘谷雨一号’的原理，也耦合不出共轭量子的信道啊。量子耦合的特征值他们能做吗？要不是宋老板运气爆棚，一上来就猜对了十几个关键参数，咱们说不定还要好几年才能用上这个呢。”

“什么叫运气好？怎么可能会有人运气好到每一步都碰巧猜对？那是靠宋教授这么多年的经验积累好不好。”

张桢摊了摊手：“反正我觉得参数都长得一模一样。宋老板何许人也，我等凡人可能揣测不到。”

杨诗怡鄙夷地撇撇嘴：“少贫嘴，反正一切还是小心为上，规矩在这里摆着就不应该违反。”

张桢嘟囔道：“刘思锐走了之后你是受什么刺激了吧。”

杨诗怡将手里的一沓文件呼在张桢头上：“别扯淡了，赶紧干活。”

张桢吐了吐舌头，熟练地在键盘上敲了几下，然后颇有仪式感地按下回车键，真空管的指示灯又从蓝色变成黄色，标志着“谷雨一号”已经进入发射状态。

杨诗怡仔细核对了系统日志并做了记录：“一个小时之后就应该发射完毕了，我不知道他们什么时候会回复，需要咱们值班盯着，以防系统忽然出故障，或者存储出问题什么的。”

虽然从理论上说张桢认为这是多此一举，但是感性上他也认同杨诗怡的说法，万一出现问题，人类彻底失去了和外星人之间的联络，这个风险没人能承担。虽然几个月以来，“谷雨一号”一直安静地接收着对方发来的正弦波，从来没有过故障，今天一个晚上出问题的概率低到可以忽略，不过人就是这么“迷信”，越是期待的东西就越怕出错，就像一张一百万的支票比一张二百元的罚单更容易丢。

杨诗怡盯着手里的文件夹，头也不抬地说道：“现在是下午四点，张桢你盯到夜里十二点，然后换成我到周六早上八点，小直你明天八点来，就这么轮换到周一。没什么问题我就先回去睡觉了，你们的加班申请周所长已经批准了。”

送走了杨诗怡，北原也离开了东湖实验室，留下张桢一个人对着屏幕愣神。

发送结束之后，指示灯又恢复成蓝色，表示系统又进入了接收状态，但是系统却没有像往常一样收到对方的正弦波。

张桢心中紧张了一下，他也不知道是谷雨一号忽然坏了，还是对方收到他们的信息所以暂停了通信。他马上打开系统自检，并且开始手动查看通信日志。

接收过程停止之后，液氮冷却系统也随之关闭，实验室里变得出奇的安静，张桢“砰砰”的心跳声敲打着他的鼓膜。

之后的几分钟，对张桢来说像过了几个小时，冷却系统突然重新发出噪音，这意味着他又收到了回复。张桢一惊，马上冲到显示器前查看对方最新发送的信息，电脑自动用预设好的编码方式翻译成了十进制，而且两个公式之间还用了人类提供的分隔符。

$$78/3+6^3-15\star 4=182 \quad | \quad 3!-36^{1/2}=0$$

张桢抓起一支笔，但是没有找到纸，只得在手上验算了两遍，发现结果完全正确。对方在通过这种方式，表达已经理解了四则运算和其他算符的意思。而且他们也不再重复发送无意义的内容，而是像人类一样，在发送一条信息之后静静地等待对方的回复。

为了证实这个想法，张桢编辑了这样一条信息：

$$3\star 7+8=$$

犹豫了一下，他点了发送键。绿灯闪烁，代表信息已经发出，他下意识地屏住了呼吸。

不到几秒钟的时间，屏幕上出现了一个新的数字:29。这个消息的重要性不亚于上一条，不但再次证明对方理解了等式的含义，还证明对方猜测到人类提问的意图，并且给出了答案。

发送结束仅仅过了三分钟的时间，对方就已经把他们传输的内容破译了，张桢估算了一下，对方的运算能力应该是人类最强超算的几十亿倍，按照现在量子计算机的发展速度，人类至少要在几百年之后才能达到这样的水平。

冷却系统又“嗡”的一声启动了，打断了张桢的思考。他连忙来到屏幕前，看到一个接着一个复杂的算式飞快地掠过屏幕，传输过程持续了将近一分钟，画面定格在最后一行，实验室又一次恢复了寂静。

张桢连忙看了一下收到的内容，从数量来看，这应该是针对他们发送的第二部分的回复。之前发送过去的公式、化学式、方程式一共两万多个，而收到的公式的数量一个不差，应该和他们发的一一对应，而且做了一些修改。前面高等数学和基础物理的部分还可以看出人类原始公式的影子，很容易对应上，而到原子物理部分，公式变形就很严重了，越到近代的研究变化就越大，量子力学的公式已经改到了面目全非的程度，和人类给出的公式完全没有相似性。到最后，氨基酸和蛋白质的内容只字未改，可能是因为对方不具有蛋白质结构，所以在这方面没有研究。

张桢开始着手做表格，把所有收到的和发送的公式一一对照整理出来，完成的时候，夜已经深了。

他站起来舒展了一下身体，上上下下的关节发出“咔咔”的声音，一阵疲倦向他侵袭而来。他起身关上了实验室的灯，想在这夜深人静的时刻看看夜空中的星星。

今天天气晴朗，除了最耀眼的木星和金星之外，远方的恒星也清晰可见。张桢暗自思忖，或许发送消息的外星人，就在那些恒星附近呢。然后他又开始想象量子信道另外一端的文明究竟是什么样子？对方会不会也因为联系上了一个外星文明而兴奋激动呢？他们收到人类的研究成果之后，会笑话我们的无知吗？他们会不会借机侵略我们呢？

回头看了看玻璃屏幕上暗淡的光，他又开始惊叹对方用短短几分钟就理解了人类需要好几年才能破译的内容。转念一想，或许这段时间对遥远的外星文明来说，就像人类的几个世纪这样漫长，可能在这段时间他们经历了政权更迭、社会兴衰，未尝可知。

想到这里，张桢又不由得激动起来：在他们之前，人类还从未和外星文明联系过。他迫不及待地想知道除了人类之外，宇宙中的智慧生物究竟还会以什么其他方式进化，发展出什么样的社会形态，他们的科学技术是如何发展到今天的程度……这一切问题的答案，都会徐徐揭开，现在自己正坐在观众席第一排正中央的位置，时刻准备先睹为快。

忽然，实验室的门开了，杨诗怡走了进来，顺手打开了灯，张桢下意识地回头看去。

“啊！”杨诗怡吓得靠在了墙上，一手捂着胸口，“大半夜的不开灯你吓鬼啊?！”

张桢也被这突如其来的叫声吓得后退了两步：“大姐，我心脏病也要犯了好吗？”

杨诗怡白了他一眼:“我在外面看实验室黑着灯,还以为你走了呢。发送的东西有问题吗?结束了吗?”

张桢指着屏幕说:“回复都有了,你自己看吧。”

杨诗怡从包里拿出金丝眼镜戴上,盯着屏幕看了起来,然后又检查了一下系统日志,半晌之后指着屏幕问:“这都是什么啊?”

张桢解释了一下情况,又把表格拿给杨诗怡,最后说道:“他们不但理解了咱们的研究成果,而且还帮助咱们进行了修改,只不过他们改的东西我根本看不懂。”

杨诗怡盯着屏幕,非常失望地说:“这些公式都只有结果,没有过程,根本就没法看嘛。完全不懂对方是怎么推导出来的。”

“下一步怎么办?”张桢说着,打了一个哈欠。

杨诗怡看了一眼挂钟,已经凌晨一点半了:“你回去休息吧,我在这里等着看看他们有没有什么其他消息发过来。”

张桢摇了摇头。“没事我不困”,说着又打了一个哈欠,“不过孤男寡女独处一室,你可不要有什么非分之想。”

杨诗怡冷冷地说:“放心吧,我又不是沈梦。”

“嗯?”张桢连着打了三个哈欠,“什么沈梦?”

杨诗怡意识到刚才有些失言,赶紧催促道:“看你半死不活的,快点回家吧。”

张桢终于不再推辞,离开了实验室。

第九节

新的一周,杨诗怡和张桢兴致勃勃地对周宁汇报周末的成果,却没有想到他“大发雷霆”。

他一上来“痛心疾首”地“训斥”了两个人“不爱惜自己的身

体”和这种“大材小用”的资源浪费,“警告”他们二人一定要注意休息,把握好工作和生活的平衡,不能因为这种机械性的“鸡毛蒜皮”的小事耽误了他们的“重要工作”。在“批评”两个人“不分主次”之余,周所长还积极地展开了“自我批评”,他认为自己对杨博士和张博士的关心不够,没有尽到为他们“排忧解难”的职责,并且向他们保证,以后这种重复性劳动不需要他们动手,自己一定会派人来帮他们完成。

经历了周所长这一番“训斥”,张桢觉得自己身上暖洋洋的。杨诗怡虽然不吃这一套,但是听说有人帮他们监视“谷雨一号”的运行状况,也感到轻松了一些。

紧接着,周宁就把张桢的报告原封不动地转发给了九〇五所和 IACC 的全体成员。众人讨论之后,最终归总为两种假设——

乐观的假设是:外星文明愿意在技术上帮助比他们弱小的人类,帮助人类改正了“错误”的公式,只不过他们没有想到人类的水平根本看不懂这些答案。但是他们为什么会无私地帮助一个跟他们完全没有利益关系的文明呢?他们释放善意的目的究竟是什么?

悲观的想法是:他们技术先进,故意分享错误信息,误导人类的发展,甚至引导人类自取灭亡。毕竟处于同一个宇宙之中的文明早晚都会互相竞争,拖竞争对手后腿就是增加自己文明生存的希望。倘若如此,这条歪打正着碰上的量子通信通道,也就失去了意义。

所以当务之急是确定对方分享的信息是否正确,以判断对方是否怀着善意与人类沟通。在确保对方抱有善意之前,任何对话都可能是自掘坟墓。而这个工作量,是珞珈实验室和 IACC 的十几名成员短期内无法完成的。

没过几天，宋清明和周宁就提出了一个非常大胆的方案，他们决定把这些信息全部在互联网上公布，集结全世界的力量验证，即每个人可以自己挑选命题，发布实验或推导结果，这个结果也会接受所有人的核查。这个网站定名为“珞珈之星”，上线之后迅速得到全世界的关注，短短一周之内就有超过十亿次的访问量，只不过大部分人都是来看个热闹而已，提供结果的人寥寥无几。这也在预料之中，因为毕竟理论都需要时间来验证，几天之内就提交了的结果大多是某些自诩为“科学工作者”的网民的“奇思妙想”。

接下来的几天，张桢的任务少了很多：“谷雨一号”的发射接收实验全都取消了，日常的巡查工作也被周宁派来的“拾穗人”接管。

“拾穗人”是值班人员对自己的称呼，因为他们的主要工作是监控“谷雨一号”的运行状态，挑拣可能传送过来的有效信息，这个工作就像在收割过的麦地里捡拾遗漏的麦穗，“拾穗人”的名字就这么传开了。

为了打发无聊的时光，张桢便成了“珞珈之星”的常客，他找到了量子通信技术的核心理论，开始尝试验证工作。虽然这是被改写得面目全非的公式之一，但是格式和对称性看起来很像是对的——也仅仅是“看起来”而已，他一连几天都没有找到突破口。不过他隐隐约约有种预感，量子通信技术还有很多未知等待他们开发，而打开这些未知之门的钥匙就藏在珞珈之星的角落里。

在又一次经历了几乎一无所获的上午之后，张桢来到餐厅，想买瓶饮料放松一下，正好看到迪恩在吃午饭，于是跟他打了个招呼,拿着一瓶汽水坐在他对面。

“最近如何?”迪恩笑着问道。

张桢苦笑着摇摇头:“毫无进展。”

迪恩有些疑惑:“我很好奇一件事,既然你们的信道可以正常工作,就证明你们的理论是对的,为什么他们给出的公式会和你们的差这么多呢?”

“我们的情况可能是一个特例,他们的公式普适性应该更强一些。”看到迪恩一脸不解的样子,张桢停顿了一下思考着措辞,“举个例子吧,地心说是错的,地球不是宇宙的中心,太阳也没有围绕着地球转,但是这个理论可以解释很多日常现象,并且推导出正确的结果。比如中国古代有种计时工具叫日晷,它是根据太阳在不同时间照射圆盘上的指针所投射的影子长短不同来计时。这个装置就是在地心说的时代被设计出来的,直到今天都在精确地运转着。”

迪恩点点头:“原来是这样。”他又马上安慰张桢道:“别太担心,我们国家有一句古话,‘认识到一个事情是错的,就离改正只差一步了’。而且全世界的人都在帮咱们呢,我在学校的几个朋友,也都在积极响应珞珈之星。”

“希望如此吧。”张桢点点头,一口气喝完了整瓶汽水,继续说道,“对了,我其实也有一个问题想问你。”

“哦?有什么是我可以帮忙的吗?”

“有一件事我一直想不通,他们能帮我们‘改正’所有公式,也就意味着他们可以看懂我们的‘错误’公式想表达的是什么,这难道不可疑吗?比如说,我画了一只猫,只是画得很难看,别人给我修改了一下,画了一只更好看的猫,这比较容易。但是如果我画的根本难以辨认是什么的话，他们怎么会知道我是想画猫呢？我仔细看了量子物理部分的公式，被他们改得面目全非，他们是怎么猜出来我们本想表达的是什么呢？难道说我们犯过的错误他们都犯过吗？而且，从半导体材料到流体力学，他们都有涉及，水平全面超越人类，难道这么凑巧，人类研究过的所有学科，他们也都研究过？”

迪恩点了点头：“我一开始也有点奇怪。文明的个体可以有各种各样的形式，不同的文明因为成长于不同的环境，理解宇宙的方法也肯定各不相同，比如内燃机能得到如此广泛的应用，和地球的环境是息息相关的。如果一个星球上根本没有燃料，或者没有氧气环境，他们就不会发明出内燃机这种东西。我思考了很久，后来想到了两个可能性，一个是他们除了联系了人类之外，还联系了很多其他文明，综合了所有文明的知识汇总了一个数据库，所以我们看到的研究可能不是这一个文明的成果，而是很多个甚至成百上千个文明共同的智慧结晶。

“第二个可能性比较复杂，叫作大过滤器理论，和进化论有些类似。这个理论认为某些技术是文明繁衍的关键，缺少了这些技术的文明就会被严苛的自然环境过滤掉。比如需要发展农业去繁衍人口，需要发展蒸汽机去提升工业效率，需要使用电能甚至核能，等等。如果某个文明没能在一定时间之内发明出这些技术，或者是他们所处的行星没有特定的资源，最终就会不可避免地灭绝。有些人认为，蒸汽机、电动机、宇宙飞船等都是可以让我们通过过滤器的技术。所以虽然宇宙之中有亿万颗恒星，但是能够在适当的时间研发出适当技术的文明可能屈指可数。而因为过滤器的存在，你能看到存活下来的文明，其拥有的技术可能都是相似的。就好像列夫·托尔斯泰说过的那句话,我改编一下,可以说成:'幸存下来的文明都是相似的,而逝去的文明却各有各的不幸。'"

"你说的有道理。"

"当然,这只是我根据现状进行的推测。还有人认为某些技术是'反过滤器'。比如核弹,如果一个文明发明了核弹,那么这个文明最终可能会灭亡于全球性的核战之中。所以发明这个东西反而降低了文明延续下去的可能性。"

张桢笑了:"的确有可能,或许咱们现在就是这样呢。"

两人正说着,杨诗怡从外面走了进来,脸上写满了心情欠佳的表情。

张桢连忙招呼她过来坐,迪恩打了个招呼就起身离开了。

"怎么啦杨博士?"张桢笑眯眯地问。

杨诗怡没好气地说:"上次跟周所长汇报的时候,他嫌咱们进度太慢。他说如果可以建立文字通信,那对方指导咱们这些东西就方便多了。但是咱们明明已经说好了,不能把文字资料都发给对方,鬼知道他们会从哪个细节里猜出地球的位置,或者其他什么。现在对他们的意图一无所知,不能草率行动。"

张桢故作认真地点点头:"我觉得杨博士说的有道理。"

杨诗怡瞪了他一眼:"你倒是帮我想想办法啊。"

张桢一转眼珠说道:"如果你想要谨慎一点的话,就不需要发送所有的内容,只发送一部分就可以。因为从之前的经验看,他们使用的计算机系统应该很先进,用少量的材料就可以解析全部语言。比如说,四大名著加起来差不多得有几百万字吧?如果按照三千个常用汉字来算,平均每个字出现了上千次,应该足够他们分析的了。"

“这你倒是提醒我了,可以把类似《西游记》的非现实类作品给他们发过去,让他们以为地球人都是腾云驾雾的呢。是个好主意。”说罢,她兴奋地站了起来,匆匆忙忙地走了。

转眼又过了一周,杨诗怡来到周宁的办公室进行例行报告。

“最近一周之内,又有几个人在珞珈之星上发布了他们的验证结果,其中大部分人都认同对方发过来的公式。这些结果我会再发送给各个高校去复查,可能要一两个月才能有定论。”

周宁摆摆手,向郭娜的方向指了指:“这种事情以后就让郭娜来做吧,杨博士你亲自来负责这些真是大材小用。”他又转头对郭娜说:“最近两天你和杨博士交接一下,可以安排人来做。”郭娜点了点头。周宁继续语重心长地说道:“杨博士,我又要批评你了,你们的时间这么宝贵,是不应该……”

“我知道了,周所长。”杨诗怡知道周宁又要“夸人”了,连忙打断了他,“还有一件事想和您商量一下,马上就到圣诞节了,IACC的访问学者都在问我圣诞节有没有假期。您看要不然在这段时间给大家放个假?松间晴也要在这个时间请假去美国做眼科手术,北原术直也要跟她一起去,不过我和张桢会一直留在这值班。”

周宁拿起桌子上的台历端详了一会儿:“对于那些外国学者来说,一周的时间还不够他们回家倒时差呢。这样吧,这段时间大家的确比较辛苦,好在现在有一些喘息时间了,所以就给所有人放两周假吧,把春节的假期也挪到一月第一周来。这样他们就可以好好歇一下,当然,前提是您和张博士如果没意见的话。”

杨诗怡有点喜出望外,没想到周宁如此大方:“我没问题,回来问一下张桢,估计他问题也不大。”

“杨博士也很久没回家了吧，我记得您是天津的？”

杨诗怡点点头：“对，快两年没回去过了，最近一直很忙。”

周宁拿起桌子上两个孩子的照片，凝视了一会儿说：“回家看看吧，父母肯定挺想你的。”

杨诗怡低下头，没有说话。

“不过你们走之前要跟拾穗人交接一下，虽然他们已经来了几周了，但是仪器的使用还不是很熟练，还需要耽误你们一些时间培训他们。”

杨诗怡打开笔记本：“还有一件事，是关于和外星人建立文字通信的。”她明显感觉到，自己说完这句话周宁的身体往前倾了一些，眼神也变得不一样起来。“征求了宋教授的意见之后，我们依旧认为把人类掌握的所有材料都发送过去不但危险，而且冗余，所以我觉得，可以稍微改编一下《荷马史诗》的中文版然后发送过去，这样他们应该就可以理解常用字了。”

“为什么？”

“因为这本书有一百多万字，而且是神话故事，既不会让对方窥探到太多人类的真实情况，又可以提供足够的资料让他们学习。备选的书目还有《西游记》和《封神榜》的白话文版本。”

“这些材料够吗？”

杨诗怡思考了一下：“如果不行的话，咱们可以再发一些其他的东西，慢慢增加。”

周宁皱了皱眉：“太谨慎了吧，咱们应该一次发送足够多的内容，这样也可以避免交流不畅。上级已经成立了‘外星文明交流委员会’专门负责审查通信内容，所以这些东西你就不需要考虑了，多准备点发送的材料然后上报等审批就可以，如果他们觉得不合适，会做修改的。”

杨诗怡这才意识到，刚才周宁批给他们的宽裕假期，让她处在了一个“拿人手短”的位置上。但是事关原则她不想让步：“周所长，我还是建议咱们小心为上，因为无论什么委员会，最终完成这件事的还是珞珈实验室的人，我不希望看到本来可以阻止的事情造成毁灭性的后果。”

周宁耐心解释道：“我知道您在技术领域是专家，但‘外委会’成员也是精挑细选出来的，他们完全有能力给出正确的判断。”

杨诗怡摇摇头：“但是珞珈实验室作为这件事的最终执行者，应该有否决权。”她的语气十分坚决，目光死死地盯着周宁。

对视了半晌，周宁叹了口气道：“那咱们就先按照你们设想的进行，之后再看情况决定吧。”

杨诗怡紧皱的眉头渐渐舒展：“谢谢所长理解，我先走了。”

圣诞假期前的最后一天，张桢和北原做完最后的交接工作，基础的量子信道的维护工作就全部由拾穗人负责。不过按照杨诗怡的“特别关照”，关于发送接收信息的操作方法他们只字未提，只是简单地培训了一些最基本的故障排查手段。其实这两周之内发生故障的可能性几乎是零，而且按照对方的习惯，也不会主动发信息过来，所以这项工作略显多余。

几个拾穗人好像丝毫没有意识到自己工作的“不重要性”，认真地向张桢和北原术直提出了很多问题。直到傍晚时分，他们两人才终于被孜孜好学的工程师们放过，回到办公室。两个人一边收拾着东西，一边憧憬着两周的假期，有一句没一句地聊着。

“听诗姐说你圣诞节要去美国？”

“对呀,明天就出发了,小晴要去做手术,还挺紧张的呢。”

“什么? ”张桢大吃一惊,“她怎么啦? 什么手术? ”

北原笑了:“不是什么大事, 就是一个普通的眼科矫正手术,女孩子嘛,不喜欢戴眼镜。”

“哦,”张桢放下心来,“那你这次也会顺便见她家长咯? ”

“嗯,是啊,终于有机会见她父亲了,还挺担心的呢。”

张桢不禁感叹:“哎,谈恋爱就是麻烦。”

“但是有人陪伴也是很美好的一件事。每次回家之后看到小晴热好了饭菜等着我,心里也会感到很幸福呢。张君不找个女朋友吗? ”

张桢自嘲道:“实验室里这么忙,哪有时间找啊。”

“沈梦小姐好像对张桢君很有好感呢, 平时只看到她会和你聊天,很少和别人说话的。”

“别瞎说,沈大小姐心高气傲,估计看不上地球人。”张桢悠悠地说,“我应该把她的闪拍账号给外星人发过去, 让他们认识一下。”

北原却认真起来:“这是小晴告诉我的, 她们一起聊天的时候,经常提到张君呢。”

看张桢愣在那里没有说话, 北原把收拾好的背包往肩上一背:“那也可能是我想错了吧。我先走了,明年见咯。”

“明年见。”张桢目送他出了门,松间晴正在外面等着他,两个人的身影在门口一闪而过。

“开什么玩笑。”张桢自言自语地笑了一下,也收拾好东西离开了。

第四章

第十节

假期里，张桢除了和哥哥打了几个电话，和科林还有迪恩一起吃了一顿饭之外，没有什么额外的活动，他把大部分时间都耗在了路珈之星上。之前绞尽脑汁思考的波函数证明，也终于有了一些灵感，他有些等不及到上班的那一天，回到实验室与北原术直和杨诗怡讨论一下。

但是不知道为什么，每次想起实验室，他脑海中出现的都是沈梦的身影。北原在假期之前对他说的话在他脑海里回响了好久。他仔细回忆了一下，他和沈梦的接触好像的确比其他人多，不过这不能说明问题，可能只是巧合而已。

虽然张桢一直试图这么说服自己，但是在之后的几天还是会莫名其妙地因为她而分心，这种不知道是思念还是困惑的想法拉长了本来就漫长的假期。

工作日的第一天，他准时到达办公室，刚把东西放在办公桌上，就不自觉地走到了隔壁沈梦的办公室门口，犹豫了一下，敲门走了进去，却发现松间晴正趴在桌子上泣不成声，沈梦和杨诗怡在一边劝她。“这是怎么啦？”

沈梦疾步走过去，神秘地关上门，走近张桢压低声音说：“北原送给她一条项链，挺贵重的，刚才弄丢了。”

沈梦话音刚落，松间晴又抽噎了一声。

“你确定是丢在实验室了吗？”张桢问道。

松间晴点点头，缓缓地说道：“在门口安检的时候还在。”

“那就丢不了，好好找找呗。”

杨诗怡白了他一眼：“净说废话，你以为我们没找啊？所有地方都翻遍了。”

“你们到她今天去过的地方找啊。”

杨诗怡白了他第二眼，好像眼球都要飞出来了：“废话，你当我们傻吗？”她用手指在三个女生这边画了一个圈：“两个研究生一个博士，不知道丢了东西按原路找吗？”

张桢又试探性地问了一句：“那……监控录像里也什么线索都没有？”他看出杨诗怡愣了一下，推断出她大概没想到这一点，于是指了指头顶上的摄像头：“杨博士，这个看不到吗？”

松间晴听到这里，缓缓抬起头来说：“对啊，我们还可以找监控录像。”但是她马上又愁云密布地说：“监控录像应该是不会随便让我们看的吧。”

杨诗怡安慰她说：“没事，我跟周所长说一下，他应该会同意的。”她边说边拉着松间晴走了出去。

办公室只剩下沈梦和张桢两个人，张桢感觉气氛有些尴尬，不知道说什么好，有一种以前和沈梦独处的时候从来没有过的不自然感。

沈梦随口问道：“假期过得如何？”

“还行。”张桢回答道，然后又沉默了几秒钟，“你怎么样，去哪玩了？”

“挺累的，不过今年终于实现了一个心愿，我过了两次生日。”沈梦笑着说。

张桢眉毛一抬：“怎么过的？”

“我生日是1月1号，31号晚上的时候，我在悉尼海港大桥看跨年烟火，然后紧接着就坐飞机去旧金山，到那里的时候还是31号，又去金门大桥看了烟火，就好像全世界都在给我过生日一样。”

“有钱人的世界就是不一样。”张桢感叹道，然后故作自然地问道，“谁陪你去的呀？”

“一个人呗。”沈梦拢了一下头发，“其实没有听上去那么好啦。我最近发现，比起这些所谓的享受，努力工作也是很有意思的一件事，这是我最近在帮小怡做账的时候发现的。”

张桢想了半天，才反应过来“小姨”应该是杨诗怡的昵称。“做账还能有意思呢？我一直以为是一个很枯燥的工作。”

沈梦并未否认：“的确很枯燥，但是也会有成就感。上次看你们讨论和外星人联络的时候，我感觉你们都好投入，每个人都在努力思考，提出方案，有了结论之后，每个人都发自内心地兴奋。我已经好久没有体会到这种通过努力带来的成就感了。上次给小怡做账的时候，发现她弄错了好多东西，我花了一下午时间帮她改，最后给研究所省了二十多万。”

“嚯，这么多钱。”张桢感叹道，“诗姐真是大手大脚惯了。”

沈梦摇摇头：“以前的我会觉得，为了省二十万而工作一下午，一定是疯了，还不够我费脑子的呢。不过现在我发现，其实不是省下来这些钱，而是工作本身，让我也有了一些存在的意义，这种兴奋是我从来没有体会过的。”

张桢点点头，也回想起过去那些记忆深刻的瞬间，比如在论文截稿前夜通宵达旦完成论证，或者某些灵光一现的时候，自己那种发自心底的愉悦。那是人生中最充实的一段时光。然后他又看了看眼前的这个女孩，感觉了解她越多，就越觉得她并没有那么不同。有一瞬间，两个人的视线交会起来，这一次两人都没有闪躲，放任目光停留在对方的眼眸之中。

就在这时，松间晴和杨诗怡推门而入，张桢慌忙地往后退了一步，干咳了几下。

“找到了！”松间晴兴高采烈地说道，然后对张桢和杨诗怡鞠了一躬，“谢谢！太感谢了！”

杨诗怡仍有些疑惑：“在东湖实验室找到的，正好卡在两个机器中间的空隙里，也不知道是怎么掉进去的。”

张桢一本正经地说：“可能是拿下来甩着玩的时候掉进去的吧。”

松间晴的眼睛笑得眯成了一条缝：“这么珍贵的东西，我不会再摘下来了。”

沈梦说：“现在你可以接着说了呗。”她又对张桢小声解释道：“刚才小晴在跟我们说她和小直回斯坦福故地重游的事，然后就发现项链不见了。”

松间晴坐了下来，继续回忆道：“我们看望了曾经教导我们的教授之后，来到中心的椭圆广场，就是一片很开阔的草地。最开始我们就是在这里相遇的。”

沈梦插话道：“你们是怎么认识的呀？”

松间晴有些害羞地低下了头：“大概是五年多之前，当时我刚入学，在椭圆广场碰到他问路，偶然发现他也是日本人，因为在那里的日本人真的很少，所以我们就留了联系方式，以后经常一起吃饭什么的，然后就自然而然地在一起了。”

沈梦点点头：“还挺有缘的。”

“那天他又带我找到了我们第一次见面的那个地方，我们到的时候正好快要日落了，夕阳下的晚霞真的好美，整个天空都是粉红色的，我当时以为……”

杨诗怡见她欲言又止，试探性地问道：“你以为他要求婚了？”

松间晴点点头：“但是……没想到是送了我这条项链，的确是有一点点失望呢。不过这条项链是平成年间传下来的东西，非常贵重，刚才我发现它丢了的时候心跳都快停了。”

“别着急嘛，来日方长。”沈梦安慰她说，“小直是很有责任心的一个人，他可能是想等做出一些成就之后再和你结婚吧，我觉得这种男生挺难得的。”

“嗯，对。”杨诗怡也补充道，“再说了，两个人在一起就可以了，结婚只是一个形式而已。只要能和自己喜欢的人在一起，一辈子不结婚也没有什么问题嘛。”

“可能是观念不一样吧，我就是想赶紧嫁给他，然后做一个普普通通的家庭主妇，相夫教子。现在的生活虽然很好，但是心里会很慌张，总是觉得夜长梦多。”

从表情上可以看出，沈梦和杨诗怡都对松间晴的这种想法非常不屑，但是都没有说什么。

“你的眼睛怎么样啦？”杨诗怡转移了话题。

“好多了，你看我已经不需要戴眼镜了。”

杨诗怡抬头看了一眼墙上的挂钟：“哎，都快十一点了，我还得找周所长呢，张桢你跟我一起来吧。”

张桢离开之前下意识地回头看了一眼沈梦，正巧发现沈梦也在看着他，两个人的视线又一次交织起来。但这一次沈梦马上把头扭了过去，装作什么都没有发生的样子，张桢心里有一种说不出来的感觉。

张桢紧随杨诗怡来到所长办公室，发现周宁正在打电话。

“嗯，我不会忘的，您放心。”周宁一边说话，一边示意他们两个先坐下，“嗯……对……行，那您先忙，春节时再去拜访您啊。”周宁笑着挂了电话，抬头看向杨诗怡和张桢。

“怎么样，项链找到了吗？”

“在东湖实验室找到了，谢谢您。”杨诗怡连忙致谢。

“嗯，你们做事也要小心呀，不能总是丢三落四的。”

“我们会的。”杨诗怡迅速回到正题，“周所长，我们这次来是想问您外委会审核的事情怎么样了。”

“哦，这个啊，”周宁靠在了椅背上，“这个你们不用担心了，我们在假期都已经发送完了。”

“什么？”杨诗怡不解地问，“把什么发送完了？”

“几乎所有世界名著，《荷马史诗》《三剑客》《伊索寓言》等一共三百多本，都给他们发过去了。”周宁翻出一份红头文件递给他们两个人看，上面有外委会批准的所有书目的名字，密密麻麻写了十多页。

“用‘谷雨一号’发的？可我们三个人都在放假，是怎么发的？”杨诗怡依旧不敢相信，突然扭头盯着张桢，“你和北原加班了？”

张桢马上摇头：“没有啊。”

“拾穗人做的，你们走之前不是跟他们交接了嘛。”周宁不紧不慢地说，喝了一口保温杯里的茶。

杨诗怡愣了一秒，对张桢喊道："你们怎么把发射序列也教给他们了？"

张桢吓得一激灵，神经一下子紧绷起来，诗姐发火可不是闹着玩的。他飞速地搜索着记忆，半晌之后，确定地说："我们非常小心，所有机密的东西都没跟他们说。"

杨诗怡奇怪之余，忽然想起刚才看到的东湖实验室的监控画面，于是质问周宁："难道拾穗人通过监控学会了我们的操作步骤？"

周宁一如既往地面带微笑，不置可否："杨博士，这些细节其实都不重要了。"

"周所长，"杨诗怡强压着自己的愤怒，"咱们当时明明说等到外委会审核完毕之后，只发送这一本书的内容。您现在不但没有按照计划进行，而且还把珞珈实验室最核心的'谷雨一号'的使用方法泄露了出去，这么做……"

"什么叫泄露了出去？"周宁瞪着杨诗怡，语气有些不快，"我都不懂这些仪器的操作方法，我怎么泄露？而且，就算是他们学会了这些东西，他们好歹也是自己人，怎么能叫泄露？"

杨诗怡终于爆发了，起身厉声道："别跟我抠字眼，你心里知道！况且，你们私下里联系外星文明，把那么多东西都发给他们，他们要是看懂了，地球人就丝毫没有秘密可言了，这么危险的事你都做得出来?!"

周宁也毫不示弱，把外委会的文件重重地拍在桌子上："上面都批准了，你算什么东西出来说三道四的？我平时让你们三分还真拿自己当个人物了？当时是谁跟刘思锐信誓旦旦地说这是量子通信,没有任何危险的?好不容易把她弄走了,你们又学起她那一套来了!几百本小说就让人类陷入危险了?这么说新华书店是不是外星人的首要攻击目标啊?你们上这么多年学是不是就专门为了跟人抬杠啊?"

杨诗怡死死地盯着周宁:"刘所长是你给弄走的?"

张桢在一旁心想,诗姐这个重点抓得真是让人摸不着头脑。

周宁"哼"了一声:"别装模作样了,要不是你们对调查组说了她那么多坏话,我能这么顺利地坐在这?现在开始猫哭耗子了?而且你自己想想,这几个月你们提的什么要求我不是全力配合?得了便宜还卖乖是不是?没有我在这个位置上,九〇五所能有现在的成就?这才过了几天,我们就可以和外星文明交流了,没有我在这个位置上,你们能干什么?"最后几句话,周宁几乎快吼破了音。

杨诗怡出乎意料地平静了下来,放慢语速,字字有力地说:"珞珈实验室无论有多少成果,都是我们努力换来的,跟你一点关系都没有。刘所长虽然想得多,但是她至少本意还是为了国家安全。不像你,为了讨好上级根本没有底线。"

周宁冷笑了一声:"现在想起刘所长来了?调查组来的时候你们是怎么说的还记得吗?你问问张博士和那俩日本人,把刘思锐请回来,他们干吗?"

张桢心想自己这么半天一句话都没说,结果还是躺着中了一枪。他紧张得都能听到自己"怦怦"的心跳声,生怕杨诗怡把满腔怒火都转移到自己身上。

"你不要挑拨我们。"杨诗怡冷冷地说。

屋子里难得安静了几秒钟,但是相比于刚才的狂风暴雨,张桢觉得这几秒的沉默更加难熬，不知道哪一方会突然爆发。

周宁从抽屉里拿出一本材料，扔在桌子上。“自己看看吧，这是上个月就下发的文件。”

张桢看杨诗怡没有动，于是探着身子把文件拿了过来，草草地读了一下。

周宁继续说道：“自从外委会知道外星人的科技水平远远高于人类之后，就一直在催我找他们要可控核聚变的技术。我不希望你们被干涉，所以压了很长时间，每次我都解释说条件还不允许。结果你们这群白眼狼一点都不领情，那我也不用再拖了，从今天开始，这就是九〇五所的研究重点了。”

杨诗怡盯着周宁，一言不发。

张桢见状开口道：“周所长，隔行如隔山啊，核聚变是等离子物理学的范畴，诗姐是研究凝聚态物理的，我是……”

周宁打断了张桢的话：“你以为我在跟你们商量吗？”

杨诗怡突然表态：“我做不了。”

“做不了就走。”周宁厉声说道，“这不是养闲人的地方。”

张桢知道话说到这一步，双方都需要一个台阶下，但是无奈自己情商太低，想不出什么缓和气氛的话。此时此刻，他无比希望宋老板突然出现在这里。憋了半天，张桢终于挤出一句“那要不然我们回去先研究一下”，然后起身把杨诗怡拉出了所长办公室。

杨诗怡一言不发地走在前面，张桢在后面说道：“给宋老板打个电话吧，看看他怎么说。”杨诗怡没有说话，径直走进了东湖实验室，来到“谷雨一号”前，开始检查系统日志。

张桢也在另一台电脑上查了历史记录，证实拾穗人在上周就把一共 40GB 的信息发送了出去，并且在两个小时之内收到了回复。张桢点了几下鼠标，把接收到的信息投影到一旁的玻璃屏上，两个人盯着屏幕默念起来：

亲爱的人类，你们好。

在茫茫宇宙之中，能和你们结识，实在是一种不可多得的缘分，能与人类这样伟大的文明结识，更是我们无上的荣幸。

你们发过来的所有作品我们都看过了，你们非常巧妙地用这种方法让我们学会了你们的文字，为我们的交流扫清了最后一道障碍，让我们佩服你们的智慧。

我们从你们发来的《荷马史诗》中得到灵感，为我们的星球取名"卡利斯托"，她是一位女神，专门为身边的人带来温暖和幸福，我们也希望可以做到这个名字所代表的一切。

通过你们的文学作品，我们惊奇地发现原来我们两个文明之间有如此多的共同点。我们虽然现在在外星殖民，但是曾经孕育我们整个文明的那个星球和地球如此相似。看到你们的世界，仿佛就像看到我们的过去一样亲切，这种巧合让我们觉得和你们的相识不是偶然，而是命运的安排。

你们之前给我们发过来的资料，应该是你们科学的结晶。我们惊奇地发现原来我们之间的科学竟然如此相通，只不过我们的启蒙时代稍早一些，所以发现了一些你们的错误。我们把这里最新的研究成果都发给了你们，希望你们可以少走些弯路，也请把这个当作是我们友善意图的证明。

我们很珍惜和另一个智慧文明交流的机会，相信我们都可以从彼此身上学到至关重要的东西。迫不及待地想和你们进行真正的交流。

祝好。

这封信不长，但是张桢感叹对方的文字功底已经超过了自己的作文水平。

杨诗怡倒吸一口冷气，缓缓地说："这封信像人写出来的。"她走到玻璃屏前，指着上面的文字说："你看，他们，也就是'卡利斯托人'，会在意'缘分'，会用礼貌得体的方式去表达自己的意见，而且他们也认为相识和学习的机会非常重要。他们的价值观和人类一模一样。就连他们给自己取的名字也是这样，希望把善良的一面展现给人类。"

"所以……"

"他们靠这几百本小说，不但学会了人类的文字，而且完全理解了人类的思维模式和行为习惯。他们已经完全可以模拟人类的行为了。"

"而我们对他们几乎一无所知。"张桢补充道。

两个人呆立着，不约而同地感受到一种莫名的压力。

过了许久，杨诗怡才想到跟周宁还有争端没有解决。"我先给宋教授打个电话。"说着，她走出了实验室。

张桢继续翻着系统日志，发现双方在之后的几天中还有很多次通信，除了一些"客气话"之外，对方还告诉人类，他们那边也聚集了最尖端的科研人员，希望和人类一起交流科技成果。

看到对方主动提出想交流科技成果，周宁"很自然地"提到了目前在可控核聚变方面有一些困难。

张桢看到这里才发现原来周宁早已甩开杨诗怡，自己单干了。所以今天他说因为杨诗怡顶撞他才想把研究重点转移全都是胡说八道，即使没有这次冲突，他也会找个由头跟他们吵一架，然后借此机会把研究方向转到核聚变上。

张桢叹了口气，继续看对方的回复。“卡利斯托”对人类之前发送的氨基酸和蛋白质很感兴趣，他们提出用更多这方面的信息，换取可控核聚变的指导。消息就到此为止，人类尚未开始与之交换。

杨诗怡面无表情地回来了，张桢连忙把刚才翻到的通信记录给她看：“你看，周所长还是有点原则性的，对方要的这些信息他就没发。”

杨诗怡四下看了看，确定周围没有别人，说道：“你之前在珞珈之星上看到的几个关于量子通信激发态波函数的公式最后有头绪了吗？”

张桢不知道她为什么会忽然把话题转到这里，如实回答：“没有，问题还有很多。”

杨诗怡指指屏幕：“现在可以发中文了，你把这个发过去问问。”

张桢有些疑惑，不确定杨诗怡想干什么，不过他也没有胆量质疑她，于是找到发射端的转码程序，把问题发了过去。

几秒钟之后，他就收到了对方的回复。

“我们有很多东西可以分享给你们，但是我们也希望可以感受到互相学习的诚意。当你们跟我们分享更多内容的时候，我们非常愿意把我们的一切和你们分享。”

杨诗怡自言自语道：“我猜也是。不拿到那些信息，他们是不会罢休的。”

“那现在怎么办？”

“不知道。”杨诗怡目光呆滞，“我刚才和宋教授通了电话，他说明天来处理这件事。”

“放心吧。”张桢拍了拍她的肩膀，“宋老板一定能解决好的。”

杨诗怡点点头，没再说话。

和杨诗怡认识这么多年，张桢从来没见过她这副样子，虽然她看起来镇定自若，但是估计心里七上八下。这时，他忽然想起假期时的研究，于是安慰道：“别愁眉苦脸的了，我跟你说个好消息吧。”

杨诗怡一动不动地呆坐在那里，没有回应。

张桢掏出一支笔，在玻璃屏上写了起来：“你看这个，如果把他们给的式子做一下变换，看出来这是什么了没有？”

杨诗怡盯着看了半分钟：“这个十维的势能阱……”

“和黑洞的性质一模一样。”

“所以可以靠这些单个的量子构造一个黑洞出来？”杨诗怡兴奋地说道。

张桢激动地抬起头：“对！这个东西我昨天已经发给宋老板了，他说这两天帮我检查一下。我不知道是不是黑洞，但性质是类似的。”

“的确。”杨诗怡又仔细检查了一下张桢的所有公式，喃喃自语地重复道，“我们真的可以造一个小型黑洞出来。”

张桢难掩兴奋：“对啊，核聚变算个什么啊?!”

这一瞬间，两个人已然忘记了刚才和周宁吵架的尴尬，把注意力完全集中在屏幕上，你一言我一语地讨论起来。

第十一节

转天上午，杨诗怡在办公室里不安地等待着。宋教授前一天晚上给她打电话，让她十点整在办公室等他简单“聊聊”。现在十点已过，宋教授随时会从门外走进来。她开始对昨天顶撞周所长的行为有些后悔，自己的冲动可能给宋教授惹了不少麻烦，这么多年来她从来没让教授失望过，她也不希望这是第一次。

未几，宋清明走进办公室，在她对面坐了下来，开门见山地说：“我和周所长谈过了，把误会解释了一下。”他的语速和平时一样，缓慢而沉稳，表情甚至还略微带了一些慈祥，这让杨诗怡安心了不少。

宋清明继续平缓地说道：“张桢之前给我发的构造黑洞的想法，我这两天粗略看了一下，应该是一个突破。这一点我也和周所长说了。”

杨诗怡眼睛一亮，满心期待宋教授会给她带来一个好消息。

“但是周所长认为，可控核聚变是当务之急，因为黑洞的研究未知数太多，先搁置一下。”

这分明是和昨天一模一样的结果，但是因为期望太高，杨诗怡感到自己比昨天更加失望了。宋清明读出了杨诗怡的情绪，继续说道：“后来我解释了学科之间的差异性，以及这个成果的意义，周所长同意把可控核聚变的事情交给科研院所和 IACC 的人去做，你们独立出来搞这个方向。”

宋教授带来的终究还是好消息。不过她依旧非常疑惑：“要从哪里入手呢？对方并没有打算教咱们任何东西。”

宋清明点点头：“昨天下午张桢也跟我说了。他们正在找人去做一些假的蛋白质或者遗传基因的信息，希望靠这个骗过对方，来换取外星人的情报。”

“这管用吗？”杨诗怡有些轻蔑地说。

宋清明笑了一下：“我不知道，不过这些信息也不是无中生有，他们会搜集这几十年以来各种失败的转基因作物的蛋白质表达发送给对方。所以从理论上来说，这些蛋白质或者RNA都是真实存在的，只不过都是人造的，应该不会泄露人类过多的信息。”

杨诗怡点点头，没有说话。

宋清明继续说道：“如果他们成功了，那么‘卡利斯托’方面就会给咱们很多信息，对咱们的研究也大有帮助。就算失败了，人类也并没有损失什么。我刚才和周所长已经达成一致，‘谷雨一号’现在是公共资源，大家都可以自由使用。”

杨诗怡心里替宋教授感到难过：他几个月之前失去了珞珈实验室，现在又失去了“谷雨一号”的控制权。她隐约觉得后者是因为她一连串的错误导致的，虽然理智告诉她这都是周宁搞的鬼，但还是不免对宋教授心怀愧疚。

宋清明看杨诗怡没有说话，自顾自地站了起来：“我先走了，你也调整一下心态，以后不要再和周所长起冲突了。”

“我知道了。”杨诗怡说罢起身送教授出了门，看着他远去的背影和一头花白的头发，心里说不出来的难受。

几分钟之后，张桢走了进来。

“我看宋老板刚走，你们说什么了？”张桢还没坐稳就迫不及待地问。

“他说你的证明没什么问题，但是周宁还是想把重点放在核聚变上。”

张桢鄙夷地“哼”了一声：“鼠目寸光。”

“谁说不是呢，不过教授和周宁商量完了，IACC研究核聚变，咱们继续搞量子通信，他们会发一些假的蛋白质或者氨基酸的内容去骗对方，也不知道能不能成。”

“哟西。”张桢搓着手说道，“我感觉能成，因为对方既然不是蛋白质构成的，对这个的了解程度应该是零，他们靠有限信息进行验证的可能性很小，难道他们还能仿真出分子级别的DNA不成？如果这他们都能做，他们怎么不直接模拟一个宇宙玩玩呢？”

“希望如此吧。”杨诗怡另有担心，“我刚才都没问，周宁就不怕这些核聚变的技术泄露吗？这么先进的技术难道这么痛快就和别人分享了？”

张桢诡异一笑：“这个我听说都已经商量好了。”他回手把办公室的门关上，把椅子往前拉了一点，放低声音说：“昨天晚上我和我哥打了个电话，正好说到这个事，他告诉我已经和不少国家达成协议了，如果外星人那边真会分享可控核聚变的话，会在广州那边先建一个实验电站，邀请一部分国际学者来参加研究工作，验证没问题之后，所有技术都会公开，然后全世界谁想用都可以。”

“这么大方，真没想到呀。”说罢杨诗怡又沉默了一会儿，“不过对你来说有个好消息，等他们把假的蛋白质信息发给对方之后，你一直研究的那个问题也会有答案了。”

“嗯。”张桢难以抑制内心的喜悦，“那咱们静候佳音吧。”

中午，张桢来到餐厅想买瓶汽水，正好遇见北原和科林，令他惊讶的是，他们两个竟然没有带同传翻译器就有说有笑地用中文交谈。科林看到张桢，兴高采烈地招呼他坐下。

北原笑着对张桢说：“科林在跟我说中文有多么不合理。”科林在一边点点头。

“哦？”张桢眉毛一挑，“哪里不合理了？说说看呗。”

科林摆了摆手，用非常不标准的普通话说：“不是不合理，是不好学。”

北原不怀好意地笑问：“比如，张君有一百元钱，我是你的一倍，那么我有多少钱？”

张桢犹豫了一会儿，考虑这个问题里有什么陷阱，然后迟疑地说道：“两百啊，这有什么问题吗？”

北原继续问道：“如果张君有一百元钱，我是你的两倍，那么我有多少钱？”

张桢愣了一下：“好像也是两百。”

“所以你看，在中文里，一倍和两倍是一个意思。”

张桢点点头：“好像的确是这么回事。”

科林忽然开口说：“还有‘外星人’这个词，也很有问题。”

张桢疑惑：“外星人又有什么问题？”

科林慢悠悠地说道：“我来自瑞士，而且是人，所以我是瑞士人，但是来自外星的，并不是‘人’啊，为什么叫作外星‘人’呢？”

北原补充道：“又比如‘卡利斯托星人’也是奇怪的说法，因为他们虽然的确来自‘卡利斯托’星，但是他们很明显不是人类呀，怎么能叫他们‘卡利斯托星人’呢？”

张桢饶有兴致地问道：“那你觉得应该怎么叫？”

“直接叫‘卡利斯托’呗，把它当成一个物种的名字。”

“有道理。”张桢点点头。

这时，沈梦走了进来，北原给了科林一个眼神，两个人很默契地起身离开了。沈梦从自动售货机里买了一瓶薄荷饮料，径直来到张桢面前坐了下来，张桢感觉到自己心跳的速度随着沈梦的接近在变化着。

“最近你挺忙的啊，好长时间没见着你了。”沈梦拧开饮料瓶子，对张桢微微一笑。

张桢努力让自己的行为显得自然一些：“嗯，一直在看珞珈之星来着。”

“嗯，我听小怡说了。她还说跟黑洞有关。”沈梦把胳膊支在桌子上，“我总听说黑洞黑洞的，这到底是个什么东西呀？”她的大眼睛充满疑惑地看着张桢。

张桢沉默了一会儿，他在估量沈梦的天体物理水平，思考应该怎么说比较合适。终于，他缓缓地解释道：“黑洞……本质上来说就是一颗恒星，和太阳类似。只不过太阳会发光，黑洞不会。”

“哦，我听说好像和引力有关。”

“差不多。比如地球一直是绕着太阳转的，如果地球的速度变慢了，就会离太阳越来越近，最后被吞噬；如果速度变快了，就会离太阳越来越远，最后跑出太阳系去。”

沈梦迟疑了一下，眼神中流露出无法掩饰的迷茫，不过还是点了点头。

张桢继续说：“恒星的质量越大，提供的引力也就越大，这就需要物体有更快的环绕速度，才能不被恒星的引力拉近。在极端情况下，星球的引力极大，以至于物体以光速运行都无法逃脱，那么这颗星球就是一个黑洞了。之所以叫黑洞，是因为光都无法摆脱这颗星球的引力，那么这颗星球是不会发光的，就是漆黑一片。不仅如此，根据相对论原理，具有极大质量的物体会扭曲其周围的空间，所以黑洞附近的空间也会呈现出一些不一样的性质。”

"嗯,我好像有点明白了。"

"其实黑洞还有很多非常有意思的特点。黑洞的边界,又叫事件视界,是隔绝了两个世界的墙。任何东西都无法通过这个边界,无论是光还是其他物质,所以外面的人对黑洞内部一无所知。而且在外界看来,黑洞表面时间是静止的,如果我把一个东西扔进黑洞里,这个物体处于边界的影像会一直停留下来,就和时间静止了一样。我们猜测,这个东西应该是被黑洞的引力撕碎了,但是因为我们看不到,所以无法确定。有些人甚至推测,现在的物理学理论在黑洞内部可能会被全部推翻。也正是对黑洞内部的未知,才引发了人们的想象,有很多人提出了非常有意思的假设,来探究黑洞内部是什么样子的。比如有些人认为黑洞内部就是一个不一样的宇宙。"

张桢见沈梦听得还挺有兴趣,换了一个姿势继续说道:"有些人认为,我们现在生活的这个宇宙,其实就在一个黑洞内部,反正这件事以人类现在的水平根本无法证实。而这个黑洞之外的空间,我们完全无法想象。既然人类这样的文明可以出现在这个黑洞之中,那么是不是也可能存在其他的文明呢? 还有很多有意思的假设, 比如有些人认为黑洞里面的物理规律和外面完全不一样,时间是倒流的;也有人认为黑洞是超时空的入口,进入黑洞就可以回到过去或者抵达将来,甚或移动到宇宙的另一端去,乃至到另一个宇宙中去。"

沈梦似懂非懂地点了点头:"那你们现在研究什么呢? "

"我们现在对黑洞的了解几乎是零, 因为它从来不向外传出信息。一个世纪以来,只有少数几个人对黑洞的性质进行了猜测,不过就像我刚才说的,我们对黑洞内部没有一点了解,所以里面的物理规律和外界是否一样未尝可知。而现在我们既然可以通过‘卡利斯托’的方式构造一个黑洞,也就意味着我们终于可以通过我们构造黑洞的过程去理解黑洞内部的情况。这应该是一个里程碑式的发现。”

“可是,发现了这个有什么意义吗?”沈梦继续歪着头问道。

张桢愣了一下，他的确没有想过这个问题，有些吞吞吐吐:“其实很多理论的研究……在初期是看不到其意义的，最典型的例子是相对论。在相对论刚被提出来的时候,很多人都想不到这个理论有什么实际用处,直到几十年之后人们才发现它可以用于卫星定位。现在对黑洞的研究,也可能需要几十年才派上用场,具体有何意义,我现在也预测不出来。”

沈梦有些失望:“我看你刚才那么手舞足蹈,还以为能有什么重大突破呢,原来还是纸上谈兵。”

张桢不以为然:“尖端科研其实大都是这样,很多技术都是先有了理论储备,然后才有人想到怎么应用于现实需求。”

“不过我还挺佩服你们的，为了这么一个虚无缥缈的东西争得面红耳赤。”

张桢缓缓地说:“我小时候就挺喜欢思考这些的,也对宇宙的意义之类的问题很好奇,感觉思考这些就可以让我逃避现实。”

沈梦挑了一下眉毛,饶有兴致地问:“你小时候怎么啦?我记得上次你带我去医院的时候告诉我说你父母很早就去世了。”

张桢摇摇头:“我爸的确在我很小的时候就不在了,紧接着我就被我妈遗弃了。平时都是我哥他们家照顾我,他刚工作那几年也挺忙的，所以我大部分时间都是自己一个人，平时也挺寂寞的。”

沈梦拢了一下头发看了看张桢:“其实我也差不多,从小到大基本都是我一个人。”

张桢想了想:“我记得你还有两个哥哥对吧?那童年生活应该挺丰富的呀。”

“但是他们比我大七八岁,我爸是把他们当作公司接班人培养的,所以对他们两个要求特别严,平时很少陪着我。可能是我爸看我是个女孩,而且两个哥哥又挺争气的,所以除了在学习上稍微管教我一些之外,其他的基本没有什么要求。”

“女孩怎么了,你看诗姐和小晴不都是女的嘛,尤其是诗姐,在实验室独当一面呢。”

沈梦笑了:“嗯,我看你在小怡面前是挺老实的。”

张桢也笑了:“那可不,我们都可怕她了。”

沈梦把话题拉回到自己身上:“我爸可能也是保护我吧,希望我不要再受他和哥哥们那样的苦,所以很多事情都给我安排了最好的。但我也因为自己的出身,从小到大都没有一个真正的朋友。”她喝了一口饮料:“虽然我不是什么天才,但是在这里反而最能融入进去。”

张桢摆摆手:“我们也不是什么天才啦,只不过运气好,想法都是宋老板的,我们只是他手下干活的而已。说起来,实验室这几个人都是一个人过得好好的。诗姐其实每天也形单影只的,好像除了办公室和家这两点一线,没有什么自己的生活,可能跟她交流最多的人就是宋老板了吧。宋老板也是,已经功成名就了,但是也没有结婚,甚至从来没听说他交过女朋友。”

沈梦歪着头问:“那为什么你和小怡不多在一起聚聚呢?”

张桢摇摇头:“最开始那几年我们有时候也聚个会什么的,但是发现根本没有共同话题——她平时练小提琴，而我对音乐一窍不通；我平时喜欢看看书，或者随便画几笔，她对这个完全不感兴趣——总之就是彼此嫌弃的感觉，现在也就偶尔聊聊电视剧什么的。”

沈梦睁大眼睛问道：“你还会画画呢？”

张桢有些腼腆地说：“嗯，其实我还想过，如果我科研做不下去了，那就辞职专门画画，不过应该会和很多画家一样穷得要死吧。”

沈梦笑着说：“别谦虚了，你们都好有才，我的梦想就是在上海开个花店而已。”

“为什么是花店呢？”

“我挺喜欢花的，而且感觉每天和鲜花打交道，应该是一个挺不错的工作。想想自己卖出去的花或许用于求婚，或许用于表白，就感觉到自己在不知不觉间参与了很多温馨的故事，心情就会变好。”

张桢看了看沈梦双眼中闪烁的光，从来没有发现她原来还有这么细腻和少女心的一面。“感觉你这个想法最贴近实际了。真的，诗姐说她想去农村支教，但是估计她受不了那个苦，北原跟我说他想当赛车手，我这个画画的想法就更不靠谱了，感觉还是你的想法最理性。”

沈梦点点头：“嗯，说不定哪天心情好我就去做了。”

张桢也微笑道：“到时候我一定去看看。”

正说到这里，杨诗怡忽然出现在门口，气喘吁吁地说：“我说怎么到处找不到你。科研院所的人已经把蛋白质的构造都编好了，外委会已经批了，几分钟之前就开始发射序列了，你还有心思跟小姑娘在这里说笑?！我先回去等结果了，你也赶紧过来吧。”

张桢瞥了一眼沈梦,发现她好像丝毫没觉得诗姐的话有什么尴尬,反而低头笑得很开心,心里有种说不出的感觉。他对沈梦说“那我先过去看一眼”,就起身跟着杨诗怡往外走。出门之前,他下意识地回头看了一眼沈梦,发现她也在盯着自己的背影看。

张桢努力控制自己别想太多,快步追上了杨诗怡。

“跟沈梦在一起小心点啊。”杨诗怡似乎看穿了张桢的心事。

“什么意思?”张桢心虚地问。

杨诗怡在实验室门口停下,回头对张桢说:“沈梦对你挺有好感的,你知道吧?”

张桢一时间不知道该怎么回答,愣了一下。

“反正不管你是怎么想的,我倒是觉得你们俩挺合适的,我也挺期待目睹有个女生管管你。”

张桢努力挤出一丝微笑:“有您一个就足够了。”

“不过,”杨诗怡忽然严肃起来,“感情的事,如果你没想清楚的话,也别让人家伤心。她这种女生应该心理挺脆弱的。”

“嗯,知道啦。”张桢装作非常不在意的样子,“我小心着呢,她要是一生气给我开除了怎么办!”

杨诗怡撇撇嘴:“没事,你不还有你哥吗?饿不死。”

“我是说,她给我开除了,你们的研究怎么办?岂不是要停滞十多年?”张桢说着,做出一副苦恼的表情。

杨诗怡把手里的文件往他身上一拍:“赶紧进来干活了。”说着就把手放在指纹扫描器上,刷开了实验室的门。两个穿着白大褂的拾穗人正坐在“谷雨一号”前,看到杨诗怡和张桢进来,马上站了起来。

“杨博士,您好,”其中一人冲他们走了过来,并伸出右手,“我们是……”

杨诗怡手一挥，丝毫不理会对方的善意：“无所谓，现在怎么样了？”她自顾自走到主机跟前，检查系统日志，仿佛根本就没想听对方的回答。

那人尴尬地和张桢握了握手，然后走到杨诗怡身边，指着“谷雨一号”的指示灯说：“我们几分钟之前刚刚把所有信息发送完毕，现在还没有收到任何回复。”杨诗怡依旧面无表情，仿佛对方不存在一样。张桢从没见过诗姐如此冷漠，心想她可能是把对周宁的怒气发泄到了这些人头上。

杨诗怡正看着，系统忽然收到了回复，张桢忙把回复内容投影到墙上，只见“卡利斯托”写道：

> 亲爱的人类，你们好。
>
> 能够得到你们的信任，我们非常荣幸。你们发来的蛋白质信息无疑是宝贵的财富，虽然我们只分析了很小的一部分，但是它带来的启迪是无法估量的。我们迫不及待地想和人类进行进一步的交流。
>
> 关于你们之前询问的可控核聚变事宜，我们已经准备好一份详尽的材料，除了之前的所有基础信息之外，还有很多文字解释和说明，会在不久之后发送过去。关于你们之前询问的量子信道波函数事宜，我们也会在稍后对公式进行解释，希望你们能像我们一样受到启发。

张桢看了看杨诗怡，见她眉头紧锁，欲言又止，于是猜测说：“你是不是在想，他们或许已经发现了咱们发送的蛋白质信息是假的,所以要验证完毕之后才会把后续资料发过来?”

杨诗怡点了点头。

张桢安慰她说:“现在想这么多也没用啦,听天由命吧。”

杨诗怡和张桢又在东湖实验室等了好一会儿,也没再收到任何回应,时间分分秒秒地过去,他们开始焦躁不安起来。快六点钟的时候,刚才被杨诗怡无视的那个拾穗人走过来说:“杨博士、张博士,你们先回家吧,这里我们盯着就可以了。如果有什么信息我会及时联系你们的。”

杨诗怡用余光瞥了他一眼,嘟囔了一句“那好吧”,又环视了一圈,便慢慢走出了实验室。张桢也跟着走了出去。

第十二节

第二天清晨,张桢一到办公室,就发现“卡利斯托”发来的资料打印好了,整整齐齐放在自己的桌子上,不禁感叹幸福来得真是太突然。

一天的时间就在写写算算中过去,直到夕阳西沉,他只看了几页。最让他沮丧的是,虽然对方的确提供了说明,但是每一步都需要大量的论证和数据,需要和“谷雨一号”这段时间以来的运行数据进行比对。“谷雨一号”才上线不到两年,进行的实验次数很有限。想到理解所有内容不是一朝一夕就能完成的工作,张桢慢慢靠向椅背,闭上眼休息了一会儿。

但是,他无法停止思考,如果自己之前的想法是对的,也就是说这个势能阱可以等同于一个黑洞的话,人类就具有了构造一个复杂天体的能力,这不仅仅对研究黑洞内部构造有很大影响,而且还有无数种应用的可能性,单是这一个发现,就能为人类打开无数扇大门。

张桢深呼一口气,感觉自己这些天以来积累的压力正在一点一点释放,紧张的情绪也逐渐放松下来,对疲倦渐渐失去抵抗。不久,他就坐在椅子上睡着了。

梦中,他和沈梦正在一条黑暗的小巷里走着,手牵着手,彼此说着过去的故事。她笑得非常开心,她的侧脸被酒红色的长发遮住了一半,可爱中透着一丝神秘。忽然,他们看到前方挂着一串漂亮的彩灯,沈梦一边叫着一边跑了过去,很快就不见踪影。他在后面焦急地喊她,但是没有收到任何回应。他感觉自己的周围瞬间一片漆黑,好像置身于宇宙之中,远方似有一些暗淡的恒星闪烁着微弱的光,而他的正前方有一个像旋涡一样的黑洞,黑洞周围的星光开始扭曲。他有一种强烈的预感,好像沈梦就在旋涡的中心等着他,但是他不知道用什么办法可以穿过黑洞。他急于来到她身边,他隐约看到了她四下张望,无助而恐惧的场景。他喊她的名字,但是她好像根本听不到,他焦急地又喊了几声,眼前依旧是沈梦不知所措的身影。于是他不顾一切地向前跑,冲进了那片黑暗。突然眼前一亮,两个人躺在了草地上,好像刚才什么都没有发生过,沈梦摸着他的额头,温柔地问他:“你怎么啦?”说罢她嫣然一笑,这个笑容他一辈子都不会忘记……

张桢猛然醒来,发现沈梦就站在他面前。他恍惚了几秒钟,努力让自己忘记梦中的场景,眼睛直愣愣地盯着沈梦,不知道该说什么好。

“你怎么啦?”沈梦说道,“做梦了吧?”

“啊,”张桢擦了擦额头,“对,刚才睡着了。”

“我说呢。”沈梦笑了一下,“我路过的时候好像听你喊我来着，然后我就进来了，看你睡得和死猪一样。可惜我手机被锁楼下了，要不然肯定给你拍几张照片发群里。”

张桢心想坏事了，盘算着应该怎么解释，犹豫了很长时间，迟迟没有开口。

沈梦倒是先打破沉默，轻声问道：“你是梦见我了呀？”

张桢心想事已至此，与其编故事不如实话实说，于是点了点头，把梦境复述了一遍，但是略去了一开始两个人牵着手聊天的那一段。说到一半的时候，他感觉梦中的画面又浮现在眼前，就好像这些事他亲身经历过一样，异常真实。而这一次复述无疑又加深了他的记忆，最让他难以忘怀的是看到沈梦在旋涡中心时的焦急，和她又重新出现在自己身边时的安心。

张桢娓娓道来的时候，沈梦低着头一言不发，酒红色的头发一直垂到胸前遮住了脸庞，直到张桢说完她才缓缓抬起头来，露出甜美的微笑：“其实我梦到过你很多次了。”

听到这句话，张桢觉得自己失去了一切理智，他猛然起身，快步走向沈梦，紧紧抱住了她。而沈梦也踮起脚自然地靠向他的肩膀，她头发上的薰衣草味道充斥了他的一切思绪，仿佛这种舒缓的香味融入了他的血液，并随之流淌到全身，最终涌向他飞快跳动的心脏。就这样不知道过了多久，张桢慢慢松开了双手，他看着沈梦，欲言又止。

沈梦面带羞涩，连忙转移话题：“哦对了，我刚才是想告诉你，小怡说今天请大家在黄鹤楼吃饭。”说着指了指墙上的挂钟，用另一只手拉着张桢走了出去。

半个小时之后，张桢和沈梦牵着手来到餐桌前，另外三个人表现出显而易见的躁动。

“你们在一起了呀？”杨诗怡又惊又喜，“我感觉今天这顿饭不应该我请了吧。”

“什么时候的事情呀，张君？我完全不知道呢。”北原递过酒杯，“我们应该干一杯，这是小晴和我在家里酿的青梅酒，虽然只酿了半年，但是味道非常不错呢。”

张桢看了一眼沈梦，犹豫着应该如何回答，沈梦却很淡定，抿了一口杯中微微发黄的青梅酒说：“就是刚才的事。”

杨诗怡点点头：“我们已经点完菜了，全都是你不喜欢吃的，这里新出了一个石锅牛蛙，我们特地给你点的。”

张桢向沈梦解释道：“我不喜欢吃牛蛙，一闻那个味道就觉得恶心。”

正说着，服务员把一个硕大的石锅端了上来，里面除了牛蛙之外，还有鲜红的辣椒和翠绿的葱段，让人食欲大开。杨诗怡示意服务员把锅摆到张桢的面前，北原见张桢不停作呕，好心起身想把它端到别的地方。

只听松间晴突然尖叫道：“小心烫！别碰！”

所有人都吓了一跳，北原的手也条件反射地缩了回来。他疑惑地看着松间晴：“刚才服务员不也是直接用手端过来的吗？怎么会烫呢？”

松间晴顿了一下，拿筷子指了指锅的边沿：“你看这个部分的颜色和其他部分是不一样的。”

她指了指锅边浅色的地方：“这里应该是隔热的，其余地方不隔热，不隔热的地方应该很烫，北原刚才摸的地方和服务员摸的地方不一样。”松间晴话音刚落，张桢试探性地碰了一下两个区域,深色的地方的确特别烫。

杨诗怡惊叹地点点头:“小晴这个眼科手术没白做啊,这么点区别都能看得清。”

松间晴不好意思地笑了笑:“嗯,也多亏现在科技的发展呢。”

“嗯!”杨诗怡站了起来,高举起酒杯,“来,这一杯咱们敬科技的进步。”

北原接话道:“还有忽然降临的爱情。”

五个人的杯子碰到一起,发出清脆的响声。

沈梦坐下之后,转头对杨诗怡说:“小怡你没想过找个人陪陪吗?”边说边看到张桢和北原都在对自己挤眉弄眼。

让他们没想到的是,杨诗怡神秘一笑:“你怎么知道我没有?”

张桢激动得蹿起来:“看不出来啊,诗姐背后还有一套呢。”

杨诗怡摆摆手:“我们还没确定关系,就是彼此感觉挺好的,谈着呗。”

北原再一次举起杯子:“那就更值得庆祝了,中文那句话怎么说的来着,祝贺大家终于不用再……”说着他看向松间晴,发出求助的目光,小晴马上心领神会:“吃狗粮。”“对,祝贺大家终于不用再吃狗粮了!”

杯子又一次清脆地碰到了一起,所有人都一饮而尽。

张桢忽然故作惊恐地对杨诗怡说:“哎呀,你今天请客是不是就想说这个事啊?我们抢了你的风头呢。”

杨诗怡依旧非常平静:“本来我没想告诉你们来着,但是今天看大家都挺高兴的,就跟你们分享一下,你们别告诉别人啊。”

张桢环视了一圈:“我们还能告诉谁?难道我们会把这事写在珞珈之星上不成?”

小晴接话说:“可以告诉宋教授嘛。”

张桢装作了解一切的样子说:“她谈男朋友肯定先要找宋老板批准的。”

“滚!”杨诗怡边说边把一块牛蛙扔到了张桢的盘子里,他下意识一躲,差点从椅子上摔下去。

几个人笑作一团,又开始八卦 IACC 里的男女关系,时而还模仿周宁说那些不懂装懂的话,借着青梅酒带来的微醺,聊到深夜才散去。

几天后的一个上午,郭娜敲开了周宁办公室的门。

“怎么了?”周宁摘下阅读镜问道。

“所长,我在监控视频里发现了一些情况,想请您看一看。”说着,她走到电脑前,熟练地点击了几下鼠标,进入监控系统,输入密码,画面上显示出一号监控拍下的视频——北原术直和张桢在杨诗怡的办公室里说着什么。“这是三天之前发生的事情。”郭娜指了指右上角的时间,又熟练地调出另一个摄像头拍下的视频,并且放大了音量,周宁聚精会神地看了起来。

张桢很随便地坐在杨诗怡对面的椅子上,北原站在他旁边。

北原严肃地说:“我们现在和‘卡利斯托’联系用的是 15 号信道核心。今天张君和我在年检的时候发现 18 号信道核心莫名其妙地失效了。”

张桢插话说:“我和北原觉得,像是这个共轭量子对退相干了。你可以看一下自检记录。”说着,他递过去一张纸。

杨诗怡盯着记录自言自语道:“退相干?这个量子纠缠信道被

别的量子占用了？”

北原点点头，神色凝重。

张桢有些担心地说：“如果别人能把咱们的信道抢过去，说明对方构造这个共轭量子的时候使用的参数和特征值和我们差不多，这也是我们非常后怕的一点。咱们这一批制作了几十个信道，参数和特征值都集中在一个很小的范围内，如果说 15 号误打误撞联系上了‘卡利斯托’是巧合，那么 18 号还误打误撞被别人用上了？这已经不能算是巧合了吧。我怀疑是咱们的量子构造方法和参数泄露了，别人用这个方法构造了一个类似的信道，和咱们的撞上了。”

“非常有可能。”杨诗怡皱起眉头，“所以你们怀疑是 IACC 的人做的？他们也有人想联系‘卡利斯托’？”忽然，她想起刘思锐在离别之前跟她说的那些话，顿时有些不寒而栗。

张桢看着杨诗怡：“说不定，是周宁指示拾穗人把这个信息偷走的。”

杨诗怡感觉到浑身的鸡皮疙瘩都已经被调动了起来。周宁对珞珈实验室不满早就不是秘密了，拾穗人已经掌握了“谷雨一号”的使用方法，如果他再掌握了量子信道的制作方法，那么宋教授麾下这几个人便不再有利用价值了。

杨诗怡靠在椅背上沉思片刻，问道：“你们刚才说的，有确凿的证据吗？”

张桢和北原都摇摇头：“没有证据，除非那个人自己承认。你也知道，量子通信只有收发两端的人才知道怎么回事，我们查不到。”

杨诗怡坚决地说：“每个人都挺可疑的，我们现在的首要任务就是把这个信息掌握在自己手里，谁都不要透露。一定要警觉一些，如果有什么异样，咱们再碰。”

张桢和北原点点头，离开了杨诗怡的办公室。

郭娜点了一下鼠标，画面定格在这一瞬间，周宁心神不宁，额头上也沁出了汗珠，一言不发地坐在椅子上。郭娜试探性地问：“这件事杨诗怡跟您提了吗？”

“没有。”周宁深吸一口气，努力让自己平静下来，“只字未提。看来他们是铁了心不配合了……算了，不要打草惊蛇，既然他们想瞒着咱们，那咱们索性将计就计，你再调查一下之前的录像，尤其是东湖实验室的，看看有谁比较可疑。”

郭娜点点头，正要往外走，又被周宁叫住了。

“尤其是那个科林，仔细调查一下他的情况，我一会儿给刑侦科刘科长打个电话，调一下他们电话和邮件的往来记录。”

“好的周所。”说着，郭娜走了出去。

第十三节

在之后的一个多月里，IACC 的研究进展神速，在和“卡利斯托”的积极沟通下，短短几周就对所有资料进行了破解，超算仿真、模型设计也都在很短的时间之内完成。人类历史上第一个热核电站——广州“横门聚变电站”的建设也提上日程。外界都对项目组领导者开罗尔和周宁大加赞扬，尤其是周宁，网络上充斥着他的报道和专访，一时间成为家喻户晓的名人。他的照片给人感觉拘束又憨厚，每次看到他在媒体前人畜无害的样子，联想到他在实验室里的做派，杨诗怡他们都直呼反胃。

张桢却并不好过。这个月珞珈实验室的工作毫无可圈可点之处，他们虽然证实了构造黑洞的理论可行性，但因为实验无法在模拟环境下进行，他们仿佛走进了死胡同。目前唯一的希望是宋教授能说服通信部，说明建立构造黑洞实验室的意义：如果可以在外太空构造一个黑洞，不仅可以拓展对相对论的研究，而且可以靠黑洞的吸积能发电，为初期外星移民提供源源不竭的能量。

但是目前人类已经把所有的精力都放在了可控核聚变上，而且已经处在黎明前夕，当聚变电站并网之后，人类就拥有了近乎取之不竭的能量来源，移民外星和宇宙探索就显得格外劳民伤财，所以宋教授与其靠理论，不如靠之前积累的人脉和名望去游说通信部。所有人，包括宋教授自己在内，都觉得说服的希望十分渺茫。

与此同时，公众也开始质疑珞珈实验室的能力：他们的“谷雨一号”给别人做了嫁衣，他们自己却没有拿出任何研究成果。很多人认为他们已经黔驴技穷，现已毫无进取心可言。那些曾经对他们丝毫没有了解就大加赞扬的人仿佛受到了欺骗一样，开始对他们口出恶言，并且还经常拿他们和有着巨大成就的周宁相提并论，把宋清明骂得体无完肤。久而久之，张桢渐渐戒掉了看新闻的习惯。

这天张桢刚来到办公室，就见沈梦满脸写着不高兴。“你哥当外交部长了啊？你怎么连我都保密?！”

张桢一头雾水：“什么外交部长？我不知道啊。”

沈梦见张桢的表情确实流露出一无所知，便解释道：“你不知道吗？昨天的新闻，说张桓是外交部长了，有史以来最年轻的一个呢。”

张桢惊喜万分:“我真不知道啊,他也算是梦想成真了吧！这小子真可以。”

“对了，你的午饭我给你放冰箱里了，你要是再敢剩我弄死你。”

张桢吐吐舌头:“知道啦。”

自从他们两个在一起之后,沈梦也和小晴一样开始给张桢准备午饭了。不过她的形式大于内容,因为每次做的午饭都非常难吃,偶尔好吃的几次是她点了外卖直接装到了张桢的饭盒里。即使如此,她也会抱怨每天都准备这个很烦,真不知道小晴几个月如一日的便当是怎么做下来的。不过好在张桢对吃要求不高,这种每天有人想着自己的感觉还挺温暖的。

沈梦走后,张桢连忙回到前厅的储藏柜前,拿出手机给哥哥打电话。

“喂,哥,你可以啊,都成外交部长了,要不是看新闻我都不知道。”

“嗯,事情也比较偶然。”

“恭喜了啊,梦想成真。那你现在在国内了？”

“对,我前一段时间在西安培训,以后应该基本都在北京了。其实我还想找你呢,这几天刚刚得到消息,你们实验室有泄密的嫌疑,所长跟你们说了吗？”

张桢愣了一下:“没有啊,一切正常,你是怎么听说的？”

“你们那个周所长怀疑有外国人窃取情报，所以有些消息传到外交部了。反正这段时间你注意一下吧,不要做什么让别人怀疑的事情,明哲保身。现在横门电站马上就要奠基了,但是境外反对的声音寥寥无几,我也觉得泄密的可能性很大。”

张桢一头雾水:“这有什么关系吗?”

“你应该比我更了解可控核聚变的意义,海水里的氢资源就够全人类用上好几万年,聚变电站的出现一定会引发一次工业革命。现在全球没有一个国家或地区发声阻挠,难道不蹊跷吗?你们刚刚联系上外星人的时候,其他国家的媒体对你们口诛笔伐,拼命阻止你们的研究;现在核电站木已成舟,他们却都默不作声。我猜是某个国家的人渗透到你们中间,默默窃取你们的资料,事成之后,一家独大就变成两强相争。”

张桢依旧非常不解:“但是这个技术本来就是共享的,之前不是说核电站建成之后所有的数据都对外公开吗?!几年之后他们也可以建立自己的核电站啊,还需要偷吗?”

“事情不是你们想象的这么简单,”哥哥谆谆教导的语气触发了张桢敏感的神经,他很反感又不得不听,“你知道横门电站涉及多少企业?负责建设的、提供仪器的、负责运营的,还有其他数不胜数的国内公司,共同组成了世界第一个聚变电站的参与方,在横门电站试运行的第一年,这些企业会继续在国内建设一批新的核电站,巩固技术壁垒。再过几年,等所有技术都分享给世界的时候,他们的资历和背景足以帮助他们在国际上抢到大量订单。对于那些技术匮乏的小国来说,这些拥有丰富经验的企业就是他们招标的首选,其他国家的企业根本没有竞争力可言。通信部也正是因为这一点,才会同意技术共享,明白了吧?”

“天啊!”张桢感叹道,“这个世界被你们搞得这么复杂。”

“这个世界本来就很复杂,只不过在你们眼中可能很简单。”

张桢忽然回忆起之前和北原一起发现量子信道失效的事情,当时他们的确怀疑 IACC 有间谍,但是这一个月观察下来,并没有发现任何疑点。而且，这一切周宁是怎么知道的？他摇了摇头，说："你说的虽然有道理，但是据我的观察，真的没觉得他们任何一个人有异常的情况。"

哥哥平静地说："我知道你善良单纯，不懂得钩心斗角，但是你不能总把别人想象得和你一样简单。你身边的每个人，即使你最信任的那个人都可能有你不知道的一面，你的无心之举可能会成为你是帮凶的铁证，到时候连我也爱莫能助。既然我都得到了消息，想必周所长对间谍的判断已经胸有成竹了。这段时期你多加小心吧。"

张桢对哥哥的说教非常不耐烦，一直以来哥哥都把自己当成小孩子。于是他随便应付了几句，就挂断了电话。

之后好几天，张桢都心神不宁，他无法相信自己朝夕相处的人中竟有间谍，更不要说一旦有朝一日间谍案水落石出，又会有人在不知不觉间受到牵连。他在担心自己的同时，也担心诗姐、北原和小晴，更担心沈梦，她什么都不懂，快人快语的性格很容易让她不小心把某些敏感信息透露给一些别有用心的人，到时候跳进东湖也洗不清。

沈梦也发现最近张桢的精神状态不太好，于是周五中午便拉着他去附近的商场吃饭，顺便散散心。当他们回到实验室的时候，正好收到杨诗怡的信息："赶紧来 IACC 办公室。"

张桢拉着沈梦三步并作两步地跑上楼，发现所有人都在。周宁拿着一个活页夹站在一边，郭娜幸灾乐祸地站在他身后。另一边，科林低着头好像万分恐惧的样子，宋清明困惑地站在中间，脸色惨白，开罗尔和迪恩在后面交头接耳说着什么。

"我们已经掌握了充分的证据，你现在还不承认吗？"周宁用威严的语气说道。见科林没有反应,他翻开活页夹递到科林眼前,“这个公司你知道吗?”

科林眯着眼睛看了看,点头说:“这是我一个朋友所在的公司,但是我发誓,我绝对没向他透露任何保密的信息。”

“这个公司在你加入IACC几周之后就申请了三个专利,这过于巧合了吧。”

科林坚定地说:“我真的不知道。”

宋清明往前走了一步,说:“周所长,IACC的人都是同一天加入的,这不能作为判断标准吧,更何况很多公司每个月都会申请几个专利的。”

周宁又翻了翻活页夹:“这是我们调取的你的通话记录和电子邮件往来记录。记录显示你几乎每周都会和外国的四个号码通电话,我们查到其中三个分别属于你的妻子、父母和姐姐,还有一个属于莱恩,他就是这个公司的员工。”

科林并未否认:“对,莱恩就是我说的那个朋友,我每周都会和他打电话聊天。”

周宁冷笑一声:“那这些邮件呢,你总应该知道了吧,这些都是从你的IP地址发出去的。”说着,他把一沓打印出来的邮件内容放到了科林面前。

科林翻看了几页,惊讶地说:“我从来没看到过这些邮件。”他又指着页面最上方说道:“这根本不是我的电子邮箱,收件人也不是莱恩。”

“但是这全都是用你的IP地址发出去的,一共有二十多封,差不多每周就有两封邮件,而且发送时间都是晚上下班之后,这你怎么解释?虽然这些邮件都加密了,但破解起来还是很容易的。”

科林焦急地喊道:“我真的不知道。”说罢四下张望,希望有人能替他说句话。

宋清明见此情景不禁说道:“周所长,这个事情关系重大,也关于 IACC 和科林先生的声誉,咱们按照正规司法程序解决吧。”

开罗尔表示赞同:“对,根据无罪推定,科林有权受到公正的审判。”

科林也点点头:“对,我可以联系我的律师,等……”

周宁“哼”的一声打断了他:“无论如何黑的也变不成白的。咱们走着瞧吧。”说完就迈步向门外走。

“周所长。”杨诗怡拦住了他,“那个电子邮件的证据,能否给我看一下呢?”

周宁上下打量了一下杨诗怡,犹豫片刻,把活页夹甩给了她,头也不回地走了。

一旁的迪恩似乎被吓傻了,大概是刚才发生的事情信息量太大,一时间令他难以接受。杨诗怡安慰他们不要担心,说最后一定会水落石出,然后对张桢使了一个眼色便走了出去,北原、松间晴和沈梦见状也跟了过去。

几个人聚到杨诗怡的办公室,杨诗怡摇摇头说:“周宁简直太草率了,什么证据都没有怎么就敢这么指责别人?”

沈梦有些疑惑地问:“他不是有电子邮件往来的证据吗?”

北原术直摇摇头说:“现在的加密手段这么多,为什么要用电子邮件传送这么重要的东西呢?太冒险了!而且现在盗用 IP 地址的方法有很多,以他的 IP 地址发送的邮件作为证据有些牵强,至于他说的另外两个理由就更站不住脚了。”

张桢拿起活页夹一页一页翻着,好像发现了什么:“这里不太对，你看这个邮件的发送时间，我非常确定，那天晚上我和科林还有迪恩在市中心吃饭，一直聊到十一点多，他有不在场证据。”

杨诗怡摇了摇头：“定时发送你知道吧?！他可以提前设置好，等他在外面的时候邮件自动发出去，你们就理所当然地成了他的不在场证明。”

张桢反问道：“那他为什么不每封邮件都这么发？他完全可以把定时发送设置在白天，甚至设在咱们开会的时候，这样所有人都可以成为他的不在场证明。为什么单独这一次是这样呢？这不合理吧？”

杨诗怡站起身来：“有道理，那咱们现在去找周宁吧，跟他说明情况。”

张桢面露难色，支支吾吾。

“怎么了？”杨诗怡奇怪地问道，“你不想去？”

张桢觉得事到如今还是和他们解释清楚比较好：“你还记得北原和我之前跟你说过那个量子信道被盗用的事吧？其实我也有点怀疑咱们实验室是不是真的有间谍，而且我哥跟我说了，从他的角度来看，咱们这里有问题的概率很大。”

杨诗怡非常惊诧地说：“怎么？你也觉得科林有问题？”

“不确定是他，也可能是别人。”

杨诗怡气愤地说：“如果真的有间谍，那揪出来他罪有应得，总不能让科林背锅吧？”

张桢沉思片刻，冷静说道：“现在着急没有用，宋老板不是说要走司法程序吗？从取证到开庭再到上诉至少要几个月甚至一两年时间，咱们可以先查出到底间谍是谁。并且，如果科林是清白的，现在应该是真间谍警惕性最低的时候，更容易露出马脚。”

“但是咱们现在连个头绪都没有啊。”

张桢坐了下来:“所以才需要集思广益呀。现在捋一下,咱们的量子信道参数和别人制作的信道撞车了,如果之前咱们的推断没错的话，也就意味着不但有人利用咱们的技术制作了信道,而且还用了咱们的参数。这个参数都有谁知道呢？”

杨诗怡气得笑了出来:“全世界就四个人知道,你、我、小直和宋教授。所以你的意思是咱们四个是嫌疑人咯？”

张桢连忙摆摆手:“再想想,除了咱们四个人之外,谁还可能会接触到这个信息？”

杨诗怡陷入沉思,过了一会儿慢慢地说道:“参数都是存储在‘谷雨一号’的服务器上的,服务器并没有联网,也就是说只有能进入东湖实验室的人才有可能接触到。”

“那范围就扩大到小晴,还有那几个拾穗人,但是可以把IACC的人排除在外了,因为他们根本进不去。”

杨诗怡打断他说:“科林进去过一次,你忘了吗？我当时还冲你喊了一通。”

张桢皱了皱眉:“我有印象,但是他那次就在里面待了一小会儿,而且咱们两个人全程都在,他都没碰到‘谷雨一号’,怎么可能偷数据呢？所以我觉得目前嫌疑最大的就是拾穗人了。他们整日整夜地守在东湖实验室里,而且还有监控可以看到咱们的一举一动。”

杨诗怡点点头,之前周宁让拾穗人通过监控学习“谷雨一号”操作方法的事她还记忆犹新。

“欸,我忽然想起来,”沈梦插话道,“珞珈实验室一共有几个人？”

“六个，屋子里的这五个人，还有宋教授。”杨诗怡说。

“但是我在看财务报表的时候发现珞珈实验室是给七个人发工资的。”沈梦非常确定地说。

“啊？还有谁？”几个人异口同声地问道。

沈梦望着天花板努力回忆：“时宇，你们听说过吗？”

“没有，我从来都没有听说过这个人。”张桢看看北原术直，又看看杨诗怡，发现这两个人的表情和自己一样迷惑。

沈梦继续说道：“我之前帮宋教授整理他的日程表时，好像也见过这个人的名字，前几个月他们还经常见面呢，但是最近好像没有了。”

“还有其他的信息吗？”张桢问道。

“我不记得了，要不然你们跟我一起找找，所有的单子我都留着呢。”

几个人跟随沈梦来到她的办公室，她从办公桌下方抱出来一个大箱子，递给每个人一沓单据，大家分头找了起来。

半个多小时之后，几个人翻遍了所有的材料，除了每个月会给这个人发一次工资之外，其他一无所获。劳动合同、身份证信息等，什么都没有，几个人又陷入了沉默。

北原术直有些失望地说：“那看来咱们只能当面问宋教授了。”

张桢分析道：“我感觉如果时宇这个人有问题，宋老板应该心里清楚，所以他不一定会对咱们说实话。”

杨诗怡灵光一闪：“如果时宇这个人出现在了报表里，那我估计刘所长可能会知道他是谁。”

张桢花了两秒钟才想起“刘所长”这个人，然后猛一拍手，把其他人都吓了一跳。“对，刘思锐可能知道这个人。她刚来的时候给每个人都做了背景调查，应该也调查了这个人吧。”

沈梦吐了吐舌头：“现在因为这事去找她，可能不合适吧。”

北原也附和道：“且不说合不合适，现在咱们怎么联系上她都是问题。”

杨诗怡支支吾吾地说：“我倒是能联系上她，但是……我找个机会问问她吧。”

张桢点点头：“嗯，目前看来只能这么办了，如果刘思锐这条路行不通，咱们就直接和宋教授摊牌吧。再说，只是发现多了一个人而已，说不定这和咱们的那个间谍案根本没关系呢！”北原和松间晴也都点头表示认同。

张桢看了看表，已经八点多了。“今天先这样吧，回去之后咱们再想想还有没有其他线索。”

晚上，张桢和沈梦一起吃了顿饭，回到家已经快十点了，他的手机忽然响了起来，是一个不认识的号码打来的。

“喂？哪位？”

“桢吗？我是科林。”一个急迫的声音传了过来。

张桢一惊，赶紧问道：“科林？怎么了？你别担心，我们都相信不是你干的，现在我们几个人都在给你找证据呢。”

科林沉默了片刻，声音有点颤抖地说道：“没关系，不用了，你们能相信我我已经非常感激了。”

张桢有些疑惑，摸不清这段对话的走向：“什么意思？”

“明天我就回国了。”

张桢更加震惊了：“为什么？难道真的是你干的？”

科林叹了一口气，缓缓地说道："请你相信我是清白的。今天下午我在周宁的办公室解释了很久，但他告诉我他们已经掌握了充分的证据给我定罪。他说我一旦被起诉，他们有很多种方式让我认罪。他还暗示我说，我的限制出境申请后天就能获批，所以从后天开始我就不能自由出境了。还说虽然没有引渡条款，如果我回到瑞士他们短时间内不能把我怎么样，但是他们一定会追究到底的……"

张桢愣了一下，想不通周宁为什么对科林说这些。

"我不傻，我知道他是在暗示我明天就启程回国。"

张桢焦急地说："但是你不能回去啊，回去不就等于承认自己是畏罪潜逃了吗？"

科林无奈地一笑："现在我也不知道还能说什么。桢，我希望你相信我，我问心无愧。我也希望你不要嘲笑我的懦弱。如果我现在还留在这里，等待我的是漫长的审讯流程。以珞珈实验室现在的知名度，我被当作间谍接受庭审的新闻也会传遍世界。你知道，声誉在科研领域比什么都重要，我后半生就算是毁了。到最后，如果证据对我不利，我不知道要在监狱里待多久。就算最后法院证明我是清白的，那也是几个月甚至几年之后的事情了，相较于这个结果，到时候提到我的名字，绝大部分人只会想到我是一个间谍案的嫌疑人。如果我明天就回国，那这一切都不会发生。我可以继续找一个公司过简单的日子。"

"我理解你的想法，但是……"张桢一时间却又想不出可以反驳他的说辞。

"桢，认识你的这九个月以来，我一直很敬佩你，你聪明、善良、正直，我知道你想为我打抱不平，但是正义是需要成本的，我不希望落得‘畏罪潜逃’的名声，但这却是最好的选项。我的生活还要继续，我没办法为了追求所谓的公平和正义而放弃未来。在我的国家，每年都会有很多诬告的案子成为热点，被指控的人身败名裂，但当最后发现所有证据都是捏造的时候，被告人的名声却并不会因此变得清白。有些人说，‘正义或许会迟到，但是永远不会缺席’，而有些时候迟来的正义却于事无补，这个赌注太大，请原谅我就这样回去了。”

张桢一时语塞：“嗯……我理解。”

“这段时间能和你们认识，是我一生中最大的荣幸；能得到你们的信任，也算是我诸多不甘中的一点安慰了吧。我现在就在机场，马上就要上飞机了，我没有时间给杨博士和北原博士打电话了，请帮我转告他们吧，谢谢了。”

张桢有气无力地“嗯”了一声：“那你珍重，希望我们有缘再见。”

“嗯，再见了，张博士。”

挂了电话，张桢瘫坐在沙发上，混乱的思绪充斥着他的头脑。有件事情他一直没有想通，为什么周宁要暗示科林逃跑呢？

如果科林真的是间谍，周宁既然掌握了充足的证据，理应交由警方处理，外国间谍在周宁手中落网，这么大的功绩他怎能甘心错过呢？证明周宁没有确凿的证据给科林定罪，只能暗示科林潜逃。这样，在不经过审讯的情况下，可以向外界制造一个“在周所长的管理下，外国间谍发觉罪行败露结果畏罪潜逃”的假象，这也不失为一个尚好的邀功机会。倘若再把科林出逃归咎于开罗尔和宋老板坚持“程序正义”耽误了抓捕时间，周宁的责任便推卸得干干净净。

当然，错抓了一个就意味着真正的间谍仍旧埋伏在暗处,就像定时炸弹一样随时会爆炸,到时候周宁要怎么收场呢?

张桢躺在床上翻来覆去,一边为科林的未来而叹息,一边又对周宁这种不负责任只顾自己仕途的人恨得咬牙切齿。

渐渐地他进入梦乡,梦到周宁东窗事发,跑到机场想要窜逃,结果被警察抓捕,他孤注一掷给宋清明和杨诗怡打电话,求他们放过他,杨诗怡不但没有理会,还亲眼看着他戴上手铐。自己则和北原术直一起把周宁拉到了科林面前，科林依旧穿着他的圆领T恤,插着口袋,笑着目睹一切。

张桢醒了过来,他坐在床上,厘清了梦境与现实之后,深深地叹了口气。

第十四节

翌日,张桢把前一晚发生的事情以及自己的想法悉数告诉了珞珈实验室和IACC的同事们,大家都为科林的不辞而别叹息,尤其是迪恩,他平时和科林相处的时间最长,少了一个可以说话的朋友,不免有些失落。

毫不知情的周宁把他们集中在会议室开了一个会,情绪激昂地向大家通报了“科林已经畏罪潜逃”的情况,还痛心疾首地说差一点就可以在机场扣留住他，然后信誓旦旦地宣称天网恢恢,疏而不漏。张桢用余光扫过整个会议室,除了郭娜还跟一个迷妹似的用崇拜的眼神看着周宁之外,其他人都和自己一样,一脸的冷漠。

眼看着一个开朗随和的科研工作者被折腾到这般下场,而罪魁祸首还道貌岸然地站在那里大言不惭,张桢备受打击。之后的好几天，他都精神涣散。在沈梦的劝说下，他决定加倍努力工作来转移自己的注意力。

这一天，他拿自己的笔记和珞珈之星上的讨论相对照，无意间翻到了笔记中一页自己几个月之前写下的潦草的草稿，猛然想起这是最开始他随手记下的一些想法，现在看总觉得似曾相识。他有一种预感，这就是他一直在追求的“物质传输通道”。

张桢觉得自己的思路异常清晰，如有神助一般，灵感在他的脑海中如泉水喷发出来，仅仅过了一上午，他便完成了对自己之前假设的粗略证明。

写完最后一行，他把笔往桌子上一扔，长吁一口气，靠在椅背上想休息一会儿。不消片刻，他就又拿起刚才验算的草稿纸，仔细核对每一个步骤，并且把之前跳步的证明也补充完整。核对完第三遍，张桢迫不及待地站起身，拿着这些草稿跑进杨诗怡的办公室。沈梦也在这里，看到张桢嫣然一笑。

“又怎么啦？”杨诗怡签着手里的文件，头也不抬地说道。

张桢和沈梦打了个招呼，转头对杨诗怡说：“你还记得咱们之前说的用量子信道传送物质的构想吗？我今天发现点眉目了，刚才我整理了一下那个二阶激发态的波函数。”说着，他把草稿纸递到杨诗怡面前，指着说：“咱们现在用的量子信道，其实完全可以转化成一个物质的通道，根据这个微分方程，宏观物质在通过黑洞边界的时候会被打散成量子级别，这些量子的波函数会直接传送到另外一端，然后在另外一端重新按照他们之前的排列组合起来。也就是说，这就是量子信道传递物质的方法！”张桢激动到了极点，不自觉地喊了出来。

杨诗怡皱着眉，拿起草稿纸端详了一阵，点点头说：“看起来好像是这么回事,我一会儿再想想。"她停顿了一下,继续说道:"如果最终证明了的话,不拿诺贝尔奖简直没有天理了。"

张桢激动地拍了一下桌子:"大概证明我已经写好了,一会儿会发给宋老板看,如果他也觉得没问题的话,我可以给'卡利斯托'发过去,看看他们是不是也认可。"

杨诗怡忽然想起什么,劝阻道:"这个事就不要和周宁说了,知道的人越少越好。"

张桢点了点头,跟沈梦一起走了出去。

"你们刚才说的是什么呀?"刚走出办公室门,沈梦就迫不及待地问道。

"就是一些理论上的事,挺无聊的。"

沈梦有些不高兴:"我都主动问你工作上的事了,你还不告诉我,真没劲。"

张桢笑了:"什么时候你对量子物理这么有兴趣了?"

"要不是你每天除了吃饭、睡觉都泡在这,鬼才懒得关心这些。"

张桢心里还挺为沈梦能爱屋及乌地想多了解些东西而感动,他跟着沈梦走进她的办公室,看见桌子上赫然摆着一本《上帝掷骰子吗?》。

张桢拿起来:"你还看这本书呢?"

沈梦有些自豪地说:"那可不,都看一大半了,这是小晴给我推荐的。她简直不是人啊,每一两个礼拜就看完一本书,今年已经看了十多本了。"

"嗯,买这么多书也不少钱呢吧。"张桢又看到一本东野圭吾的《白夜行》整整齐齐地放在一些文件和操作手册中间,这应该就是小晴正在看的书。“行了，先不说她了，我刚才和诗姐说的其实是我们一直以来的一个想法，除了利用量子信道传递信息之外，能不能利用它传递物质。”

张桢停顿了一下，在心里组织了一下语言：“微观粒子其实是波函数构成的，以概率形式存在于空间中。宏观物体从一个地点移动到另一个地点，需要一个连续的路径，而微观粒子则不需要，他们会凭空消失，而在另一个地方突然出现。比如你看这面墙，墙那边是我和北原的办公室，一个量子可以直接在墙的这一边消失，而出现在我们俩的办公室里，就好像穿过去一样，这就是量子的隧道效应。它们可以在不具有能量的情况下，从未来‘借’到能量，跨过能垒之后再把这部分能量还回去。”

张桢看沈梦欲言又止的样子，猜测她应该是没有听懂，继续解释道：“没关系，我举一个例子你就明白了。你玩过乐高玩具吗？”

沈梦不假思索地说：“玩过。”

“假设乐高积木就是微观粒子，每一块都可以在这间屋子里凭空消失，有 1%的概率在隔壁出现。如果你把一万块这样的积木搭成一座房子，成了宏观物体，它就没有这样的性质了。因为每一块都在隔壁出现的概率是 1%的一万次方，这个概率约等于零。”

沈梦似懂非懂地点点头。

张桢的情绪又开始激动起来：“但是我刚才的验算如果正确的话，黑洞就可以帮我们实现这一点。我们现在用于通信的两个共轭量子，可以构成一组共轭黑洞的核心，在量子纠缠的基础上，可以实现宏观的黑洞纠缠。当这对黑洞稳定形成之后，靠近其中一个黑洞的宏观物体，都会被潮汐效应破坏成为量子级别，然后通过隧道效应,直接出现在另一个黑洞附近。而且,这些量子的位置、速度等特征都会被黑洞核心的量子信道传递过去,在黑洞的另一端以相同的方式重新组合起来。也就是说,它们可以完整地穿过这个黑洞,到达宇宙的另一端。

“如果继续用刚才的例子的话，就是这个乐高房子在靠近黑洞时,因为引力差异,会被拆成小块,然后他们会在‘入口黑洞’附近消失,并且出现在‘出口黑洞’附近。而且虽然房子已经被拆散了,但是每一块的位置都被精确地记录下来,在另一端重新组合。就好像整个宏观的房子被传送过去一样。”

沈梦恍然大悟:“所以这可能就是研究黑洞的实际意义吧,就好像我上次问你的那个问题。”

张桢欣喜若狂:“对啊,以前登录火星或者探测月球,都需要飞几天甚至几个月,如果这个技术成熟了,只需要往黑洞里一钻,就可以直接到想要去的地方,不但节省物质成本,而且还省了好几个月的时间呢。”

沈梦歪头道:“但是,当物体传送到‘出口黑洞’的时候,难道不会再被另一个黑洞吸进去吗？”

张桢对沈梦能提出这个问题感到非常欣慰,继续解释道:“不会,物体在靠近黑洞的时候,会因为受到黑洞吸引而达到极高的速度,到黑洞表面的时候,应该就接近光速了。当所有量子在另一端重新组合并且构成宏观物体的时候,这种能量不会消失,速度带来的惯性可以让它逃出其他黑洞的引力范围。”

“哦！”沈梦用崇拜的目光看着张桢,“虽然我没太听懂,但是感觉你好厉害呢。”

张桢有些害羞地笑了笑:“我也不知道我想的对不对呢,还要看诗姐和宋老板他们验证的结果。”

沈梦一摆手:“哎呀你就安心吧,肯定没问题的。”

张桢抬头看了一眼表:“那我先回去干活了。”

“嗯,好。”沈梦说着坐到桌前,拿过一沓报价单也开始工作。

张桢一直处在发现新理论的亢奋之中,他思前想后,觉得最终能证实他这个想法的也只有“卡利斯托”了,于是他很快就编好了信息,第一时间发送给了“卡利斯托”,就像一个对自己信心满满,提前交卷的考生,等待着老师的表扬。

他趴在“谷雨一号”跟前,时不时瞄一眼屏幕。他本以为会像以前一样,几分钟之内就收到回复,然而他一连等了两个多小时,对方依旧杳无音信。下午六点多,沈梦叫他吃饭,一旁的拾穗人都告诉他如果收到任何回复他们一定会第一时间通知他,但是一方面出于对周宁手下的不信任,一方面怕夜长梦多,张桢还是想亲自守着“谷雨一号”等待结果,直到沈梦在东湖实验室外拍着门大喊“张小桢你要是再不出来就跟它过吧”才恋恋不舍地离开。

终于在五天以后,张桢起床时迷迷糊糊地瞥了一眼手机,看到了一封来自拾穗人的邮件,说对方在凌晨回复了。

张桢瞬间惊醒,立即点开邮件:

亲爱的人类,你们好,很抱歉让你们等了这么久。

你们的智慧程度不断让我们惊讶。在短短的几个月时间内,你们就已经完全掌握了可控核聚变的信息,走完了我们上百年才走完的路。而现在,你们又在我们研究的基础上,探索到了全新的领域，一个我们也未曾涉及的领域。这让我们惊叹。我们承认，最初看到你们发来的信息时，我们还有一些轻视，但是现在你们已经证明了自己强大的智慧，和你们交往，我们也可以开拓视野。

我们最尖端的科学家认为你们的理论是颇具突破性的，但是他们可能还需要更长的时间进行研究。与此同时，我们也会尽量和人类分享所有数据。如果人类允许的话，我们希望和人类在量子物理领域共同研究和发展，加深我们这横跨宇宙的友谊。

张桢有些不敢相信，他匆忙打车来到实验室，亲自核对了“谷雨一号”的接收记录和服务器数据，果然确有其事。

一阵骄傲与喜悦向他袭来。他不久之前的灵光一闪，刷新了人类的知识水平，使之超越了他们曾经觉得遥不可及的外星人。他进入珞珈实验室这几年，大部分时间都是在追随宋清明的脚步，在他提出的课题下修修补补，虽然也算是这个领域的知名学者，但是一直笼罩在宋教授的光环之下。而今天，他终于证明了自己，提出了同样具有划时代意义的设想，青出于蓝而胜于蓝……想到这里，张桢不禁有些飘飘然起来。

不过很快他就回归了理性，开始考虑对方在欺骗人类的可能。或许对方觉得这个技术至关重要，不想让人类掌握，所以装作一无所知？

转念一想，无论是哪种情况，都无法再指望对方给予任何指导，从此人类只能靠自己了。想到这里，张桢又释然了——几千年以来，人不是一直都靠自己嘛。他坐在椅子上，呆呆地盯着面前的玻璃屏，莞尔一笑。

就在这时，杨诗怡走进了东湖实验室。

“傻笑什么呢？”她白了正在愣神的张桢一眼，“恋爱中的男人智商怎么也这么低？赶紧来，周宁叫咱们开会呢。”

两人来到周宁办公室，发现除了宋清明之外所有人都到齐了，珞珈实验室的人齐刷刷地站在左侧，IACC 的人站在右侧，周宁和郭娜站在中间，好像是连接两个世界的桥梁。

周宁示意郭娜关上门，然后缓缓地说：“我在九〇五所这半年时间，很荣幸参与了一些伟大的工作，包括和外星文明建立联系、核聚变的技术交流，以及张桢博士的重点项目。不过这段时间我只是尽了一点绵薄之力，为大家搞好后勤工作而已。我们能有今天这样的成绩，离不开大家的共同努力，以及外星文明的配合，我本人的作用真的微不足道，真正的英雄其实是在场的诸位。”

张桢和杨诗怡几乎同时甩出一个白眼：能把客观事实说成谦辞，恐怕这位所长是前无古人后无来者了。

周宁往前走了一步，深情地说：“跟大家在一起的这半年，是我一生中最难忘的时光。现在组织安排我回到通信部外事司担任司长，我虽然很舍不得大家，但是也不得不服从安排。当然，我在工作中也有一些失误，比如被潜伏在 IACC 中的间谍蒙蔽，没能把他抓捕归案，让这个杰出的国际组织蒙羞。对此我每天都在反思，觉得非常辜负大家对我的信任。”说着，他做出了一副痛心疾首的表情。

这一瞬间，张桢忽然想通了周宁的计划——他在证据不足的情况下威胁科林，放他跑，然后以他成功揪出间谍作为自己的政绩调离珞珈实验室，升职回到通信部。这样即使 IACC 之中真的有间谍，也是留给后一个所长的烂摊子了。他没有必要负责，也不会有人关心科林的“罪名”是不是子虚乌有。

从结果来看，周宁终于心满意足地得到了升迁，而珞珈实验室也终于摆脱了这个“不学无术”的领导，只可惜这个双赢结果的牺牲品是科林，那个总穿着圆领衫的乐天派。想到这里，张桢不禁叹了一口气，这个世界似乎并非公平地对待所有人。

周宁忽然转过头来，看着杨诗怡说道：“这段时间我和你们每一个人都相处得非常融洽，感谢大家对我的包容。明天是我在这里的最后一天，我会和你们的新所长交接一下，也希望大家可以像配合我一样，去配合她的工作。有些人已经认识她了，就是原来九〇五所的刘思锐同志，她从下周开始将会回到这里，继续和大家一起工作。”

张桢听到这里眼睛一亮，他虽曾对刘思锐的管理方式也颇有微词，不过在周宁手下工作的这半年，他觉得一个仓鼠当所长都比周宁强。他有些兴奋地望向杨诗怡，却发现她面无表情，这着实让他有些惊讶，他一直以为杨诗怡和刘思锐的私交不错。

周宁继续说道：“希望在我离开之后大家继续努力，为全人类的科技发展发光发热。大家如果有什么需要我帮忙的，请随时联系我，不要客气。”说罢，他的脸上露出了招牌式的微笑。

郭娜激动地拍起手，想带起一阵热烈的掌声，但是却没有一个人响应，气氛一时间非常尴尬。但周宁貌似完全没有受到影响，继续微笑着对所有人点头致意，好像屋里有一群只有他能看到的隐形人在对他鼓掌欢呼一样。

会议以这个诡异的场景告终，所有人逐一散去。张桢忽然想起，宋老板之前提交过构造黑洞的研究计划，也不知道这个申请进展如何了，于是他小跑几步，在走廊里追上了杨诗怡。

“诗姐，关于咱们那个构造黑洞的项目，宋老板和通信部谈得怎么样了？他跟你提过吗？”

杨诗怡推开了自己办公室的门，坐到办公桌前，一脸严肃地示意张桢也坐下。“没有什么进展。通信部找咱们要计划书，宋教授自己写了一份，之后没收到任何消息。不过宋教授最近也挺忙的。”

“你这么一说，我的确是有段日子没见过他了。以前一周好歹还能见到一两次，现在基本很少来了，上次看到他好像还是科林出事那天。”

杨诗怡低着头，没有说话。

张桢自言自语地说：“哎，功成名就的人的确是不一样呀，不知道我什么时候才能像宋老板那样洒脱。”

杨诗怡叹了口气，慢慢地说：“宋教授最近身体不太好。沈梦告诉我他最近去了好几次医院，我怕他出什么事了没有告诉咱们。”

张桢愣了一下：“是你想得太多了吧，宋老板一直很小心的，他可能就是去体检了，他这个年纪一年做一次体检不是很正常嘛。”

杨诗怡还是有些忧虑：“我前几次看他脸色也不太好，希望是我想太多了吧。”

张桢撑着双腿站了起来，一边往外走一边说：“放心吧，宋老板没问题，说不定活得比我都长呢。”

杨诗怡白了他一眼：“就你那个生活习惯，谁比你活得长我都不奇怪。”

张桢做了个鬼脸，走了出去。

第五章

第十五节

转天，杨诗怡刚来到实验室，路过所长办公室的时候无意中一瞥，发现刘思锐在里面收拾东西。她没有想到这么快刘思锐和周宁就完成了交接，决定走进去打个招呼。

短短半年不见，刘思锐好像有了一些难以名状的变化——虽然依旧是清瘦的面庞，干练的短发，朴素的西装和衬衣，但是比以前更加成熟，散发出一股神秘的气质。

“刘所长，欢迎回来啊。”杨诗怡微笑着说道。

“小杨，又见面了。”刘思锐说罢也罕见地露出了微笑。

杨诗怡拉了个凳子坐下来：“这段时间周宁把实验室弄得鸡飞狗跳的，大家抱怨都挺多。”

“我有耳闻。”刘所长依旧惜字如金。

杨诗怡点了点头：“科林走之前给张桢打电话的事情我上次也跟你说过了，我们当时怀疑间谍应该另有其人，所以我才给你打电话问你是不是听说过时宇这个名字。”

“哦对，当时我没什么印象，但是后来我想起确有其人，本来还想找个时间跟你说。”

“啊？”杨诗怡有些惊讶，看来这条线索还没有完全断掉，“时宇是谁啊？”

刘思锐想了想，好像在唤起很久之前的记忆：“时宇是宋教授聘请的学术顾问，平时不会来这里上班，也不参与任何研究。宋教授告诉我这个人头脑很好，让他得到了很多启发。时宇的身份是外国来避难的难民，宋教授说看到这个人挺可怜的，所以希望给他些钱，算是回馈他之前对珞珈实验室的帮助。不过出于谨慎考虑，我还是和这个人见了一面，问了一些问题，证实时宇的确和珞珈实验室没有任何关联。既然是宋教授的私人事务，而且也仅限于财务往来，我就没有干涉。”

刘思锐沉思片刻，放慢语速继续说道：“我和这个人聊天的时候有一种奇异的感觉，虽然他并没有明说，但是我可以感受到他应该经历过不少苦难，好不容易找回了平静的生活。”

杨诗怡抿着嘴点了点头，没想到刘所长也会有网开一面的时候。不过可惜的是，他们唯一的线索也中断了。“那间谍的问题你打算怎么解决呢？”

“周宁同志已经把很多资料和一些监控文件转交给了我，我还要继续搜集证据，我已经有了一些线索。你们不需要担心这个，继续进行你们的日常工作就好。”刘思锐话锋一转，“离开九〇五所的这几个月，我也意识到了之前的一些错误。我在新闻里看到，在周宁的领导下，你们这么快就在人类几十年都停滞不前的研究上取得了突破性进展，我也在反思是不是我耽误了你们的计划。其中让我感触最深的是迪恩博士在来中国加入IACC之前，在印度接受的一次采访。他说人类的文明史就是和时间赛跑的历史，如果没有在特定的时间做出特定的研究，人类不会发展成现在这个样子。比如若没有对抗生素的研究,人类可能早就被瘟疫灭绝;如果没有蒸汽机和电动机,人类现在还在靠天吃饭,根本无法应对气候变化……我不知道你们和'卡利斯托'的合作最后可以得到什么结果,但是拯救未来人类生存的办法可能就在其中。而为了跑赢时间,某些风险是必须要承担的。只有什么都不做的人才不会犯错,现在反思我之前的管理,的确有很多不妥之处,你们确实不应该被如此多的条条框框限制住。"

杨诗怡一时不知说什么才好,冒出一句"你如果需要找人聊天,我就在隔壁"。说着,她指了指自己办公室的方向,微笑着站起身:"总之,我们都非常欢迎你回来,你先忙吧,有时间再聊。"

一连几周,刘思锐都没有对周宁定下的安保制度进行根本性改动,依旧是看上去随随便便的安检,对于携带私人物品也是睁一眼闭一眼,没有繁琐的汇报和总结,也没有像以前一样"为难"外国人。这让珞珈实验室和 IACC 的人都感觉到自然得有些不自然。除了每周会召集大家开一次会了解进度之外,刘思锐在其他时间都把自己关在办公室里,对实验室的工作不闻不问。

所有人都非常适应这种无为而治的管理模式,这期间,开罗尔领导的 IACC 也在"卡利斯托"的帮助下,攻克了一个又一个难关——"卡利斯托"对这个领域的了解程度远远超出人类的想象,他们不但帮助人类厘清了可控核聚变的技术理论,针对某些工程建设上的困难他们也有完善的解决方案。在外星文明"手把手"的帮助下,横门核电站的所有建设细节很快敲定,就等着黄道吉日动工了。

另一边,张桢、杨诗怡和北原术直一次又一次地修改关于构造黑洞实验室的立项报告，并提交给评审委员会审查。他们偶尔也会把自己最新的发现分享给“卡利斯托”，但是对方并没有什么启发性的见解，可能是因为他们对构造黑洞的了解也少之又少，要不然就是因为他们觉得人类追赶他们科技水平的速度太快，不愿意透露任何信息。无论原因是哪一种，人类都要自食其力了。

不知道是宋清明的威望终于发挥了作用，还是他们一次次修改、反复提交的报告终于打动了评审委员会，不久之后，珞珈实验室的三名成员终于被邀请到北京进行汇报，通信部的苏部长将牵头协助他们完成初步构想。

项目最终获批在月球轨道之外、地月平衡的拉格朗日点上，以现有的通信量子为核心，建立一个直径 0.18 毫米，质量约为月球 2%的黑洞，这可以让其对地月系统的引力影响达到最小，几乎不会改变月球的轨道和地球潮汐。黑洞主要由月球和月球附近的陨石构成，预计建设时间为十五年。建造期间，人类有机会了解黑洞内部的构造和特点，并且对恒星演化获得全新的认识。但毋庸置疑，这也是一个风险极高的计划，因为整个工程的预算超过了近百年来人类所有太空活动的总和，而且还需要考虑黑洞蒸发的问题。

黑洞蒸发是著名天体物理学家霍金在二十世纪末提出的假设，他认为所有黑洞都会因为内部的正反物质湮灭时，在损失质量的同时辐射热量，而像“蒸发”一样消失。大型黑洞可能有几亿年甚至更长的寿命，而毫米级的黑洞可能几秒钟之内就会蒸发殆尽。如果这一假设成立，他们投入巨大成本构造的黑洞稍有不慎就会消失在宇宙中。经过反复讨论，他们决定汇聚来自太阳的粒子流到月球，电离月球表面，使月球带电之后再通过其自转使附近产生磁场，然后束缚黑洞附近的带电反物质，来抵消或者减慢黑洞的蒸发。但这一切都只停留在理论上，实际能否按计划进行还是未知数。

与此同时，“卡利斯托”也给出了他们的建议。他们声称自己也刚开始进行这方面的研究，建议人类把木星，也就是太阳系中质量最大的行星改造成黑洞，因为质量越大构造起来越简单，不但可以避免黑洞蒸发，而且更容易控制。

珞珈实验室的所有人一致认为，“卡利斯托”在构造黑洞的研究上有所隐瞒，所以他们提供的信息毫无参考意义。更何况地球距木星太过遥远，比起现有计划，改造木星的花费还要高出成百上千倍，还是月球轨道的黑洞计划对目前的人类来说更加合理，也更易实现。

在构造黑洞的同时，一个空间站实验室将环绕其飞行，这个小型黑洞可以帮助人们近距离观察黑洞辐射和积吸盘等现象，验证黑洞发电的可行性，同时探索其他可以被商业化的性质。远期可以在火星附近建立和这个“入口黑洞”相连的“出口黑洞”，验证这个量子通信信道是否也可以实现物质的传送。如果被验证可行，就能极大地加快人类移民火星的速度，大大节省星际殖民运送物资的人力和时间。和最终节省的成本相比，这些初期投入几乎不值一提，这也是整个项目最有说服力的一点。

本来计划持续三天的会议因为不断提出的技术细节和难点拖延到了十天，当规划最终尘埃落定的时候，在场的每一个人都感到自己参与到了一个划时代的项目之中。一旦成功，人类的科技水平就有望反超曾经望尘莫及的“卡利斯托”，从此便可以不卑不亢地和他们交流。

在十天的会议全部结束之后，张桓抽空来看望张桢一行，为他们回武汉送行。除了客套之外，他还带来了一个与周宁有关的消息，让三个人极为兴奋。

在科林“畏罪潜逃”之后不久，通信部就知道了周宁栽赃并暗示科林逃跑的事实，这种欺上瞒下的处理方式让通信部的苏部长怒不可遏，但是因为收集周宁渎职的证据需要时间，苏部长也不想打草惊蛇，于是他决定先把刘思锐调回珞珈实验室，维持正常工作，然后让周宁以为自己升职，在其麻痹大意时再收集证据。

最让张桢感到痛快的一点是，周宁对此一无所知，甚至还沉浸在升职的错觉之中，以为自己凭借九〇五所的履历，进入了步步高升的快车道，对身败名裂毫无防备。想到这里，张桢心中莫名生出一种复仇的快感，周宁爬得越高，摔得就越狠。

这一晚的谈话成为这次北京之行的最大亮点，张桢在期待即将到来的黑洞构造计划之余，一想到有朝一日网络上将爆出周宁被处理的新闻，还有他被带走时的狼狈表情，就感到异常兴奋，唯一可惜的是科林没办法和他们一起分享喜悦。

正义没有迟到太久，也算是对科林和珞珈实验室的慰藉吧。

张桢回到实验室之后，第一件事就是和沈梦分享关于周宁的“好消息”，就在两个人兴奋地讨论着周宁会有什么下场的时候，杨诗怡忽然闯了进来。“大会议室，现在。”

张桢和沈梦满腹狐疑地来到会议室，发现刘思锐抱着一个文件袋站在前面，身后还有两个没见过面的特警。看到人都到齐了，她平静而缓慢地说：“经过将近一个月的调查，我们终于找到了一直潜伏在九〇五所的间谍。”

张桢下意识地坐直身子，四下张望了一圈，发现其他人也和自己一样好奇和紧张，而宋清明的脸色非常难看。此时此刻，会议室里异常安静，大家都屏息侧耳，等待刘思锐说出那个名字。一想到这事关周宁在通信部出洋相，张桢不禁又兴奋起来。

刘思锐从文件袋里拿出一沓资料，说道：“松间晴小姐就是我们一直在找的间谍。”

几个人都怀疑自己听错了，北原术直更是张大了嘴扭头看向松间晴，目瞪口呆。

杨诗怡沉不住气了，率先问道：“刘所长，有什么证据吗？”

“这是松间小姐的供词。”刘思锐轻描淡写地一边把手中的资料放在桌子上，一边说道，“前几天松间小姐来我这里自首，我们把她的供词进行了转录。”所有人都齐刷刷地望向松间晴，这突如其来的变故令大家不知所措。

刘思锐也将脸转向松间晴：“即使你没有自首，我们也已经把你锁定为第一嫌疑人了。”

松间晴低着脑袋，面无表情地点点头。

一阵失望在张桢的脑海里翻涌，他想不到刘思锐和周宁竟是一路货色，不知道她是用什么方法让小晴招供的。他生气地问道：“为什么？我觉得小晴没有什么可疑的地方啊。”

刘思锐继续用平静的语气解释说：“我调集了东湖实验室的出入记录和监控，除了九〇五所的几个人之外，还有拾穗人以及IACC的科林进来过。东湖实验室有两个监控摄像头，但是因为结构原因有三个监控盲区。我统计了一下你们每个人出现在盲区的时间比例，其中拾穗人最低，在1%以下；小杨、张桢和北原术直三个人也都在10%左右；科林进入实验室之后，全程在监控范围内，出现在盲区的时间是零；而松间晴小姐不但在东湖实验室停留的时间最长，而且出现在盲区的时间比例接近30%，这更加深了我的怀疑。”

张桢依旧不以为然地说：“我们的工作性质不一样，小晴主要负责的就是仪器故障，如果某个故障的地方碰巧在监视盲区，那的确就有很多时候不会出现在监控里啊。”

刘思锐好像对这个问题早有准备，语气平和而有力地说道：“去年年底之前，她每天出现在盲区内的比例都在15%以下，但是今年年初，两周的假期回来之后，这个比例骤然上升到30%。这一点和她的供词也是匹配的。”刘思锐环视四周，见没有人回应，继续说道：“除此之外，真正让我锁定松间晴小姐的是之后的两个证据，一个就是这些书。”她指了指身后的几十本书，最上面一本就是《末日冰川》。

“我调集了周边地区的天眼监控，发现松间晴小姐每周都会到图书馆借一本书，同时归还前一周借阅的那一本。我又查了一下这些书的借阅记录，每次松间晴小姐归还的书，都会在当天被另外两个人借走，巧合的是，这两个都是美国人。”刘思锐停顿了一下，看了看松间晴，“第二个证据是，之前周宁认定科林是间谍的证据是以他的IP给外国公司发送的电子邮件，我通过天眼发现，松间晴小姐每周会夜跑四次，偶尔她会绕路经过科林家附近，而松间晴的夜跑时间和科林发送电子邮件的时间完全吻合，所以我猜测她应该是连上了科林家的无线网，然后发这些情报嫁祸于他。”

说罢，刘思锐拿起《末日冰川》走到松间晴面前：“如果松间晴小姐最近没有向我自首的话，我会先把这些东西移交刑侦科，我相信这些证据应该会让他们得出一些结论。感谢松间晴小姐的自首行为，省去了刑侦成本。”刘思锐说着，走回到会议室最前面。

“这是真的吗？”宋清明撑着椅子吃力地站了起来，凝视着松间晴问道。

松间晴起身对宋清明深鞠了一躬：“宋教授，对不起，让您失望了。”说着，两滴晶莹的眼泪滑过她的脸颊，落在地上。

北原一下子僵在那里，困惑和失望一起向他涌来，他想不通到底发生了什么。

同样想不通的还有张桢和杨诗怡，他们坐在那里，仔细回想过去的片段，尝试寻找小晴行为异常的证据，但是一无所获——一直以来，小晴都是一个极不显眼的存在，完全想不出她和间谍有任何共同之处。

“我不信，不信……”北原的声音有些颤抖，他摇着头说道，“这到底是怎么回事？”

松间晴轻轻擦了擦眼泪，刚一开口就又抽噎起来，进而撕心裂肺地放声大哭，似乎有不得已的苦衷。眼看巨大的压力压在一个如此弱小的女生身上，大家都不免有些心疼。缓了好一会儿，松间晴慢慢抬起头，她眼眶通红，做了一个深呼吸，开始讲述自己的故事。

第十六节

“我生父曾是一名美国特工，后来作为维安部队的成员来到了日本。我从来没见过我的母亲，也不知道他们是怎么相识的，只知道他们并没有结婚，我一出生她就抛弃了我们，可能是因为对她来说，生下我是一件难以启齿的事情吧。她叫松间悠，是我偶然翻东西的时候发现的，除此之外我对她一无所知，父亲可能是出于对母亲的思念，才让我跟随了母亲的姓氏。

“生父对我非常宠爱，他平时很忙，闲暇时间不多，但一有空就会带我出去玩。我七岁那年，东京最热闹的‘三社祭’的时候，我们正在浅草寺求签，忽然附近的晴空塔方向传来巨大的爆炸声，接着黑烟滚滚升起。爸爸猜到可能是恐怖袭击，于是给我打了一辆出租车让我自己回家，他跑去现场查看情况。

“我坐在车上，丝毫没有担心爸爸的安危——他之前给我讲过很多他当特种兵时的故事，每一次都是险象环生，但每一次他都毫发无伤，所以在我心里他总是吉人天相，绝对不会出危险。我只是心疼他回家之后会很劳累，所以想在附近买些他喜欢吃的甜点，带回家等他回来。

“我在附近下了车，到我们经常去的一个烘焙店买了巧克力。那是一家很小的商店，所有的甜点和巧克力都是手工制作，店主是一个三十多岁的女人，个子不高，微胖，非常和善，店里还有许多她收养的流浪猫。她看我一个人来到店里，担心一个小女孩自己在外面不安全，于是送给我一杯饮料，让我坐在店里看电视，等外面平静一些再走。我其实完全不担心自己，心里还嘲笑店主的大惊小怪，只是不想辜负她的一番好意，于是找了一个位置坐下来，盯着电视上恐怖袭击的直播画面，希望能看到爸爸勇敢的身影。没想到，不一会儿发生了更剧烈的爆炸，直播画面瞬间被大火吞噬，就连甜品店都被剧烈的震动波及，桌子上的花瓶落在了地上。我连忙看向窗外，不远处高楼的玻璃外墙全都被震得粉碎，晴空塔也被浓浓的黑烟包围。我顿时担心起爸爸的安危，但我还是安慰自己，爸爸一定可以平安归来。

“后来我才知道，这是恐怖分子提前计划好的，他们会在市中心先引发一次小规模的爆炸，待警察、急救人员赶过来救援的时候，再施以更大规模的袭击，以造成更大的伤害。我父亲就是殉难者之一，与他一起牺牲的还有一百多名救援人员和记者，以及两百多名平民。

“我当时在烘焙店里吓得一动不敢动，店主跑过来问我父母是谁，我已经吓哭了，我告诉她我爸爸是警察，去晴空塔附近救人，我妈妈早就不在了。她听了之后一定要我留在店里等爸爸的消息，但是一直到天黑也毫无音信。

“到了晚上，店主坚持要送我回家，还说说不定爸爸早就回家等我了。路上，我一直想象着爸爸焦急地打电话寻找我下落的样子，希望在我回家之后他可以一把抱住我，然后我们一起吃掉所有巧克力。但是推开门的一瞬间我的希望破灭了——家里一如我们离开时的样子，爸爸并没有回来过。

“那个店主后来告诉我她姓菅谷，她不放心我一个人在家，于是留下一张字条，又把我带回了她家。我在那里等了一天一夜，什么都吃不下去，也睡不着。虽然我已经非常疲倦，但是一入睡就被噩梦惊醒，赶忙打开电视看看有没有什么新的消息。

“搜救工作进行得非常缓慢，因为在第二次爆炸之后，所有人都担心会有第三次爆炸，警察也都格外谨慎。我在电视屏幕前干着急，好几次都想趁菅谷小姐不注意偷偷溜出去，但都被她拉了回来。我跟她哭闹，对她的善意完全不领情；她也非常理解我，忍耐着我任性的举动。

“那段时间，菅谷小姐一直陪着我，甚至放下了烘焙店的生意。她在附近的警局都报了案，告诉他们如果有消息第一时间联系我们，我们就守在电话和电视机前，等着我父亲的消息。时间一天一天过去，我也知道希望越来越渺茫，每天做梦都是父亲忽然找上门的场景，醒来之后就撕心裂肺地痛哭。

“半个多月后，官方公布的遇难者名单，爸爸的名字赫然在列。那一刻我反而异常平静，可能是因为我已经做了最坏的心理准备，不指望有奇迹发生了。

“面对这个噩耗，我心中更多的是对恐怖分子的憎恨，我恨他们拆散了多少像我一样幸福的家庭。我希望他们也能尝到失去亲人的滋味，只有七八岁的我就已经坚定了复仇的念头。只要这种念头刺激着我，我的痛苦和对父亲的想念就能减轻一分。

“除此之外，我也在担心自己的未来，我不可能一直借宿在菅谷小姐家里，于是我提出希望能找到生母，不再打扰菅谷小姐。但是在听完了我的故事之后，她坚持留我在家中，因为她觉得既然我的生母在我出生之后就抛弃了我，现下也不可能对我负责。她说我父亲虽然是美国人，却是为了日本的安定和平而献出了生命，是国家的英雄，她有义务抚养我长大。一段时间下来，我已经喜欢上她家的环境，所以也就不再推脱，顺其自然地住下了。

“不久之后，我父亲的战友找到了我，他叫诺曼·伊维斯，爸爸之前立下遗嘱把我的抚养权交给了他。伊维斯先生曾经也是一名特工，本来菅谷小姐非常不信任他，但是在交涉我的抚养问题期间，他们互生好感，最终结婚了，顺理成章地成了我的养父母。伊维斯先生确实是一个很好的人，对菅谷小姐和我都很照顾，他们结婚让我感到非常欣慰：她对我的善意让她收获了一个幸福的家庭。

“之后我跟随养父母去了美国，开始过平常人的日子，但是我一直都没有忘记自己孤儿的身份。我从来没有真正地开心过，身负如此悲惨的经历，我觉得我不配拥有快乐，仿佛我每笑一次，就是对生父牺牲的遗忘。我一直没有放弃复仇的想法，我始终希望同样的惨剧不会发生在别人身上。唯一让我获得内心安宁的方法，就是有朝一日找到那些恐怖分子，亲自审判他们。在高中毕业典礼之后，我告诉养父，我想成为一名特工，希望追寻父亲的脚步，和恐怖分子，和那些给别人带来痛苦的人抗争到底。

“出乎我意料的是，他不但没有阻拦，反而非常支持我的想法。他告诉我有很多特工正是在十六七岁被选中征召，并且为我找到了一个非常合适的机会。

“那时，美国中央情报局(CIA)已经意识到了科技领域情报工作的重要性，想培养一批忠诚于国家，而且有专业技术知识的人加入他们，已经被斯坦福录取的我就是一个极佳人选。我的学术背景可以帮助我进入很多科研机构，我的日本血统则成了我的伪装，并且这份工作不会涉足危险的外勤。但是它，和我的想象相去甚远，我不想坐在桌子前搞什么情报，我想战斗在第一线。

“伊维斯先生劝了我很久，告诉我做这样的事情也极为崇高，很多幕后英雄至关重要，他们去切断恐怖分子的资金来源，破坏他们制造武器的计划，或者像我这样潜入实验室确保那些至关重要的研究成果不被窃取。他说有些人的头脑天生比别人好，就不应该盲目地冲锋陷阵，而应在更适合自己的岗位发挥价值。我当时相信了他，我一心想成为父亲那样的人，现在有这样一个机会摆在面前，虽然并不尽如我意，但却是我离梦想最近的机会了，所以我很难说不。而我意识到这些话有多么虚假和伪善，已经是很多年之后了。

“在我进入斯坦福大学的第二年,CIA 认为北原新夏博士的研究非常危险,希望我去打探一下,而切入点就是北原教授的儿子北原术直,当时他在斯坦福大学攻读博士学位,CIA 希望我找机会接近术直,再凭借我日本人的身份进入北原新夏的实验室打探情报。我当时没有多想,就答应下来。

“我还记得第一次在椭圆广场碰到北原术直时的情景——他穿着一件浅蓝色 T 恤衫,头戴棒球帽,斜挎着包从草地上穿过,比照片上看起来更阳光和单纯。我按照计划接近他,装作无意间向他问路,然后惊讶地告诉他我也是日本人,我们就这样认识了。之后他就开始主动联系我,邀请我喝咖啡或者吃饭。而我心里也暗暗地希望和他一起出去,不只是因为我有任务在身,更因为我发现自己已经对他有了很深的好感。

“术直有耐心,细致,而且对我非常关照。最重要的是,和他在一起让我放下了心中难以磨灭的仇恨。父亲的死让我觉得为他报仇是最重要的事情,但是和术直在一起之后,我才意识到原来我也可以拥有自己的幸福,不应因父亲的牺牲而放弃自己的生活。和他在一起的时候,我可以忘记任务,放下自责,憧憬我们两个人的未来。很快,我们就成了情侣。CIA 的联络人警告我这很危险,我骗他们说我是在逢场作戏,否则无法接近北原新夏博士在东大的研究所。他们也没有多说什么,我知道他们对我并非完全信任,但我毫不在意。和术直在一起的那几年时光,我完全忽视了自己的责任和加入 CIA 的初衷,可能这就是爱情让人盲目吧,我做回了我自己。我相信如果父亲的在天之灵可以看到,他也一定希望我走上这条平淡而幸福的道路吧。

“就这样我度过了人生中最幸福、最无忧无虑的几年，CIA 的联络员对我们两个人的关系睁一眼闭一眼，因为我还是他们接近北原新夏教授的最好棋子。没想到术直拿到博士学位，我也从斯坦福顺利毕业，我的噩梦才刚刚开始。当时我们计划回到日本一起到他父亲的研究所工作，我以为我们很快就会结婚，我可以安心地做一个家庭主妇，相夫教子，从此从双重身份的生活中解脱出来。

“但是事情没有这么简单，当我顺利地进入东大实验室之后，CIA 认为该是他们收获的时间了，要求我为他们提供情报。所有实验内容，一切我可以经手的信息，都要向 CIA 汇报。他们也看出我是真的爱上了北原君，所以以此作为要挟，说如果我不配合他们，他们就会曝光我的身份，彻底搅黄我们的事。我当时非常害怕，以术直的性格，他接受不了这种程度的欺骗，而北原教授也一直对我照料有加，我同样不想让他失望，于是被逼无奈地配合 CIA。

“没过多久，术直就被派到中国参加宋教授的研究项目，而北原教授的研究却陷入瓶颈，几乎没有什么进展。我虽然为伯父的一筹莫展而担心，但是也为自己终于完成了任务而庆幸。我想我只要再撑过那段时间，就可以彻底翻过这页历史，做回简单的自己，每天不再提心吊胆，和心爱的人共度余生。

“果然，CIA 的人不像以前那么频繁地联络我了，放松警惕的我又开始思念远在千里之外的术直。在我的不断央求和术直的努力下，一年之后，我终于来到珞珈实验室，回到了术直的身边。CIA 觉得我已经没有什么利用价值，也就默许了。我来到珞珈实验室之后，遇到了这么多有趣的人，正好让我可以彻底告别过去的自己，开始全新的生活。

“没有料到的是，我刚刚到珞珈实验室，‘谷雨一号’联系上外星文明的事情就被曝光了。而 CIA 又意识到了我在这里的作用，重新开始联络我，他们要我搞清楚‘谷雨一号’的原理，让我把一切能收集到的信息都给他们。我以为我离开了日本，就可以不再过这种双重身份的生活，但是没想到机缘巧合来到几千公里外的武汉，对我来说却又回到了原点。

“最讽刺的是，如果我当时一直留在日本，或许很快就可以彻底摆脱他们，恢复自由。命运真让人捉摸不透，我觉得自己是个把灵魂出卖给魔鬼换取一时欢愉的人。因为 CIA 的安排，我才能遇到一生的挚爱，但也正是因为他们，我如履薄冰，无法心无旁骛地和他在一起。

“刘所长上一次接管珞珈实验室的时候，本来是我坦白的最好时机，但我没能鼓起勇气。北原君清澈的眼神让我不忍辜负他对我的爱怜和保护，我错失了这个最佳的坦白机会。

“但我没有放弃找寻机会摆脱这个境况。刘所长上任的第一天就给我设置了观察期，限制我外出，当沈梦拉我出去买东西，我想机会来了，于是我在明知道自己不能离开规定路线的情况下，依旧跟着她出去了，就是希望刘所长可以按照规定将我开除。这样我立即可以摆脱 CIA 的任务回到日本，静静地等着术直完成他的项目，然后找机会与他团聚。但是在大家的求情和解释下，刘所长对我网开一面，逃离计划也落空了。

“我告诉 CIA 的联络人珞珈实验室戒备森严，我没办法带进或者带出任何东西，除了一些最基本的信息，比如机器型号等，我无法提供其他任何材料。况且我长期受到监视，和 CIA 的通信频率已经减少到了每月一次，几乎什么都做不了。我以为这些遭遇会让他们放过我，但没想到不久之后，他们声称给我准备好了一套装置，让我谎称到美国做眼科手术回去交接。我本应独自前往，但术直执意要同行照顾我，这丝毫没让 CIA 为难。在他们的安排下，我的‘手术’在一个私立诊所里进行，在外人看来，与其他眼科手术并无二致。

“他们利用一种特殊材料改造了我的角膜，拓展了我的可视光谱。这个技术前几年刚刚提出，还在去年抢走了珞珈实验室的诺贝尔奖。从那时起，对于别人来说完全隐形的红外线，对我来说却是可见的，我就像随时戴上了夜视仪，永远没有黑夜。而且，因为红外线和温度有关，所以我也能‘看’到其他东西的温度。

“这项技术在我之前从未在人类身上进行过实验，我是第一个。作为补偿，他们承诺我只需要再在珞珈实验室潜伏一年，为他们提供所有能收集到的信息，他们就可以还我自由，我的一切档案都会被销毁，从此只有我自己知道这段扭曲而黑暗的历史。虽然我不能完全相信他们，但是在当时的情况下，我没有选择的权利，只能默默地完成他们交代的工作，希望他们可以信守诺言。

“为我做完‘手术’之后，他们告诉我，他们会开设一个社交平台，每周推荐一本好书给读者。他们会从市图书馆里找到这本书，把对我的指示用红外墨水写在上面，我的任务是去市图书馆借来这本书，将它带到实验室里。对我来说这本书很好找，我只要随便一翻，看到前几页写满字的就是了；而对其他人来说，这本书看起来并无特别之处。我把所有能得到的信息也用这种红外墨水抄在这本书上，一周之后把它还回图书馆，我的任务就结束了。刘所长放在桌子上的这些书，都是我们曾经用过的工具，在你们眼里它们只是平凡无奇用来打发时间的小说，我需要的却是这里面记录的密密麻麻的数据和文字。

“珞珈实验室的安检非常严格，记事本不能带进来，书籍虽然可以带，要经过翻阅检查，红外墨水帮了我们大忙。唯一有难度的是把墨水带进来，不过因为红外墨水在正常人看来是无色透明的，我可以把它放在眼药水的瓶子里，假借眼科手术用药之名带进来。这也是实验室安检的唯一漏洞吧。

“手术的时候，我告诉他们，东湖实验室里有很多监控，我不能当着监控去抄写这些东西，我不知道还有什么其他方式躲避监控。他们非常恼火，训斥我说不能所有的事情都指望他们给我安排好，还威胁说如果这点事我都做不来，他们就当即把术直请进手术室，让他看看我做的这个眼科手术到底是什么。我非常害怕，生怕他们来个鱼死网破，更怕我辛苦隐藏身份这么久到头来还是前功尽弃，只得被迫思索怎样躲过东湖实验室的监控。

“我想，监控肯定是有死角的，于是在放假回来的第一天，我故意把项链丢在了东湖实验室，然后请诗怡帮忙。当时张桢提出了查监控的方法，其实即使他不说，我也会自己提出来。在诗怡的帮助下，周宁没有任何怀疑地答应了，于是借着调监控的机会，我找到了东湖实验室的三个盲区。

“但是我真的不想帮着他们偷窃珞珈实验室的机密，每次想到宋教授他们对我的信任，我就对自己的行为感到极度不齿。

“我对你们的研究并不了解，也不敢编造虚假信息发给他们，怕他们发现之后向术直透露一切。所以我每天也只是找一些服务器运行的临时数据或者缓存给他们发过去，术直和张桢其实都提过很多重要参数都在服务器里，但是我不知道具体的位置，也从来没有刻意找过，我只是把看起来最不重要的一部分给他们发了过去，希望这样既可以不给你们带来损失，我又可以顺利交差。我以为只要熬过这一年，我就可以永远自由了，我从来没有想过，我的行为会给你们带来严重后果。

“与此同时，CIA为了掩护我的身份，告诉我科林博士有一个朋友在通信公司工作，让我把邮件通过科林博士的IP地址发给这个所谓的朋友。这样如果有人要查的话，会先调查他。嫁祸一个清白的人让我的良心非常不安，但是我安慰自己，如果我隐藏得够好，你们就不会发现端倪，也就不会启动调查，自然不会牵连到他，现在看来我真的是太蠢了。科林博士因为我的懦弱而离开了，我非常愧疚，开始怀疑我做这些事情到底是为了什么。

“就在不久之前，一年的期限已经到了，我却从书上得到了他们新的指示。他们对我发过去的东西很不满，而他们在珞珈实验室的眼线只有我一个，所以需要我继续为他们工作，还不断用我和术直的关系作为要挟。我终于想通了，这种‘敲诈’是无休无止的，如果我不走出来，会在这个泥潭里越陷越深。其实从我踏入CIA的第一天起，我和术直之间的关系就已经确定了，就好像两条直线相交之后，注定会越来越远。我以为通过我的努力能改变这个现实，实际上我又怎么能够躲得过命运的安排呢。

“这段时间以来，我已经让这么多人失望了，也算是我为年轻时的意气用事付出的代价吧。我离我梦想的一切如此接近，却又无法拥有，生活中最残酷的现实莫过于此吧。我无法再继续这样生活了，所以才决定找刘所长坦白这一切。我也不会指望你们原谅或者理解我，只是想用这种诚实换取一些内心的安宁。

“人总要长大，我会为我所有的行为负责。”

第十七节

松间晴断断续续地讲完了故事之后，屋子里陷入死一般的沉寂，其间张桢瞟了北原好几次，发现他从始至终一直保持着一个姿势：半低着头，面色铁青，双手抱在胸前。松间晴讲完之后，他依旧一言不发。

刘思锐忽然打破了沉默，继续用她平和有力的声音说道："我也是第一次听到这个故事，松间小姐请你先冷静一下。"说罢一转头对宋清明说："宋教授，关于这个泄密的问题，我觉得……"

宋清明有些缓慢地从椅子上站起来，指了指门外说道："刘所长，这件事我们出去说吧。"

两个人走出去之后，松间晴缓缓地抬起头看着北原。北原"腾"地一下站起身，一言不发地快步走了出去。松间晴见状，又缓缓低下了头，抽泣起来。张桢见状，赶忙示意沈梦留在这里陪她，自己随着北原走了出去。

情绪激动的北原走路如风一般，张桢一路小跑才在实验室门口追上了他，气喘吁吁地拍了拍他的肩膀："你要去哪啊？"

北原没有回头，径直走向停车场，淡淡地说了一句："空间。"

空间是北原经常去的酒吧的名字，张桢只跟着他去过一次，以吐了一夜收场。

"不介意带我一起去吧？"张桢厚着脸皮问道。北原没有说话，自顾自地拉开车门。张桢见状，也打开车门坐在了副驾驶的位置。

车启动之后，北原没有用语音辅助功能，而是在屏幕上点了几下，设置了导航。张桢知道他不想说话，心想等他到酒吧喝下几杯之后可能就会开口了。

不一会儿，两个人到了酒吧，北原坐在老位置，冲服务员做了一个手势,服务员心领神会,将一瓶威士忌和六个空杯摆到了他们面前。北原一言不发地把六个杯子都倒满,然后瞬间干掉了其中一半,盯着吧台愣神。

在一旁嘬雪碧的张桢觉得时机差不多了，于是试探性地问道:“有什么想说的就说说呗。”

北原好像没听见一样,又端起第四杯一饮而尽。

张桢怕继续这么下去北原会被抬上救护车,便劝慰道:“作为一个局外人,我觉得你想多了。”

北原伸向杯子的手停了下来，张桢见自己说的话起了点作用,于是趁热打铁:“我听完小晴的故事之后最深的感觉是,她真的很爱你。”

北原拿起杯子,但是没有喝,而是重重地墩到桌子上,杯子里的褐色液体洒出一大半。“如果你发现每天和你朝夕相处的人,实际上是因为别的原因接近你,利用你,你会怎么想? 如果你发现你自以为幸福的生活其实都是谎言,你会怎么想? ”

张桢摇了摇头:“小晴不是都说了嘛,她就是因为爱上你所以才这么纠结的,她最后所做的这一切不都是为了可以和你在一起吗? ”

北原抬起头,死死地盯着张桢。他的眼睛里充满血丝,带有酒精气味的鼻息吹到张桢脸上,让张桢心里有些发毛。“她骗了我六年,六年你知道吗? 我像个白痴一样毫无察觉,现在她说的是实话吗?如果这也是在骗我呢?你也听到刘所长说了,她已经把松间晴锁定为怀疑对象了,或许她有所察觉呢? 她是不是已经知道自己被怀疑,所以又编了一个谎话去应付刘所长的调查呢? ”说着,北原摇了摇头,叹了口气,刚才还喷火的眼神渐渐暗淡下来,“当你被这样欺骗过一次,就会什么都不敢相信了。”

张桢呆呆地点点头,一时间也不知道说什么好,抢过桌子上的半杯酒也一饮而尽。冰冷的液体顺着嗓子灌下去,留下一阵滚烫的疼痛,刺激着张桢的神经。他拍了拍北原的肩膀,说:“我真的理解你现在的这种信任危机。但是你好好想想,小晴对你的那些所作所为,真的都是装出来的吗? 我和沈梦还有诗姐看到你们两个相处的时间并不长,但是她对你的关心我们都看在眼里。比如你上次做胆结石手术她在你身边无微不至的照顾,这是装不出来的。”

北原摇了摇头,语气缓和了一些:“张桢兄,你没有亲身经历我的故事,没有感受过这种曾经无比亲密的人一时之间变得不可捉摸,这种几年以来建立的信任在一瞬间崩塌的感觉,你是不会理解的。经过这次的背叛,我不知道以后还能不能相信她,她也会不时地怀疑我是不是真的信任她,如此互相猜测的两个人,是不会有未来的。”

张桢笑了笑:“以前都是你劝我,今天我也劝你几句吧。我知道你有点完美主义, 但是王子和公主的故事只存在在童话里,真实的生活就是这么混乱而且残酷。我相信世上绝大多数情侣乃至夫妻彼此之间都不是绝对诚实的,有人会因为欺骗了对方心怀愧疚,也有人明知道对方在骗自己却装作一无所知来维系爱情。宋教授跟我说过一句话,大概意思是,生活的真相是很不堪的,但是认清了真相之后,我们依旧要热爱生活。沈梦总跟我说特别羡慕你们两个,羡慕你对小晴的照顾和责任感,也羡慕小晴对你的关心和体贴。她总是说觉得我们两个人没有你们那么有默契,总告诉我要多跟你学学,而且我也能看出来她一直想模仿小晴,像小晴那样投入地去爱，去心疼一个人。不光是我们俩，有一次诗姐还跟我说希望她和她男朋友能像你们两个这样契合。”

张桢晃了晃手里的杯子：“其实很多人的相识是建立在谎言之上的，有多少男生女生为了接近自己一见钟情的人故意创造出什么巧合来！我知道你有自己的原则，我也没觉得你小题大做。但是我估计，如果你真的和她分开了，你也会非常难受的吧？”

北原默不作声，愣愣地盯着吧台。

张桢将一杯酒递到北原面前：“咱们认识这么多年了，你也知道我没有什么朋友，你就算我最铁的哥们儿了，我当然希望你能找到自己的幸福。我觉得你和小晴在一起的时候就是幸福的，所以我真心希望你谨慎考虑。无论你最后做出什么样的决定，我都会支持你。有需要我的地方，我一定义不容辞。”

北原点点头，拿起杯子和张桢碰了一下一仰头喝个精光，剩下张桢龇牙咧嘴地干掉这一杯之后又猛灌了一罐雪碧。

与此同时，珞珈实验室里，刘思锐、宋清明和杨诗怡还在商量对松间晴的处理决定。

刘思锐介绍，他们大概核实了一下松间晴发送的资料，绝大部分是毫无意义的数据和一些边边角角的材料，或者是已经公开的信息，目前暂时还没有发现核心资料外泄的证据。这和松间晴所承认的对CIA的消极工作态度相符，‘谷雨一号’的机密基本得以保全。所以她认为松间晴的证词和故事还算可信，不过最终结果还是要等待刑侦科的判定。目前这件事的知情人并不多，所以还有一些回旋的余地，主要取决于松间晴是不是配合。如果她愿意做双面间谍，那么就可以将功赎罪；如果她不配合，那就只能以间谍罪起诉,最轻的后果也是驱逐出境,如果检方强势,判十年以上徒刑也有可能。

杨诗怡有些面露难色,她看了看旁边的宋教授,他默默地坐在椅子上,翻看松间晴的供词,好像没有在听刘思锐说话。她不禁求情道:“刘所长,我知道你也是为了小晴好,但是她刚才也提到了,难以接受这种双重身份的日子,现在又给她加一个身份,她可能承受不了吧?既然这件事还没有闹大,咱们能不能小事化了一下?”

刘思锐意味深长地看了杨诗怡一眼:“这不是我能决定的事情,国有国法,她必须为自己的行为负责。我们已经很宽容地提出了让她将功补过的方案,如果她不接受我们的善意,那最终的结果只能等待法律的裁决。”

杨诗怡听出刘思锐的语气带着些许不满,于是小心翼翼地说:“但是小晴也太可怜了吧!毕竟也没有造成什么严重后果。”

刘思锐站了起来,整了整衣领,说:“你不要同情心泛滥,可怜之人必有……”她看了看杨诗怡,摇了摇头,把后半句话咽了回去。“你们不要太天真,‘科学无国界’这种话只是一些理想主义者的一厢情愿罢了。发达国家对第三世界国家用技术优势赚利差的时候,他们想过技术无国界吗?他们坐在办公室里吹着空调,看着其他国家的工人在生产线上挥汗如雨,心安理得地赚着这些工人几十倍的工资。如果有人掌握了能和他们竞争的技术,他们就说别人是剽窃、是抄袭,然后用自诩正义的知识产权保护把别人告得倾家荡产,甚至还会搬出国家机器,轻则制裁禁运,重则发动战争……科学无国界在他们眼里就是用来胁迫别人交出技术,而自己又不会照章施行的一句双重标准的废话。如果小晴帮 CIA 联络到卡利斯托人或者其他外星文明，他们也断然不会把这个技术分享给世界，无非是在两强之争中多了一点筹码。”

杨诗怡摇了摇头：“我没有这个意思，你说的我也都懂。毕竟这是我们的成果，我也不希望宋教授的心血就这样被别人偷走。但是毕竟小晴是受人胁迫的啊。”

刘思锐义正辞严地说：“正是因为如此，我们才会用法律解决问题。通信部不搞什么敲诈勒索，不会拿别人的男朋友作为要挟。我们向来依法办事，能提供一个将功折罪的选项，我们已经仁至义尽了。”

听到这里，宋清明抬起头来，皱了皱眉：“刚才刘所长提到，‘谷雨一号’的原理并没有泄露，你们是如何确定的呢？”

刘思锐低声说：“情报机构不只 CIA 一个。”

宋清明的眉头皱得更紧了：“如果是这样，这件事就更奇怪了，之前北原术直检查 18 号信道因为冲突失效了，肯定是别人利用我们的成果做出了一模一样的东西，如果这不是小晴泄露的，那到底是怎么回事？”

刘思锐也点点头：“对，这也是我想找你们讨论的第二件事。经过仔细盘查，我们没有发现任何可疑的情况，所以还需要你们回忆一下，有没有其他可能性。”

杨诗怡自嘲道：“那这么看来，小直、张桢还有我应该是重点怀疑对象了。”

“你们三个人的确是我最先怀疑的，我们已经调查你们一个多月了，没有发现什么疑点。”刘思锐还把“的确”两个字加了重音。

杨诗怡张大了嘴，用不可理喻的眼神看着刘思锐，但是后者丝毫不在意，转向陷入沉思的宋清明。

过了好一会儿，宋清明才缓缓地说："说起来，我的确知道实验室之外有一个人知道这套理论，但是我觉得凭他自己，是不可能做出一套完整的设备的。除此之外，我也没有什么线索了。这个人叫时宇，是珞珈实验室的学术顾问。"

刘思锐接过宋清明的话："小杨跟我提起过这个人，我也安排人盯了他一段时间，发现这个人基本不出家门。我们也调查了他的 IP 和通话记录，没有什么可疑的。"

宋清明有些诧异："小杨是怎么知道时宇这个人的？"于是杨诗怡把沈梦给他们看财务报表的事情说了出来，宋清明目瞪口呆，半晌说不出话来。

刘思锐非常严肃地说："宋教授，关于时宇的事，你有什么要说的吗？"

"事到如今，我也没什么可隐瞒的了。"宋清明支着桌子，缓缓地站了起来，一字一顿地说道，"我认识时宇五六年了，我那时才刚刚开始做量子通信的研究，有一点点虚名，经常在武汉的各个高校举办讲座。每次讲完之后，总会有一个年轻人来跟我讨论他对量子通信的想法，让我非常惊讶的是，他的想法虽然有些天马行空，但是却字字在理，让人觉得不像是随口一说，于是一来二去我就和这个叫时宇的年轻人熟络了起来。也正是靠时宇的想法，我才得到了那么多灵感，珞珈实验室才得以成立。

"一开始，时宇只是提出设想，大部分构思还是由我主导，但是到了后来，他的构思越发完善，我索性就把精力投入到了社交上，要资金，要资源，我一直麻痹自己说这是为实验室的未来铺平道路，实际上我心里很清楚，我已经江郎才尽了，撑不起这样一个重点实验室，只能靠时宇提供的想法继续进行研究。后来时宇告诉我他身世复杂，他侥幸逃到了这里，他跟我说这些想法都是他哥哥之前的研究，但他不敢抛头露面，又不希望这么伟大的成果落入他憎恨的人之手，所以才会借我之名把他哥哥的研究成果发扬光大。”

“一开始，我用自己的名字发表了几篇文章，反响很大，非常具有突破性，但是这种欺世盗名的行为让我寝食难安。我得到的褒奖越多，就越觉得自己配不上这些荣誉，生怕有一天东窗事发，让别人知道我最近几年的研究成果都是偷来的，成为学术界的笑柄。于是我开始悉心培养杨诗怡和张桢，还有后来进入实验室的北原术直，我希望他们未来不要像我这样碌碌无为。时宇告诉我的想法，我都指导他们去做，然后再以他们之名发表论文，为他们建立一些名望，让他们未来的学术生涯好走一点。我的思维虽然已经枯竭，但是这三个学生现在都可以独当一面，也算是我为珞珈实验室做的贡献吧。我即将成为过去时了，未来还要依靠这些年轻人。”说着，他看向杨诗怡，欣慰地笑了，“上个月我去体检，肝癌。可能这就是对我欺世盗名的惩罚吧。”

杨诗怡脑子“嗡”地一下，上身不禁倚在身后的椅背上。半晌之后，她才木然地问道：“确诊了吗？医生怎么说的？”

宋清明的表情却非常平静，好像已经接受了这个现实：“确诊了，医生告诉我保守治疗的话，我还有一年多的时间。但是我想做手术，医生说很有把握。”

这种云淡风轻的表述并没有让杨诗怡好受一些，她略带着哭腔说：“宋教授，这些事您怎么不早跟我们说呢？您现在应该回家休养啊。”

刘思锐点了点头："小杨说得对，静养对缓解病情是有好处的，而且您也算是科学界数一数二的专家了，怎么还会相信命运这些唯心主义的东西呢？"

宋清明挥了挥手："刘所长，您肯定知道，懂了量子物理之后，就没有什么唯心唯物论可言了。死生自有天命，我也没法僭越。更何况我并没有放弃，手术已经做完了，效果很好。"

"我在肿瘤医院有熟人，那里的条件挺好的，如果您需要的话……"

还没等刘思锐说完，宋清明就打断了她："没关系，我现在的医院挺好的。"

刘思锐点了点头，不再说话。杨诗怡走到宋清明身边，用颤抖的声音说："您回去休息吧，实验室的事情就交给我和张桢，还有刘所长，她也一定会尽力而为的。如果有需要我们会去找您，养病可千万不要疏忽大意啊。"

"好，你们放心。"宋清明忽然又想起了什么，对刘思锐说，"时宇的事情，你们可能要当面问他吧。我有一个小小的请求，时宇这个人挺真诚的，而且是一个学者，不是什么穷凶极恶的歹徒，也不是训练有素的特工，你们不要太为难他。你们去找他的时候，一定要叫上我。"宋清明的身体虽然有些虚弱，但是如炬的目光透过眼镜直直地盯着刘思锐，丝毫没有妥协的意思。她点了点头，算是答应了。

刘思锐立即找值班的拾穗人把宋清明送回家休息，办公室只剩下她和杨诗怡两个人。而杨诗怡呆呆地坐在椅子上，好像还没有从刚才的噩耗中恢复过来。

刘思锐把手搭在她的肩膀上，劝慰道："刚才宋教授不是也说了吗，他也在积极配合治疗，手术也很成功。你不要太担心，肝癌也不是完全不可治愈。”

杨诗怡点了点头，几滴晶莹的泪水不听话地从脸颊滑落，她不禁抽噎起来。她有预感，宋教授隐瞒了部分病情，真实情况可能并没有他说的那么乐观。

刘思锐见状也没有说什么，两个人沉默了一会儿，刘思锐故作自言自语地说：“我不知道时宇这个线索能有多大的希望，毕竟我们已经观察他快一个月了，也没看出什么异样。”

杨诗怡吸了一下鼻子，忽然抬起头来问道：“你们是怎么监视他的？”

刘思锐拉开办公桌抽屉拿出一个文件夹，一边翻一边说：“就是普通的那几项，电话、邮箱，还有外出轨迹之类的，他的 IP 地址我们也监控了，没有什么和外面联络的迹象。”

杨诗怡一惊，慌忙擦了擦眼角，急促地说：“你们没有发现他和外面联络的迹象就对了，时宇是搞量子通信的，如果他真是间谍，很可能会利用量子通信传输信息，你们的监视手段一点用都没有。”

刘思锐愣住了，一丝不易察觉的惊慌闪过她清瘦的脸庞，不过她很快恢复了镇定：“那我们现在就去他家搜查。”说着，她边掏出手机准备打电话，边招呼杨诗怡往外走。

杨诗怡叫住了她：“宋教授不是说要等他一起去吗？现在宋教授可能还没到家呢，再把他叫回来不太合适吧。”

刘思锐停下脚步，盘算了一下这件事的严重程度，点了点头说：“那咱们明天一早就去，我和宋教授说一声，晚上我再打给他。”

杨诗怡回到自己的办公室坐在椅子上发愣，满心想的都是宋教授的事。她安慰自己说，宋教授肯定能照顾好自己，他瞒着大家一方面是不希望大家担心，一方面是病情可控，就如同他所说的，一切都好，不需别人操心。她说服自己先不把这个消息告诉张桢他们，省得他们担心，自己也不要想太多。她忽然意识到北原和小晴才是今天最受打击的两个人，也不知道他们未来会如何。想到实验室面临分离崩析，杨诗怡不由得叹了一口气。

她来到松间晴的办公室门口，发现只有沈梦在里面，正收拾东西准备离开。

“怎么啦小怡？”沈梦欢快地问道，今天发生的事倒是一点都没有影响到她的心情。

“没什么。”杨诗怡揉了揉眼，不想别人看出她刚刚哭过，“你这是要去哪啊？”

“张桢叫我去空间酒吧接他，他和小直聊了大半天，现在小直已经回家了。我接上他一起去吃个饭，你来吗？”

杨诗怡知道这个邀请只是随口客气地一说，但是她现在心绪如麻，急需找个人陪着自己才不会胡思乱想，于是装作没心没肺地说：“好啊，不会打扰你们二人世界吧？”

沈梦显然愣了一下，她没想到杨诗怡会答应。她礼貌地笑着冲杨诗怡眨了眨眼：“不会啊，最近咱们三个人吃饭的机会不多呢。正好今天发生了这么多事，可以一起聊聊，走吧。”

沈梦开车载着杨诗怡来到空间酒吧，张桢已经在此等候多时了，看到杨诗怡很是惊讶。

“怎么，不欢迎我啊？”杨诗怡瞥了一眼刚坐在后座上的张桢，“娶了媳妇忘了娘是不是？”

张桢笑嘻嘻地说:“托您的福,我妈死得早。”

沈梦边笑边问:“小直怎么样啦? 你们下午都说什么了? ”说着,她在中控屏上点了几下,将车调整成完全自动驾驶模式,前排的两个椅子随即旋转了一百八十度, 沈梦猫着腰坐到了张桢旁边。

张桢挠了挠头:“也没说什么,起初就是跟我说他不会原谅小晴,后来喝多了就开始说胡话了,但都是和小晴有关的,所以我感觉他最后还是会原谅小晴的吧,毕竟感情在那摆着了。”

沈梦感叹:“真是知人知面不知心啊,谁会想到小晴隐藏得这么深。不过我听了她的故事还是挺同情她的,当然你们要是恨她我倒是也可以理解。”

杨诗怡轻轻摇了摇头:“刘所长说,小晴其实并没有提供什么有价值的情报给 CIA,她一直处于消极怠工的状态。”她把刘所长提出让小晴当双面间谍和怀疑时宇的事情一股脑说了出来,包括宋教授和时宇之间的事。

张桢做了一个夸张的表情:“我原来以为宋教授就够神的了,没想到他身后还有一个大神,真是人外有人呢。”

沈梦撇了撇嘴:“这我倒不是太关心,我就觉得小晴也是真够倒霉的,摊上这种事,以后就算两人还勉强在一起,结果也很难说。虽然我还是挺希望他们和好的, 毕竟看他们在一起这么久了。”

张桢点了点头,然后又很兴奋地说道:“不过,你们难道不觉得小晴那个眼科手术很炫酷吗? 她看到的东西和咱们都不一样呢,这就是超能力啊。”

杨诗怡翻了一个白眼:“这算什么超能力,你是宅疯了吧? ”然后又转向沈梦说:“平时你们在一起的时候他也这么不着调吗?”

张桢没有理她,继续手舞足蹈地说:“能看到红外线啊!如果在漫画里就是‘红外侠’啊!”

杨诗怡扑哧笑出声:“红外侠有什么用?能一眼看出别人是不是发烧了?”

张桢轻蔑地说:“这种视觉能力是你们凡人无法想象的,说起来我都有点嫉妒她了。”

“这点超能力还不如皮皮虾呢!皮皮虾不但能看到红外线,还能看到紫外线呢。”杨诗怡话锋一转,“说起来我也好长时间没吃皮皮虾了,一会儿点几只。”

沈梦却出奇地冷静:“你们俩人聊得还挺带劲,他们都闹分手了你们还想着吃。”

三个人有说有笑地到了餐厅,一路上杨诗怡将宋教授的病情以及珞珈实验室那些纷纷扰扰的事抛到脑后。她忽然意识到能简简单单地和朋友吃一顿饭,似乎成了奢望。

第十八节

转天一早,沈梦和张桢刚到实验室,就看见两辆警车停在门口,闪烁的警灯在实验室白色外墙的映衬下显得极为刺眼。他们刚停好车,杨诗怡和宋清明就从实验室里走了出来。

“怎么啦?”张桢冲着行色匆匆的杨诗怡问道。

“宋教授和刘所长要去找时宇了,你们也赶紧上车吧。”杨诗怡说着钻进了警车。沈梦和张桢紧接着钻了进去,门还没有关好,车子就启动了。张桢扫了一眼,车里面除了他们三个之外,剩下的全都是不认识的武警,宋老板和刘所长应该在前面的车里。

张桢看车上没有人说话，忍不住打破了沉默。

“昨天我给科林打了个电话。”

杨诗怡脑袋一歪：“说什么了？”

“主要问了问他的近况。”张桢露出欣慰的表情，“他现在找到了一个不错的工作，继续干他的老本行。他老婆怀孕了，是个女孩。他说以前在珞珈实验室的感觉的确非比寻常，但是现在回归了平常的生活，尤其是女儿要出生了，才发现除了工作生活中还有很多乐趣。他说他之前一心扑在工作上，忽略了家人，现在不想再那样生活了。但是我觉得他还是因为那件事吧，我一直记得他临走的那天晚上给我打电话时颤抖的声音，想象他草草地收拾了东西就跑到机场的那种狼狈。他是学术界的知名人物，作为专家被邀请进 IACC，最后却落得这么一个下场。”

张桢越说越激动，不自觉地攥起了拳头：“周宁那个混蛋。”

沈梦握住他的手：“好啦，他肯定会遭报应的，你也别太激动，你最近血压就挺高的。”

正说着，有警笛开道的车子飞速跨过长江，在江畔的一栋高层住宅前停了下来。几个全副武装的警察敏捷地跳了下去，有的迅速地潜入大楼，有的站在刘思锐面前等待她的指令。刘思锐做了一个手势，两个武警马上跑上楼梯，剩下的跟着刘思锐一行坐电梯来到 39 层。

众人来到 39 层走廊尽头的一个房间，宋清明轻轻地敲了三下门，大声说道：“时宇，我是清明，刘所长想找你问几个问题。”

宋清明扶着门框，焦急地等待着，他听到门里传来一些声音，但是迟迟没有人开门。

刘思锐走上前去拍了拍门：“时宇同志，请你配合。”她的声音虽然不大，但是非常有穿透力，给人一种无法抗拒的压迫感。

一名武警举起了破门锤，向刘思锐使了一个眼色，刘思锐摇了摇头，抬起手示意他再等等。就这样安静了半分钟，门锁上的绿圈亮了起来，门缓缓地打开了，时宇没有借助智能门锁，而是亲自开了门。

宋清明看到时宇不由得一惊，虽然有几个月没见面了，但是时宇的衰老程度远超他的想象——他头发花白，驼背严重，给人感觉矮了不少，下巴上出现了深深的皱纹，松弛的皮肤都有点变了颜色，灰白的胡楂凌乱地在脸上蔓延，眼窝开始凹陷，曾经清澈的蓝色瞳孔变得暗淡而浑浊，看起来比宋清明还要苍老。和外表的变化相比，时宇的精神颓废得更加明显，身上的衣服也不知多久没有换洗过，还有好几个洞，脚下的拖鞋踢里踏拉作响。刘思锐看到他的样子，吃惊的表情在脸上划过，不过瞬间就消失了。

时宇看到警察，没有一丝惊讶，边招手边说："来，进来坐吧。"他回身走到厨房开始烧水，熟练地沏起了茶。刘思锐等人走了进去，宋清明示意他们先坐在沙发上。

半晌之后，时宇端着一个茶盘走了过来，空气中飘来一股清新而苦涩的味道。"乌龙，也不是什么好茶叶，凑合喝吧。"

刘思锐站起身，接过茶盘放在桌子上，开门见山地说："时宇同志，您应该还记得我，我是现任九〇五所的所长刘思锐，有一些关于实验室的问题想和你确认一下。"

时宇坐下来，默默地点点头。

"我们想了解一下你在来到九〇五所，也就是珞珈实验室之前的情况，以及近一年半以来的行动。我们最近在调查一个非常重要的事情，希望你可以配合，把了解的情况毫无保留地告诉我们。”

时宇双手撑着膝盖站起身,缓缓地走进一个房间,很快拿着一张名片大小的东西走了出来, 正面是一个熟悉的蓝色商标,旁边写着“星汇科技”四个字。

时宇递向刘思锐:“这是星云网的钥匙。”

星云网是星汇科技研发的以区块链为基础的网盘,它和普通网盘的区别在于,不是靠密码而是依托实体“钥匙”登录的。每个“钥匙”都是带有内嵌序列号的射频识别(RFID)卡片,靠近电脑的近场连接(NFC)之后才可以认证并登录。如果这张卡片丢失的话,那么储存的信息就永远找不回来了。因为是区块链技术,所以可以保证里面内容的安全以及作者的隐私。

时宇指了指卡片说:“网址在正面, 我的账号写在了背面,刘所长回去看看吧,我知道这一天迟早会到来,所以我已经把我知道的全都写下来了。”

宋清明吃了一惊:“难道你真的和境外有联系吗? 难道你真的背着我们做了一台量子通信设备吗? ”话音刚落,他剧烈地咳嗽起来。

时宇低下头,叹了口气,好像是默认了。

刘思锐一手拍了拍宋教授的背, 一手举起卡片说:“宋教授,时宇写的东西我回去先看一下,之后再判断到底有多严重。您现在先不要着急。”她站起身对时宇说:“那我们就不再过多打扰了,看您现在的身体状况不太好,我这边会安排两个人协助您,如果有什么需要直接跟他们打招呼,就不需要您亲自动手了。”

时宇知道这是软禁,他没有说什么,只是点了点头。

看到刘思锐起身,其他人也都站了起来,朝门外走去。刘思锐对门口的两个武警低声吩咐了两句，然后快步追上大部队，一行人一同上了电梯。

杨诗怡试探道："刘所长，我们现在怎么办？"

"我先看看他写了什么，明天早上再开会决定吧。"

回到珞珈实验室，宋清明把杨诗怡、张桢、沈梦和这一天一直在愣神的北原术直叫到了他的办公室。他拿出两个信封，分别交给了杨诗怡和张桢。"这是通信部对你们构造黑洞研究的回复，你们先收好。"他又缓缓坐回到椅子上，"通信部的苏部长和我很熟，他跟我说了上面的决定。他们给出了三个通信部的编制，希望诗怡、张桢和我进入通信部协同他们一起进行这项研究。我说我已经老了，而且身体不好，希望把机会让给年轻人，于是将术直推荐给了苏部长，但是他没有答应，可能就是因为保密问题吧，何况最近……"宋清明沉默片刻，没有把这句话说完整，"最终他们给了两个名额，诗怡和张桢，你们可以考虑一下。"

杨诗怡不假思索地说："我不想去，我想继续和您一起留在珞珈实验室。"

宋清明笑了："这也是我想说的第二件事，以后珞珈实验室就彻底不存在了，实验室将被通信部收编，所以你们两个还是在这里工作，继续向刘所长汇报。至于出资方沈梦这边，通信部收编之后将补偿你一笔钱，会略高于你之前的投资，算作对科学贡献的奖励。"

杨诗怡有些结巴地问道："那……那……那您怎么办？"

"我还没想好，只不过我觉得对不起术直，也对不起北原教授，没能给一个交代。"

北原连忙摇摇头说:“不是的宋教授,和您在一起的这段时间我真的学到了很多,能够参与这么有意义的研究,已经是我最大的荣幸了。而且……又出了小晴……松间晴的事情,我……”

宋教授摆摆手:“没关系,不用说了,不过你倒是提醒我了,刘所长说松间小姐不同意协助他们当双面间谍,所以只能走正常的司法流程。虽然这是刑事案件,但是考虑到外交问题的特殊性,她可以保释。这件事我已经和松间小姐说完了,我愿意做她的担保人,替她交保释金。”

见北原术直咬着嘴唇默不作声,宋清明摇着头笑了笑,转身望向窗外的天空:“很多事情,失去了才珍惜就晚了。是自己的心结重要,还是和对方在一起的生活重要?毕竟冷战一天,就少一天相处的时光。不要到老了之后再后悔年轻的时候没有珍惜这种幸福的日子。”

北原术直点了点头,依旧一言不发。

宋清明叹了口气,盯着远方出了神:“我的确是老了,总喜欢怀念过去咯。”他回身拿起桌上的相框,里面放着珞珈实验室剪彩那天四个人的合影,看到照片上甜美的笑容,仿佛北原术直不标准的普通话“鞋子”还在耳边回荡。

张桢回想起一年之前还对这间实验室抱有无限的期待,而今却落得一个四分五裂的结果,惋惜地感叹道:“要是能回到实验室刚成立的时候就好了。”一旁的杨诗怡也伤感地不停摇头。

沈梦环视了一下他们几个人,大胆提议:“你们可以再搞一个呀。”

张桢看着她,眼神里写满了疑惑。

“你们可以重建一个实验室呀。通信部也没有逼你们两个必须留在这里对不对？你们可以去新的地点继续干活嘛！不是说要补偿我一笔钱吗，拿出来再建一个实验室不就好了！与其让你们在这里悲伤地回忆过去，不如一起创造你们想要的未来呀。”

“我愿意。”张桢望向沈梦，眼神里写满了坚定和感谢。

“我也可以啊！”杨诗怡也赶忙表态，“但是……但是教授的身体情况……可以吗？”

北原疑惑地问：“教授身体怎么了？”

宋清明摆摆手：“没大事，之前诊断说肝癌早期，已经做过手术了，不碍事的。”

除了杨诗怡之外的三个人都大吃一惊，异口同声地说：“这种事怎么不告诉我们呢？”

宋清明淡淡地说：“我知道你们是好意，但是最让我难受的反而是别人超乎寻常的关心和照顾，因为它随时在提醒着我，我不是一个正常人。我不知道我还有多长时间，我只是不希望被别人另眼相看。现在我正在积极地进行康复治疗，所以你们也不要额外关照我什么。”

沈梦难以置信地问：“所以……也就是说，您同意啦？”

宋清明点点头：“这一年多以来的种种突发事件，早就让我偏离了初衷，这段时间虽然大家夜以继日地加班加点，有国内外各种资源的加持，在量子通信方向上的进展却是零。不过万幸的是，我们还在这个领域保持着绝对领先的地位，但是如果继续这么耽误下去，迟早会被别人迎头赶上。现在终于有机会从头再来，静下心搞自己的课题，说不定可以走出时宇的阴影，独自完成研究。”

想到自己的病情，宋清明叹了口气：“不知道命运给我留了多长时间，不过无论长短，至少可以掌握在自己手中，这也算是一种幸运吧。”

沈梦环视了一周，逐个确认了大家的表情，兴高采烈地说：“那就这么定啦！”说着就往张桢身上靠。北原术直的嘴角也微微上扬，露出了久违的笑容。

几个人迅速确定了分工——宋清明撰写给刘思锐的报告，沈梦去考察实验室的选址并且运作资金，另外三个人开始重新规划实验仪器的采购。他们各自回到办公室忙碌起来，每个人都感觉到前所未有的充实，好像是第一次为了自己的理想而努力。

不知不觉天已经黑了，北原的手机忽然响了起来，是松间晴打来的。两人用日语说了几句，北原就找借口离开了。

听到这两个人的关系终于破冰，张桢心里一阵高兴，他赶忙到隔壁找沈梦，迫不及待地想告诉她这个消息，一进门，就听沈梦尖叫道：“你来得正好，过来看看这个。”

张桢凑到电脑前，看到几张图片，上面是一幢极具现代感的建筑，外形圆润，呈流线型，大概三层高，全部用玻璃幕墙覆盖。入口两侧分别栽有几棵郁郁葱葱的大树，大树间的鹅卵石通道蜿蜒在翠绿的草坪上，乍看都分不清是实景图还是效果图。

“这是什么？”张桢好奇地问。

“我刚才给我哥打电话，告诉了他这件事，他说星汇科技刚好在杭州建一个研发中心，刚建成规模就不够了，正想卖出去呢。我立即让他把资料给我发了过来，我看了看这个大小正合适，可以用作咱们的实验室。”

张桢心想富贵人家的生活就是超乎想象，连“手里正好富裕一栋楼”这种事都能发生。

沈梦继续兴奋地说：“这个楼也都装修得差不多了，如果买下来的话能省咱们不少时间呢。”

张桢盯着屏幕，看着沈梦一页一页地翻着的图片，不由得沉醉在这样的画面中，憧憬着和沈梦搬到杭州之后即将开启全新的生活。

第二天，张桢感到前所未有的精力充沛，他迫不及待地想去上班。对未来的期望带给他的动力，丝毫不亚于科研上的突破性成果。

刚走进实验室的大门，张桢的手机就响了起来，刘思锐告诉他直接去会议室集合，有重要的事情。听着刘思锐的语气不像以往那么平静，张桢不免心生疑虑，时宇写的东西到底有多严重？难道就凭他一个人，在根本没踏入过实验室一步的情况下，就能把我们四个人五六年的研究成果都搞明白？那这人也太神了吧！

好奇心使然，张桢三步并作两步，拉着沈梦一路小跑到了会议室。他气喘吁吁地推开门，其他人也都到了，刘思锐站在前面，斜着身子靠在旁边的桌子上，脸色很差，想必是在办公室过了一夜。其他人都坐在下面皱着眉头，翻看一叠厚厚的材料，屋子里只剩下沙沙的翻页声。

刘思锐看到张桢和沈梦来了，也递给他俩每人一份材料："这是时宇昨天给我的'星云网'上的内容，我整理了一下打印了出来。情况比我想象的要复杂得多，所以我想先让你们看一下，听听你们的意见。"

两人接过材料，随便找了个地方坐下，也翻看起来。

第六章

第十九节

我是时宇，在深思熟虑之后，我决定把所知道的一切都写下来，我不希望最终全人类和我一样被蒙在鼓里。我写的这一切对你们来说可能难以相信，不过我会证明我写下的每一个字都是事实，没有任何谎言。

我来自公元2182年，我来到你们的时代是为了拯救我的家人。

在我的那个世界的21世纪末，构造共轭量子对的技术出现了，比你们的珞珈实验室晚了大概几十年，这项技术立即引发了量子通信和量子计算领域的科技革命。在此基础上，我们一步一步揭开了宇宙中困扰着人类上千年的疑惑。随后，量子物理领域有了突飞猛进的发展，短短十几年之内，我们不但掌握了稳定的量子通信，而且构造了黑洞，并且实现了利用黑洞进行物质的传送。更深层次的宇宙模型也一层一层在我们面前揭开了面纱。22世纪初，人类最终发现量子隧道还可以穿越时间，回到过去。虽然科学伦理制约着这项技术的发展，但是这一领域依旧吸引了大量科学家前赴后继地进行实验。近一个世纪之后，穿越时间的技术已经相当成熟，可以实现低成本、大规模地把包括生命在内的任何东西传送到过去任意一个时间点。虽然人类的实验成功了，但对时空穿越的理论研究却非常有限，主要原因是科学伦理部（Council of Technology Ethic，简称 CoTE）的限制。

CoTE 隶属于国联会。在我生活的时代，联合国早已没有任何影响力，国际秩序由 27 个发达国家组成的国家联合大会控制着，简称国联会。这 27 个国家虽然只拥有全球三分之一的人口，却掌控着 80%以上的农业和制造业，以及近乎全部的科技产业和服务业，可以算是人类有史以来最接近“世界联合政府”的机构了。

国联会之中，不仅经济合作部掌握着各个国家的命脉，其他的分支机构也在潜移默化地影响着全人类，比如 CoTE，负责审查和管制所有可能导致科学伦理问题的研究，包括针对人类活体的争议性实验以及人类基因改造等。

我就是 CoTE 的 37 名监察员之一，在那段时间，我们工作的重中之重就是审查时空穿越所创造的平行宇宙内的人类权利，以及其有可能引发的时空不一致等有争议的问题。但是我们的工作经常遭到误解，在媒体的宣传下，很多人认为我们是社会进步的绊脚石，是国联会的蛀虫。

争论的核心就是我们一直没有通过的《回溯法案》。《回溯法案》赋予任何人自由穿越到任意时间，并且可以携带任何必要的工具以保证其生存的权利。所谓“必要的工具”，是指自卫的武器，整个《回溯法案》的要义，就是赋予人类携带重型武器回到过去的地球的权利。如果过去时的人类胆敢反抗，他们就可以以“自卫”的名义进行屠杀，继而征服地球。对于拥有22世纪武器装备的人来说，征服地球轻而易举。

这种想法可能对于你们来说匪夷所思，但是当你们知道那个时候的生存环境之后，就会理解了。我并不是为我的同胞们这种卑劣的思想找借口，而是希望在你们批判我们之前，给你们提供足够的背景。

自从人类掌握了可控核聚变技术，我们就自恃拥有了源源不竭的能源，开始肆意改造环境，破坏地球几十亿年来形成的平衡，过度消耗廉价的电能制造食物和生活产品。起初的一段时间，人类的生活水平的确飞速提高，随之而来的是人类的欲望也肆无忌惮地膨胀起来：百年以来人类对能源的消耗呈指数级上涨。

到了后来，地球和月球上的重氢资源规模骤降，本以为够人类使用数万年的重氢在不到一个世纪的时间里就消耗殆尽。更可怕的是，由于过度透支环境，全球只有不到10%的土地适合人类生存。那里有新鲜的空气、碧蓝的天空和怡人的气候，居民保持着极高的生活水平。当然，支撑着这一切的，是人工创造的隔离岛和夸张的能量消耗。这些地方也就是国联会27国的主要人口聚集地。

剩下的土地中，有一半左右是沙漠、荒原，甚至辐射笼罩的废土，根本没有人居住。另一半土地虽然贫瘠，但还可以供人类勉强生活。除了国联会的27国，其他国家的国民都寄居于此。如果不是亲眼所见，根本无法相信这个事实。

人类与自然的抗争从未停滞，但是进程极为缓慢。比如寻找替代能源的“戴森球”计划——地球接收到的太阳光照仅仅是太阳辐射量的十亿分之一，如果能在太阳周围建造无数太阳能板把其耗散到宇宙的能量收集起来，总量也是很可观的。另外，人们也一直在探索星际殖民的可能，但是探测了周围上千光年，依旧没有找到一个星球有着类似地球的环境——有的缺少含氧的大气，有的缺少水源，有的太热或太小，总之没有一个让人满意。人类还尝试把木星恒星化，这样可以移民木星的卫星，等等。

这些想法虽然理论上完全可行，但是科研进程却面临着前所未有的阻力，其中最大的绊脚石就是《回溯法案》。

《回溯法案》就像是悬在人类社会上空的达摩克利斯之剑，自从它被提上议程开始，人们就认识到，随着环境的恶化，这项法案最终肯定会获得通过，因为当人们可以自由地侵略过去的地球时，资源和环境问题就会瞬间迎刃而解，任何科技领域的投资都会顷刻之间变得分文不值，所以也就没有资本青睐这些研究，只能靠民间或者非营利机构的捐款苦苦支撑。这些公益性质的项目在缺少资金的情况下，研究进展非常缓慢。

相比之下，重型武器却得到了迅猛的发展，因为《回溯法案》一旦通过，就会有大量武器装备的需求，使之成为最容易赚到钱的领域。而且，即使《回溯法案》迟迟没有通过，或者时空穿越出了什么问题，那些所谓的“上等人”还可以靠发动战争来掠夺人类最后的宜居地，所以制造武器是一桩稳赚不赔的生意。

所以在长达几十年的时间里，人类的注意力都集中在《回溯法案》的讨论上。这项法案从提出开始就备受批评，公众认为这是科研工作者不作为，惰于研发可替代能源的借口。更何况，入侵过去的地球就是对人权和生命的公然践踏，从伦理上说，回到以前的地球，哪怕是平行宇宙中的地球，对当时的人类进行屠杀，和搞种族灭绝有什么区别?

有些人认为，《回溯法案》是“歪门邪道”，是转移人们视线的障眼法，掩盖了真正的社会矛盾。现在这种病态的世界，都是由于财富的不平衡导致的，而这一切不平等的起源，就是“上等人”，他们自称为“进步者”(progressives)。

“进步者”超越地域和种族，奉行精英主义，自视高人一等，有着严格的“阶级”观念，大多位高权重，是各个领域的领袖人物。他们自认为是人类社会的主导，没有他们社会便会陷入混乱，其他人只不过都是社会进步所需要的燃料而已。他们人数不多，只占总人口的万分之一，但是却掌握着80%以上的财富和资源，国联会就是他们操纵世界的傀儡组织。

很多人认为，如果把“进步者”掌控的资源平均分给所有人，人类环境的恶化程度不会如此触目惊心，而《回溯法案》的提出，就是因为“进步者”的贪得无厌——地球上的资源已不够他们瓜分，他们才想开拓新的领土；而他们又不愿意开垦太阳系之外荒凉的行星，于是把目光放到了曾经的地球和上面无辜的人类身上。他们一边在加倍压榨底层居民的生存空间，同时还大言不惭地说地球已经超负荷运行了几个世纪，无以为继，劝底层居民与他们一起支持《回溯法案》。这种宣传攻势一开始没有什么效果，但是随着时间的推移，大多数人发现即使他们看穿了“进步者”的嘴脸，却也无能为力改变现状，只好默默地祈祷法案通过，等这些人出发去别的时代之后，自己的生活能有所改善。

那段时间，“进步者”视 CoTE 为阻碍《回溯法案》的眼中钉。而我作为拥有投票权的 37 人之一，是《回溯法案》坚定的反对者，在这场旷日持久的博弈之中，我深知我们这些反对者的投票至关重要，左右着人类的未来。

我们 37 人每两年投票一次，只有超过 20 人同意法案才可以通过。而反对者占据了 37 席中的 19 席，所以只要我们都坚持立场，这个法案就没有通过的可能。全球二百多亿人口只有不到十亿站在我们这边，这些人被称作“田园派”，他们大多对“进步者”造成的贫富不均非常不满，希望回到第一次工业革命前的生活。但是他们的声音非常微弱。除此之外，还有大概一半人口随波逐流，并不关心法案的走向，剩下将近一百亿人则是这项法案的狂热支持者。

欲望的沟壑让“进步者”对过去的地球摩拳擦掌。他们将对现状的不满转化为对我们的愤怒，我们 19 个反对派频繁地收到来自方方面面的威胁与恐吓，他们认为我们标榜虚无缥缈的道德，而置全人类的生存于不顾。

就在一次投票的前三个月，我的哥哥时航遭到不测，他是量子隧道研究领域颇有建树的学者，虽然没有投票权，但是在学术界有很强的号召力。所有证据都指向他登山时发生意外，但我知道这是他们对我的警告。同一天，还有一位《回溯法案》的反对者也出了“意外”，不过她运气好捡回一条命。

这两次“事故”之后，我能感觉到我们这 19 个人已经人人自危，极有可能放弃原则。我承认自己开始害怕了，我怕妻子时冰和女儿时晨会受到牵连，她们是无辜的，不应该因为我的立场受到惩罚。

于是我开始麻痹自己，说服自己说人类的生存条件已经非常恶劣，如果继续下去可能会灭绝。《回溯法案》或许是顺应历史潮流的，与其抗争，不如正确引导其发展。

我整理了哥哥生前留下来的材料，根据他的计划，我建议 CoTE 有条件地同意这个议案。

人类之所以“文明”，就是因为尊重个体的选择，而现在还有十亿“田园派”不支持《回溯法案》，不能仅仅因为少数服从多数就无视他们的选择。当有人选择去当杀人凶手的时候，他们应该有选择不成为帮凶的权利，更何况，让他们生活在一个祖先随时可能会被穿越者杀死的时代，也极为不公。因此，我提出了一个设想——为他们创造一个独立的生存空间。

人类必须继续进行木星的恒星化，其卫星将会成为这个恒星的行星，所有不愿意入侵过去地球的人，可以自愿到木星的卫星上定居。随后，再把这个微型的星系利用共轭量子改造成一个黑洞，从此与外界隔绝。而这些生活在木星星系中的人，就拥有了属于他们自己的微缩宇宙，其性质和我们现在身处的宇宙一样。这样一来，太阳系其他角落发生的事情便与他们无关。从外界看来，太阳系也只是少了一个行星而已。而且一旦木星黑洞建立起来，他们的宇宙就会有自己的时间进程，从此，无论是时间还是空间，木星宇宙都与地球再无瓜葛，人类从此一分为二。

按照木星的质量推算，起初的几千年中，恒星化的木星会达到 B 星等，也就是说比现在的太阳耀眼得多。而后其会逐渐降为和现在太阳类似的F星等，并持续将近一百万年。所以在殖民初期，人类可以在远木卫星上定居，随着时间的推移再向近木卫星迁移。虽然比起太阳的五十亿年寿命，木星的一百万年显得很短暂，但是考虑到人类文明在几千年之内就从刀耕火种发展到了时空穿梭、构造宇宙，为一百多万年之后的人类担忧，的确有些多余。

木星的第四颗卫星是最佳的落脚点，因为其表面被厚厚的冰层覆盖，一旦木星成为恒星，这些冰盖就会慢慢融化成为海洋，提供丰富的水资源。而且木卫四上还有一层稀薄的大气，氧含量已经可以和地球上的高原媲美，这就大大降低了拓荒的难度。只不过因为木卫四是同步自转卫星，永远只有一个面朝向木星，也就意味着其一面是永昼，一面是永夜，都不适合生存，人类只能定居在晨昏线上，每天看到“太阳”斜挂在天边，但是看不到日出和日落。

虽然做了大量的模拟实验，但人类毕竟没有殖民外星的经验，为了以防万一，我们还提出了备用计划——在木星星系黑洞化之后，地球依旧可以通过量子通信联络到木卫四，如遇紧急情况，可以利用量子信道建立物质通道，协助人们进入木星宇宙，或者帮助他们逃离那里。

无论是通信还是传输通道，都是基于共轭量子对实现的，也就是需要双方协作才能完成。任何一方如果不知道对方核心量子参数的话，都无法单独建立连接。知道与木星联络的量子参数的人，被称为“信使”。他们留在木星星系之外，和里面的人配合，打通传输信道。这也算是对移居木卫四的人类的保护，满足他们过田园生活的愿望，而不会被外界打扰。

当木卫四上的人遇到意外，想要离开那个宇宙，或者他们对地球人类社会恢复认同，允许别人进入，就可以借助“信使”建立连接，帮他们完成通道的构筑，完成物质或者人员的输送。

“信使”的选拔非常严格，首先需要挑选那些在社会上有名望，并且愿意承担这份责任的人。一旦被选为“信使”，他的所有家人都要移居到木卫四上。到了木星之后，“信使”的家人可以得到最好的资源和优厚的待遇，算是对“信使”与家人分离的补偿。一旦木星宇宙出现意外，“信使”本人势必会为了保证家人的安全，竭尽全力地打开量子通道，解救所有人。“信使”年迈之后，可以进入木星与家人团聚，并委任下一任“信使”，如此循环往复。

CoTE 花了一个多月的时间完善了这项议案，并且提议推迟投票，直到木星完全恒星化之后再做决定。本来我们以为“进步者”们会因为开支过大而极力反对，没想到他们欣然应允，然后就热火朝天地开始改造木星。

有“进步者”强大的资源支持，木星的恒星化进程超乎想象，最终仅用时短短一年，木星就被改造成了太阳系的第二颗恒星，从此，太阳系变成了双恒星星系。

双恒星星系在宇宙中并不罕见，但是在人类能够观察到的几万光年内的双星系统中，还没有人造恒星。我还记得木星核聚变开启的那一夜，看到远方的一颗行星被缓缓点亮，发出刺眼的光芒。我真的为自己是人类的一员而自豪。虽然这个奇迹的诞生是基于那些贪得无厌者自私的目的，但它毕竟是几万光年内都不曾存在的壮举，是人类文明成就之冠上的钻石。

木星成为恒星之后，人类又花了两年的时间观测其变化，并且初步建立了殖民地，让所有移民可以顺利地安居在木星星系中。报名进入木星星系的人开始陆陆续续地离开，这其中就包括我的妻子和女儿，而我作为计划的提出者，理所应当地成了一名“信使”。

离别那天，时冰看出了我的忧虑，安慰我说她非常向往新星球上的生活，一切都是崭新的，没有压迫和不公，人人平等，自力更生，用劳动换取食物。虽然我还有14年才能移交“信使”的接力棒和她们会合，但她说有我在外面她会感到安心，我就好像一个守护神，在另一个世界守护着她们。

对我而言，她进入那个新的世界是最好的选择，我终于可以不用日日夜夜地担惊受怕。在我失去哥哥之后，最害怕的莫过于再次失去亲人，哪怕要面临14年的分离，只要知道她和女儿能一切安好，我就毫无怨言。

在第一批出发去木星星系的移民离开之前，两千多名“信使”在发射场宣誓不会背叛即将远离自己的人类，如果他们出现危险，必然会不计代价地拯救他们，履行承诺。然后，我们眼看着搭载亲人的空天飞机发出淡蓝的火焰，缓缓离开大气层。我目送载着她和女儿的飞船缓缓消失在天边，驶向那颗耀眼的恒星，并祈祷他们一切顺利，希望我这个“信使”永远不要被派上用场。

不过这几年以来，希望移民到木星的“田园派”数量不断减少，有些人看到木卫四上荒凉的景象，想到他们要从零开始开拓一个贫瘠的星球便望而却步，而更多的“田园派”只是嘴上功夫，并没有勇气用实际行动捍卫他们口中的梦想。最终，只有一百六十多万人和我妻子一样登上了飞船。在接下来的一年多时间里，两百多艘飞船载着他们分批驶向木星，他们将会在几个月之后依次着陆，然后从内部开始构造黑洞把他们的星系遮蔽起来，继而这颗在太阳系存在了几十亿年的行星，这颗闪耀了不到几年的恒星，将永远从星图上消失。

与此同时，那些“进步者”操纵的工厂却丝毫没有懈怠，他们开足马力生产各种各样的武器，除了常规武器之外，还有生物武器、化学武器、电磁武器。国联会曾经禁止的反人类武器在回溯之后已经不再受到任何限制，可以随心所欲地使用。他们还组成了军团，其中最大的是由“进步者”组成的，大概有几百万人，堪比某些大国的正规军队，小型的也有数千人。各个军团通过对人类历史的简单划分，确保不会落在同一个时代，免得消耗战斗力——虽然他们每一次回到过去，都是创造了一个全新的平行宇宙，互相干涉的概率几乎是零。

一百至二百年前的近代是最理想的时代，因为那个时候的人类和现在相比不堪一击，而且那个时候核聚变的能源革命还没有开始，生态保护得相对完好，在他们的基础上建立现代城市更简单。越靠近古代，重建现代文明的代价就越大。大型军团已经把文艺复兴之后的地球瓜分殆尽，小型军团只能回到更远古的时代，但是所有人都乐观地以为，即使回到了石器时代，也要比待在现在的地球上好得多。每个人都憧憬着未来，期待着《回溯法案》的通过。

《回溯法案》在最后一批“田园派”启程之后的两个月表决,其实这次表决只不过是走个形式而已。“进步者”已经等待了将近三年的时间，对 CoTE 提出的所有要求照单全收,完成了木星恒星化,协助“田园派”建立木卫四的根据地。现在是我们履行之前约定的时候了。这次如果投下反对票,不但不会扭转最终结果,而且还可能会引来杀身之祸。

2181 年 12 月 23 日,《回溯法案》以 37 票同意的结果获得通过。法案将在 2182 年 1 月 1 日生效,这一年被定为回溯纪元元年。

每个人都沉浸在对未来无限期待的喜悦之中,所有人都显得异常慷慨,在离开之前把财产大方地送给选择留在这个年代的人。大家其乐融融,不分你我,世界一派安宁祥和的景象。

当 1 月 1 日零点的钟声响起，人们还没来得及互相说一句新年快乐,就迫不及待地戴上头盔,朝着传送设备出发。没想到就在此时发生了停电,使用人造光源的人类居住点尽数陷入黑暗。

全人类所有城市的电力系统无一例外地全部停机,备用系统也失效了,连一些没有并入电网的小型发电机也无法运转。几个小时之后,电力系统依旧没有恢复,人类开始恐慌,他们没见过如此大规模的停电。如果继续下去,不要说他们热切期待的时空转换,能不能活过明天都是问题,因为人类定居点严重依赖电力,空气净化、水处理、粮食生产、交通、通信……一切都随着停电而停摆,食品会迅速腐烂,居民也会因为氧含量过低而窒息。而且,因为大部分发电厂都是聚变电厂，一旦停电再重新启动要消耗相当长的时间，要重启全球的所有核电站，恐怕需要一年以上，在这种脆弱的生态环境下，不知道有多少人会遇难。

那个时候我还在家中不知所措。到了半夜两三点的时候，忽然有几个人破门而入，他们打着手电，明晃晃的光照在我的脸上，我什么都看不清。我心里有些害怕，刚要逃跑却被脚下的东西绊住，摔倒在地。

他们礼貌地把我扶了起来，核实了我的身份，我才看清他们是特勤局的人。他们告诉我情况紧急，让我拿上必需品跟随他们转移。于是我慌张地找到哥哥留给我的笔记本，又收拾了一些杂物，就匆忙地跟着他们下了楼，上了一辆车。

这辆车虽然大，但是上面已经挤了七八个人，我好不容易找了个位置挤进去，然后开始四下打量起来。这辆车和普通的无线充电车不一样，发动机发出的轰鸣声证明这是一辆内燃机车，燃料大概是柴油吧。我听说军方一直在秘密制造这种车，车上没有任何电子元件，全部是机械控制的，据说在核战争之后会派上用场，没想到今天便有了用武之地。

简单了解之后，我发现了车上所有人的共同点——都是“信使”。

一路上我们没有什么交流，我默默地看着远方明亮的木星，不知道妻女在那边是否安好，那边是不是也遇到了和我们一样的麻烦。

木星落下，太阳升起，不知道又过了多长时间，我们终于来到了目的地：剑南庇护所。据说这离剑门关很近，是一个建立在山洞中的军事基地，也是七个末日庇护所之一，负责人是一个中校，叫张一清，个子不高，但一看就不好惹。他带着我们在里面熟悉了一下。这里阴暗寒冷，微弱的灯光证明这里的电力系统没有被切断，只不过所有的电气设备都显得非常笨重，好像是几十年前甚至上百年前的古董，最深处还有一台柴油发电机，发出让人难以忍受的噪音。

除了我们几个刚到的人之外，这里还有二十多个人，和我们一样也是“信使”。虽然没有人跟我们解释到底发生了什么，但是我们也都猜出了一二。如果不是非常紧急的情况，我们这些“信使”是不会被安排到这个隐蔽的军事基地来的。

又过了几个小时，最后一批车队进入了庇护所，又带来了十几名“信使”。庇护所的水泥大门缓缓落下，几个士兵把胳膊粗细的金属门栓吃力地插上，把我们关在了里面。我们默默地看着这一切，没有一个人向我们解释，我们也没有提出异议。

随后，张一清给我们分配了房间，房间很小，两人一间，每个人有一张很窄的单人床，都不够翻身的。床上的被褥虽然看起来干净，但是却很潮湿，散发着霉味，房顶上的墙皮也经常脱落掉在我们头上。不过我们都没有抱怨，因为大家都知道，外面的情况肯定比这里糟糕得多。除了床之外，每个人还有一个床头柜和一盏古老的台灯，后来我们开玩笑地称之为“张一清家祖传台灯”。剑南庇护所中的东西都非常破旧，我们几个人就把看上去不像是这个世纪的东西都统称为“张一清家祖传”的，也算给我们不见阳光的生活增加一些乐趣吧。

我和一个大学教授被分到了一个房间，他叫何丛，比我大几岁。我们简单聊了聊自己的家庭和来之前的情况，然后又回到大厅去认识其他人。

借这个机会我也好好打量了一下这里的负责人张一清，大概只有五十多岁，在我们这个九十五岁才退休的时代，他还很年轻。他个子不高但是很精瘦，皮肤不像其他军人那么黑，可能是常年生活在黑暗中缺乏光照的原因吧。他不苟言笑，声音洪亮，目光坚定，和身边的两个身穿特勤局制服的人协调大家的宿舍安排，越来越多的"信使"围在张一清身边，想知道这里是什么地方，外面究竟发生了什么。

张一清告诉我们，剑南庇护所早在两个世纪之前就建好了，本来计划在战争开始之后作为最终手段，是一旦退无可退背水一战的最后机会。但是因为目前情况紧急，所以作保护"信使"之用。这里位置隐蔽，物资充足，即使在完全封闭的情况下，也足够三万人生活十余年，而目前这里除了几千名负责维护日常运转的士兵，只剩下我们三十多个"信使"，生存完全不是问题。

我们首先要做的，就是关闭所有无线传输设备，以免通过电信号暴露我们的位置。不过现在大部分设备都是超距无线充电的，因为无法充电早就已经关机了，我们唯一需要关闭的是生命灯塔系统——一个靠血液驱动，实时监测生命体征，如果出现危险就会自动发射信号报警的系统。

关于外界的情况，没有人清楚，我们所有人也都是通过和别人聊天听到一些关于外面的只言片语，大家虽然来自不同的居住点，但是经历却出奇相似：停电，混乱，对一切一无所知。

虽然身处危机，但是这里的所有人都显得异常镇定，可能是因为我们都是“信使”，我们最珍视的亲人已经在遥远的木星星系之中，他们可能没有面临我们地球人遇到的麻烦吧。大家都滞留在大厅中互相攀谈，不时还会爆发出一阵笑声，直到挂钟指向12点，我们才陆陆续续回屋睡觉。

第二天一早，我们通过视网膜广播系统（类似于你们这个年代的电视，是一种直接把影像和声音传输到视网膜的系统）了解到外面的情况——

《回溯法案》通过当天，大批来自2255年的人类就潜入了我们的地球，他们自称“净化者”，是一个民间组织。他们从历史书中得知这个年代的人类做出了如此野蛮的决定之后，想回到这个年代给人们一个教训，并且纠正他们的错误。他们认为既然我们可以冷血到入侵自己的祖辈，就应该有被后人征服的心理准备。他们确认了这项反人类法案的通过，用几天时间就破坏了所有时间传送装置，并且在新年前夜解除了人类的所有武装，摧毁了所有发电厂和每个城市的生命维持系统，让我们尝一尝被征服之后等待死亡的滋味。最讽刺的是，因为《回溯法案》的通过，他们的这种行为在现在这个世界是完全合法的，所以他们不仅仅在实力上碾压了我们，在逻辑上也把我们反驳得哑口无言。

他们认为，在无数个平行宇宙的人类之中，我们的行为是最卑劣的。放任我们这种罪恶的种子继续存在在这个世界上，是对全人类的不忠，只有把我们全部消灭才能“净化”人类这个种群。不过出于对同类的悲悯，以及鉴于我们之中还有很多“田园派”不愿意与残留在地球上的人同流合污，走向了荒凉的木星，他们觉得我们的邪恶还不是无药可救。于是入侵者最终决定给我们留下最后一条路，强迫所有剩余的人类跟随“田园派”移民到木星宇宙之中，接受“田园派”的管理，让他们唤回我们消失殆尽的人性。

侵略者会逐步恢复生活区域最基本的电力供应，给全人类一年左右的时间，到时候还没有离开地球的人会被消灭。他们还说已经监视了所有量子通道，如果有人敢尝试时空转移逃离，他们会在第一时间发现，后果自负。

与此同时，我们也接到了木星轨道上“田园派”发来的信息，他们说会推迟木星黑洞化的时间，尽可能接纳所有能抵达木星的人类，然后再做打算。

短短十几分钟的通信就这么结束了，信息量大得在场的每个人都说不出话来，我看到身边那些训练有素的军人，也不免露出惊恐的神色。

最不寒而栗的应该就是我了，因为我清楚地记得，哥哥死前警告过我类似的结果，理智告诉我，哥哥说的是对的，但我却抱着那么一丝侥幸心理，以为这些不会发生。

广播结束后，我们三十多个“信使”聚集在中央大厅不知所措，看到那些军人跑来跑去神色匆匆地忙着，我们却丝毫帮不上忙，倒是切身体会到了“百无一用是书生”这句话。

未几，我看到何丛和其他几个“信使”找到了张一清，希望他们联系外界，向净化者求情。既然他们不认同我们侵略前人，那么利用技术优势戕害我们也必然是他们所不齿的，只要唤起他们的同理心，就能逆转现在的局面。

张一清面无表情地告诉他们，在绝对的实力面前是没有什么道理可讲的，战场上拿不到的东西，也绝无可能在谈判桌上拿到。而且他没有权限把任何人放出剑南庇护所，不能允许任何人与外界联系，他只能执行上级交代的任务，目前的任务就是等待指示，这是他作为军人的天职。

随后的几天我们能收到的视网膜广播多了起来，大多来自人类自己的广播台，说净化者信守了他们的承诺，为大部分城市恢复了基本供电；很多媒体也恢复了运作，让我们可以看到世界的惨状。

短短几天，已经有很多人踏上了去木星的征程，出乎我们意料的是，“进步者”的军团在一周之内就陆陆续续地离开了，他们带走了一百多万半军事化的人口，还带走了很多物资。他们的飞船是最先进的，所以能比两个月之前出发的“田园派”还要提前到达木星。

作为人类的领袖，是他们把全人类带入这个深渊，而又是他们最先抛弃全人类逃亡。但所有剩下的人除了看着他们消失的方向仰天长叹，也别无他法。

当大多数人也开始踏上征途，人类才发现情况有多么严峻——人类已经放弃了载人航天将近百年，地球上可供利用的星际航行飞船本来就不多，“田园派” 的迁徙、“进步者”的逃离又带走了一大部分，所以满打满算，只有接近一千万人能到达木星。而且地球已经渐渐远离近木点，单程航行时间要超过八个月，如果按照“净化者”给出的时间表，他们断然没有时间再完成一次往返接送更多人。这就意味着全世界两百多亿人中，99%以上注定无法逃离地球，只能留在这里等待死亡。而能苟且逃命到木星上的人类也并没有多幸运，木卫四上的设施只够容纳两百万人，一下子闯进去上千万人之后，必定会因资源短缺而引发战争，到时候那些“田园派”面对装备精良的“进步者”的进攻，恐怕凶多吉少。

这一千万珍贵的去木星的机会，也无法合理地分配下去，因为国联会也没有办法决定谁去谁留，更何况“进步者”先行离开之后，他们控制的国联会名存实亡，不久，混乱就在世界各地蔓延开来。

大多数人放弃了争取合法登上飞船的希望，开始将目光转移到改造去月球的短途旅行飞船或者货运飞船上。随后的几个月，私自改造飞船在近地轨道爆炸的新闻比比皆是，但是丝毫不影响每天依旧有上百艘这样的飞船发射上天。即使他们能顺利离开大气层，抵达木星的可能性也几乎是零。

更可怕的是，短短几个月时间，世界各大定居点都开始暴发瘟疫，而这并不是由于电力短缺或者水污染，而是“净化者”的杰作。

早在16世纪西班牙殖民者踏足中美洲大陆的那一刻起，他们就已经把阿兹特克文明无法抵御的病菌传播了出去。所以即使最后西班牙人没有用坚船利炮攻下特诺奇蒂特兰，阿兹特克也一定会因为致命的细菌而变成一座死城。随着科技革命的爆发，人类对抗生素的依赖越来越严重，医疗水平飞速进步的同时，病毒的生存能力也逐渐增强，它们开始表现出对抗生素强大的抵抗力和对严酷环境的适应能力。而这种病毒就存在于“净化者”身上，对于一百年之后的人类来说日常携带的病毒对我们这个时代的人却是致命的。即使他们什么都不做，仅仅是出现在回溯元年，就可以轻易地消灭全球一半以上的人口。

那段时间，剑南庇护所里也人心惶惶，因为说不定有人就是那些致命病毒的宿主，只是无症状感染。不过万幸的是，因为每个人都是在新年之后很快就被带来了这里，致命的病毒没能穿透庇护所由水泥和铅板构筑的坚固的外墙。但是外面的人便没有那么幸运了，每天都有成千上万人死于疾病，有的新闻记者几天之前还辗转各地采访，几天之后就在医院里痛苦地死去，这样的例子比比皆是。

慢慢地，我们之中一些人的心态发生了变化，从幸灾乐祸，到事不关己，再到痛心疾首。因为毕竟这一切的始作俑者已经安全地逃离地球，飞向了遥远的木星，将剩下的大多数人留在地狱中忍受业火的焚溺。

也就在这段时间，我们终于得到了下一步指示。我们需要利用庇护所内的材料，重新制造一个可以运行的时空穿梭机。

这个指示让我们所有人都一头雾水，因为我们想象不到这个东西对于改变现状有什么意义。即使我们可以回到新年之前，难道凭借我们的力量就可以阻止《回溯法案》通过？

不过质疑这个词是不存在于军人的词典中的，从指令下达的那一天开始，庇护所内的所有人力都投入到建造穿梭机的工作中。这个庇护所的设计者的确很有远见，在这里能找到建造任何机械设备的材料，哪怕要在这里建成一个小型核电站也只是时间问题。不过因为那些军人中技术人员寥寥无几，即使有我们“信使”中经验丰富的学者帮忙，建造过程也非常缓慢。就这样，我们在暗无天日的洞穴中执行着一个看似毫无意义的任务，不觉又过去了两个月。

两个月以来，我每天唯一的娱乐活动就是看视网膜广播中的新闻，但其实将其称为“娱乐”并不贴切，因为每天的新闻内容无非就是哪里又因为争夺一架空天飞机而引发暴乱，哪两个军团又开始了局部战争，或者哪个居住点又因为瘟疫的暴发而消亡。往日繁荣的城市在不到百日间就衰败没落，那些洁白的墙壁也因为空气循环装置的失效而被空气中飘散的二氧化硫侵蚀。世界上那些繁荣了几千年的城市像多米诺骨牌般一个一个倒下，随之而来的是一连串触目惊心的死亡数字。不仅如此，有些病菌还被带上了飞船，疾病瞬间就感染了密闭空间的所有人。其他飞船不得不通过引力牵引把它们引导到其他航道上，避免更多的事故发生。

这样的场景，不禁让人联想到《圣经》中的天启四骑士，上帝派遣四个灭世天使来到地球，分别是瘟疫、饥荒、战争和死亡。“净化者”就如同天启四骑士的化身，他们的到来导致了瘟疫，他们破坏电力产生了饥荒，他们逼迫人类移民带来了战争，这一切终将归于死亡。

唯一不那么压抑的新闻，是每天国联会的“逃亡人数”通报。他们会估算已经逃向木星的人数，用逐渐增长的数字，宣告着人类的火种还在延续。

就在穿梭机即将完工的时候，我们得到消息，那一百多万“进步者”已经抵达了木卫四，在那里等候多时的“田园派”不计前嫌地欢迎了他们。

从“净化者”登陆地球的那一刻起，人类已经沦为流亡的种族，大家总会有种同是天涯沦落人的感觉。“田园派”愿意抛弃过往的成见和他们一同开拓木卫四，为迎接更多的移民做准备——看到这一切，庇护所里的我们放心了不少。

而就在几天之后，人们惊奇地发现，木星消失了。木星在毫无征兆的情况下黑洞化了，他们从内部关上了入口，关闭了这个人造宇宙，抛弃了所有人。成千上万艘火箭、飞船和空天机瞬间失去了目的地。它们大多因为超员而无法携带返航所需的足够燃料，却又不得不改变航向，在空旷的宇宙之中漫无目的地漂泊，我无法想象那些飞船上几个月之后会不会出现人吃人的惨状。还有一些飞船没有改变航向，而是撞入了木星的黑洞边界，没人知道它们是因为航行系统故障，还是孤注一掷想用这种方法闯入木星星系。还有少部分刚刚出发的飞船刚要折返回地球，就发生了爆炸，没有人知道究竟是什么原因。不过所有人都知道：地球不再欢迎他们了。

大家心知肚明，木星宇宙的关闭不是巧合。“进步者”不想和另外几百万人平分这个“世外桃源”，用武力夺取了木卫四的控制权，然后从内部封闭了宇宙，这种背叛已经不是第一次发生了。不过万幸的是，他们没有为难“田园派”，他们从木星宇宙内部建立了量子信道，传递了他们和平生活的影像过来，并昭告全世界，木卫四无法容纳更多居民了，所以他们艰难地做出了决定，为此他们十分自责。但是他们保证会延续人类文明的希望，继续发展科技，终有一天带领仅存的人类逃离这个黑洞。

庇护所中的我们看到这些人类的“精英”因为贪婪而四分五裂，为他们一次又一次地背叛自己的族群无比心痛。更让我们揪心的是，我们最亲近的家人会和这些恶魔生活在一起。而我们也终于意识到为什么要搭建时空传送装置——在目前的情况下，唯有“信使”建立通道把木星黑洞中的人解救出来，我们的文明才有延续的可能；而且也只有这样，我们的亲人才有可能逃脱“进步者”的魔爪。

如果继续留在这个时代，我们无能为力，只能靠“信使”分别穿越到不同的时代，借助那个时代人类的力量，才有可能建立通道，把他们从这个监狱式的避难所解救出来。

第二十节

在这个信念的支持下，我们所有“信使”全力帮助特勤局调试穿梭机，因为我们不知道“净化者”何时会找到这里，所以我们必须争分夺秒，抢在他们找到我们之前回到过去。与此同时，我们每个人也在盘算着自己的计划，找到合适的时代和目的地，把这个时代人类的技术借助他们之手来实现。这一点对我来说尤其困难，因为我没有什么学术背景，在短时间之内学会量子物理绝非易事，不过万幸我存留着哥哥的笔记，在何丛教授的帮助下，囫囵吞枣一般咽下了高数晦涩的概念。我心里非常忐忑，不知道我的所知所学，够不够点拨那个时代的人类。

正因如此，我对目的地非常挑剔，我一定要找到在量子通信领域刚刚启蒙，还没有深入了解的时代，这样我才能主导他们，再找到一个足够聪明可以用少量信息就领悟一切的人。最后我的目标是宋清明教授。根据我能查到的资料，宋教授一直在主导量子通信的研究，短短四十多年的职业生涯中，提出了数十项超出时代的构想和理论，几乎以一己之力完成了整个共轭量子通道的研究。所以我如果可以在合适的方向上点拨他，可以加速他的研究进展数十年，于是之后的每一天，我都为了这个目标而准备着。

不久之后，一个简易的穿梭机完工了，不过因为我们害怕它启动的瞬间会被“净化者”发现，威胁到整个庇护所的安全，所以并没有对其进行实际测试。

这台穿梭机的材料都是一直留在仓库中的老古董，所以外观呈现出远古时代的风格，被我们调侃为“一清家祖传的穿梭机”，这大概是我们最后一次开这样的玩笑了。

设备的简陋限制了穿梭机的功能，不过还好可以传送一个人和一些随身物品，对我们来说已经足够。对“信使”而言，最重要的财富就是我们头脑中的知识，和流淌在血液中的信念。

张一清告诉我们，特勤局的人只能保证我们十分钟的安全，所有人都要在这个时间之内传送完毕，平均到每个人头上只有不到半分钟。“净化者”随时可能出现在剑南庇护所的门口，轰开并不结实的大门，我们甚至不知道他们会不会直接出现在这幽暗的山洞之中。接下来的两天，我们注射了疫苗，都是针对远古时期传染病的，还对全身进行了彻底的消毒，以防我们向古人传播这个时代的病毒，导致他们的灭绝。然后就是紧锣密鼓的演练，一切都是那么仓促。

正式出发的一天终于到来，那天清晨，所有“信使”和张一清握手道别，没有人多说什么，彼此默然对视的眼神，就当是最终的送别。“信使”的未来是未知的，但是张一清和这里所有人的未来却是确定的，我们离开之后，“净化者”迟早会找到这个地方，让这些协助我们"逃脱"的人埋葬在这无名的山脚之下。我隐隐约约地感觉到，我们双方都对对方的命运有些许的羡慕。

很快，穿梭机开启了，发出比旁边柴油发电机更震耳欲聋的噪音。机械中心的圆环平台下的光圈由红变蓝，说明一切都已经准备就绪。第一位"信使"毫不犹豫地冲了进去，瞬间就悄无声息地消失在一闪而过的蓝光之中。操作员马上重新输入参数，第二位"信使"也紧跟着冲了进去，紧接着就是第三个，第四个……

虽然这一套流程已经无比熟练，但是实操还是比预演慢了许多，轮到我面前的何丛时已经过了十多分钟。我现在还记得他最后给了我一个意味深长的微笑，拍了拍我的肩膀，然后便义无反顾地冲上了平台。我愣住了，还记得第一天那个夜深人静的晚上，依稀听到他啜泣的声音，而今天，他却超乎寻常的坚毅和勇敢。

他的身影刚刚消失，一声巨响伴随着剧烈的震动从入口处传来。所有人都下意识地往门口望去。

"赶紧走！"张一清回头冲我喊了一声，就如离弦的箭一般向反方向冲了过去。

我大脑空白了几秒钟，然后才反应过来发生了什么，我赶紧抓住我的背包——那里面装的是哥哥的记录，我的笔记，还有几张家人的照片，慌忙地冲了上去。

这是我第一次进入穿梭机，我学着别人的样子跑了进去，站在上面还不到一秒钟，就感觉耳边回响的噪声越来越大，让我惊骇不已。目之所及的地方都闪着耀眼的光芒，让我有些头晕目眩，渐渐感觉无法站稳，一下子跌倒在地，怀里紧紧抱着我仅有的行李。我猜测着之前那声巨响的原因，应该是“净化者”攻破了剑南庇护所吧，张一清大概已经死了，那些年轻的战士也一定牺牲了。我身后的几个“信使”还能进入穿梭机吗？而我最担心的是，如果“净化者”很快攻破了庇护所，破坏了穿梭机，那我会怎么样？

也不知道过了多长时间，让我头痛欲裂的噪声慢慢减小，只剩下我嗡嗡的耳鸣，而眼前也从一片花白慢慢变暗。当我渐渐适应了新环境之后，看到了远方的灯光，甚至还能感受到清凉的风吹过我的全身，我第一次闻到了空气中刚下过雨的潮湿的味道，这是我这辈子头一次在户外闻到这种味道。几个月以来，我第一次看到了月亮，从月相上看还有几个小时才会日出，然后又下意识地看了看木星的方向，这是最近几年养成的习惯，木星依然是夜空中最显眼的那一颗，只不过远不如恒星化之后那么明亮罢了。想到这里，我又担心起我的妻子和女儿来。

何丛告诉过我，比起我们的家人，我们更需要担心的是我们自己。因为木星内部已经成为一个封闭的宇宙，从此就脱离了我们这个世界，而有了独立的时间进程。只要我们按照规程操作，无论中间浪费了多少时间，一定可以回到对方刚刚进入黑洞的那一刻。就好像在视网膜广播上购买的电影，无论我们之前花了多久做准备工作，电影都会从最开始的一瞬间播放，只要不点击放映键，木星宇宙中的一切，对我们这个世界而言，就如同静止一般。所以说，与其担心家人的安危，不如担心我们能不能在有生之年完成这个任务。

虽然“信使”有两千名，但是我不知道有多少人在回溯元年的那次打击中存活了下来，其他人会不会像我们这么幸运进入了庇护所。最悲观地看，整个木星上两百万人的希望，都寄托在我们三十多个人身上。这种压力让我透不过气来。

我顺着水流的声音找到了长江，然后沿江走着，到武汉市区的时候，天已经全亮了。

我用了几周的时间，尝试着融入这个时代的社会。其实在我们那个年代，有很多关于这个时代的游戏和影视节目。所以我对这个世界谈不上陌生，但是真正生活起来，我才知道还有很多习惯需要克服。我没几天就找到了一份工作，在一个车场给人工智能做调度员。虽然挣不了多少钱，但是工作很轻松，可以让我一步一步实现我的计划，接近宋清明教授。

于是我经常出现在武汉大学，四处打听宋教授的讲座，然后作为旁听者向他提问，一点一点地向他透露了关于量子通信的所有设想。宋教授果然没有让我失望，仅仅靠着我一知半解的只言片语，他就接连不断重现了我们那个时代的假设和思路。随后我们更加频繁地见面，加速了他的研究进程，仅仅用了三年时间，他就完成了人类用了半个世纪才完成的研究——不仅仅是因为有人给他指出正确的方向，也因为他是宋清明。

经过三年与宋教授的共事，我发现他不但聪明博学，身上还带着我最欣赏的坚持原则和正直。在给他提示了这么多未来的技术之后，我也期待着可以看到他功成名就的那一天，也算是我利用他之后给他带来的补偿。但是我没有想到的是，不久之后，因为我的灌输，宋教授完全放弃了独立研究的动力。可能是因为他用了太长时间一味地验证和追寻我提供给他的方向，而开始质疑自己的能力和水平，丧失了对自己才能的信心，因为预知了答案而放弃了对真理的追求。之后的一段时间，我可以隐约地感受到，宋教授对工作已经不再那么有热情，更像是出于对社会的责任而去完成任务一般。看到他这个样子我心怀愧疚，但是想到在木星的家人，我也只得继续欺骗下去。

不过我的计划进展得非常顺利，在我的引导下，宋教授不但完美复制了制备共轭量子对的过程，并且使用的也是我提供的核心参数，这一组核心参数是我们每个“信使”铭记于心的信息，用它构造出来的量子核心可以保证和木星宇宙中的“田园派”建立量子信道。

所以“谷雨一号”联络到所谓的“外星人”根本不是什么偶然，而是我们计划之中的关键一步。“谷雨一号”最开始收到的信号，就是“信使”和“田园派”商定的代码。在这次建立联系之前，两个宇宙的时间流逝是相对独立的，但是一旦建立联系之后，因果律就开始发挥作用，两个世界的时间就同步了。

令我没有想到的是，他们建立联系后，实验室被接管，从此我就无法再参与这个计划。能否说服人类打开黑洞就只有靠木星上的人自己的智慧了。

在一开始人类想用穷举法教会他们四则运算的时候，他们大概已经猜到，你们误以为他们是外星文明，于是他们将错就错。因为在回溯元年，人类依旧没有遇到过外星文明，所以他们有把握地猜测，在另一个平行宇宙中的你们也从未遇到过，也知道人类对外星技术的崇拜和轻信；正如他们自己也同样崇拜过外星人。

当IACC给他们发送所有公式的时候，他们很“善良”地把几十年之前的过时技术分享给了你们，所以人类会以为他们是善意的，愿意帮助人类实现科技的进步。他们还故意装作对氨基酸和蛋白质一窍不通，并且找你们要这两种有机物的信息。因为他们作为贪婪和不信任的化身，深知人性的弱点：人类是无法相信别人（哪怕是文化不通的外星人）会释放善意而不求回报的，当你们给了他们蛋白质信息的时候，当你们时刻担心他们会搞清楚人类身体结构的时候，你们在其他方面就会放松警惕，他们就可以利用技术先进的优势蒙骗人类，逐步掌握量子黑洞的技术。

其实，就算我还在珞珈实验室里，光凭我一己之力也没有办法劝说人类花巨额资金在外太空构造一个黑洞。而木星上的人借助“外星人”的地位优势却很容易劝说你们做到这一点。不过他们的自大让我非常惊讶，他们毫不避讳地告诉你们他们起源于一个类似地球的星球，目前在“卡利斯托”星上进行星际移民。这都是事实，因为早在17世纪，意大利的物理学家伽利略就已经把他们栖息的木卫四命名为“卡利斯托”。

而且，作为人类，他们对你们的了解和心理的拿捏也超出了我的想象。他们并没有直接给你们提供构造黑洞的方法，他们知道这么做会让你们起疑心，所以他们只是给了你们提示，然后耐心等待。他们知道出于人类的本能——好奇心和求知欲，不用他们说，你们就会自发地建立一个黑洞，作为宇宙最神秘的天体，这对你们简直是太具诱惑了。当你们的黑洞建立成功，他们只需建立一个同频的黑洞，就可以在另一端打开通道，逃离那个狭小的宇宙，逃离注定将会热寂的命运。

他们的计划很成功，我上次听到宋教授说通信部已经有计划在月球附近建立环地黑洞了。你们最终还是按照他们设计的剧本，一步一步地走了下来。

不过这些也不应该是我需要操心的事情了，我已经完成了一个“信使”的职责，做完这一切之后，留给我的时间也不多了。四年之前我登陆这里的时候是66岁，在我们的社会中，还算是青壮年，而且由于我那个时代的技术和生活水平，我看起来和你们这里三十多岁的年轻人差不多。不过来到这里四年之后，因为生活环境的变化，我加速衰老，现在看起来和你们这里七十多岁的老人没有什么差别了。照这个速度下去，我可能没办法见到我的家人了，所以我想方设法在我生命的末尾联系上他们。不过也正是因为这个机缘巧合，我发现了一个重大的秘密和无耻的背叛，才会给你们写下这封信。

因为我无法进入珞珈实验室，所以只好冒险构造了一个量子信道，联系上木星宇宙，然后再择机联系我的家人。本来一切都很顺利，但不巧的是这个信道和珞珈实验室中的一个信道冲突，使得那一个信道失效了，这也是珞珈实验室开始怀疑我的原因。我想过我自己暴露的可能性，也知道珞珈实验室的人迟早会找到我，揭露我所做的一切。不过，这是我几年以来距离我家人最近的一次，我必须要承担这个风险。

用了几周的时间，我的信道顺利地联系上了“卡利斯托”，因为这两个宇宙已经建立了通信联系，在因果律的作用下，两个世界的时间已经同步了，我联系上的是他们黑洞化之后的第二年。他们告诉我木卫四上一切都好，我的家人也处于政府的保护之中，无需担心，他们非常感激我忠诚地履行了“信使”的职责，一切都在按计划进行。但是他们也告诉我最近“卡利斯托”非常不稳定，地震频发，所有人都希望能尽早离开那里，希望我继续从外部配合他们。

我向他们提出想见见我的家人，他们说现在没办法安排，但是给我发来了一段影像，是时冰带着女儿拍的，她们告诉我她们过得很自在，平时生活清闲，“卡利斯托”秩序井然，希望我不要担心，也希望我们可以早日团聚。

得到这个消息之后我欣喜若狂，天真地以为我和家人马上就可以相见，我这几年以来的努力没有白费。

随后我就经常联系“卡利斯托”，希望能得到家人的信息，但是却毫无音信。直到有一天，我的女儿联系上我，告诉我木星宇宙关闭之后的真实情况，让我看清了那里住着的都是怎样一群魔鬼……

在“进步者”登陆木卫四的那一天，因为“田园派”和他们的理念不同，冲突的种子就埋了下去。

“田园派”认为地球之所以会成为现在的样子，就是因为“进步者”代表的上层阶级贪得无厌，用物质化的生活和无底线的娱乐麻痹了底层人民，让他们心甘情愿地沦为自己欲望的奴隶，然后安于被“进步者”控制的生活模式。在“卡利斯托”,他们要建立一个简单而平等的社会,恢复简单的农耕细作,取代低效率高浪费的机械生产。人们应该看清什么是他们真正需要的东西,而不是被消费主义迷惑而追求那些华而不实的产品。那种建立在高额能源浪费上的光鲜而虚荣的社会,不应该是“卡利斯托”的未来,这里是新人类的世界,不能再重蹈地球的覆辙。

而“进步者”认为,人类社会之所以进化到这种模式下,必然有其内在原因,也就是“存在即合理”。人类经过了漫长的自然选择,无数个文明覆灭,那些低级幼稚的模式都遭到了淘汰,只剩下现在的模式坚强地留存了下来,不能因为一些人虚无缥缈的幻想就全盘推翻。而且现在人类生存条件恶劣,没有多余的空间给他们做这种社会性实验,如果不从一开始就严格管理,推行自动化和机械化,人类很可能在第一次自然灾害发生的时候就全部灭绝。即使一切顺利,没有科技发展的星球,在一个极其有限的封闭的空间之内,也迟早会因为熵增而达到热寂,导致人类灭绝。现在木星是人类保存火种唯一的希望,“进步者”绝对不允许这种事件的发生。

所以没过几天,在“田园派”毫无防备的情况下,“进步者”不费吹灰之力就控制了星球的通信把持了议会。“田园派”结构松散,没有什么武装力量,甚至都没有民选领袖。相比之下,“进步者”有着严格的组织结构,还有一个大型军团听其号令,所以两边人数虽然相差不大,但是战斗力却有天壤之别。不久之后,“进步者”就控制了整个行星,然后从内部闭合了宇宙。还在航线上的几百万人好不容易从地球上抢来的生存机会,就这样被“进步者”无情地剥夺了。

这种没有人性的背叛却并未引起“卡利斯托”上人们的愤怒，因为大部分“田园派”都认为他们罪有应得，那些人虽然可怜，但是他们都是《回溯法案》的坚定支持者。既然他们最开始接受弱肉强食的社会达尔文法则，那么当他们沦为更强的种群屠杀的对象时，也应该欣然接受这个命运。从这个角度来说，“进步者”只是通过这种方式裁决了他们。

但这些“田园派”忽略了一点，最应该接受裁决的，就是那些“进步者”自己，而现在他们却作为执行官，处决了那些忠诚的追随者。

“田园派”中的大多数默默地接受了自己的世界被“进步者”统治的结果，但是也有一部分人奋起反抗，他们的核心成员是“信使”的家属，因为所有身在“卡利斯托”的人都明白，无论如何发展，最终的目标都是逃出这个黑洞，这需要依靠“信使”的力量，所以“信使”的家属就成为最安全的人。一旦他们遭到不测，“信使”极有可能因为失去与家人团聚的机会而放弃“卡利斯托”上的所有人类，因而无论“信使”的家属做了什么，“进步者”也绝对不敢动他们分毫，哪怕两派之间的矛盾不断升级，剑拔弩张，冲突一触即发。

没过多久，“卡利斯托”发生了地震，很多人猜测，是卡利斯托地幔中充满的高压冻结的异形冰晶体在吸收热量后快速融化所致。不过这一次“进步者”反应迅速，不但对后续的几次余震进行了预警，而且积极救援所有居民，包括曾经对抗他们的反对者，还把他们从地球带来的大量物资慷慨地分发出去。如果没有他们的帮助，“卡利斯托”上的很多人恐怕都活不到联系上“信使”的那一天。

此后，“进步者”和大部分“田园派”的关系便缓和了不少，很多“田园派”感受到了生存的艰难，放弃了对美好田园生活的幻想，也放弃了和“进步者”的对抗，他们觉得人类不应该再继续内耗下去，很多人甚至被“进步者”同化，加入了他们。越来越多的“田园派”开始接受“进步者”的管理，而后者也“不计前嫌”地接受了所有愿意向他们投诚的人。这一次灾难反而让“卡利斯托”的秩序有条不紊起来。

时冰却依旧保持着对“进步者”的敌意，她知道这只是他们收买人心的假象而已，如果按照这个趋势，木星会走上和地球一模一样的道路，而用技术扩张解决现有问题的方法无异于饮鸩止渴，再多的资源，也满足不了指数增长的欲望。到时候，“卡利斯托”版的《回溯法案》会再一次提出，未来的人会一次一次重复回到木星宇宙刚刚黑洞化的状态，屠杀掉这里的居民。只不过这一次，被侵略的不再是我们的祖先，而是我们在平行时空中的自己。

时冰带着女儿花了很长时间宣扬自己的理论，号召人们不要只看到眼前的发展而不顾未来，但是认同她的人却越来越少。她变得越来越偏执，越来越奇怪。不久之后，有人在海边发现了她的尸体，附近没有争斗的痕迹，也没有目击者，这个事件最终被定性为自杀。“进步者”给她举行了很高规格的葬礼，大概是想向全世界展示他们对敌人的宽宏大量，想用我妻子的死来收买人心。

时冰在我和“进步者”建立联系之前就死了，但是他们向我隐瞒了这一切，就是为了让我抱着对家人的想念，把他们救出去。他们之前给我发的视频材料都是假的，这一切都是他们的缓兵之计。我早就应该想到的，做出一段以假乱真的视频，根本就不费吹灰之力。

女儿时晨对母亲的死一直心存疑惑，认为并没有那么简单。她花了很多时间得到了“进步者”的信任，进入了政府部门，依靠他们的内部资料进行了深入的调查，也冒着风险联络上了我。在潜入“进步者”内部的过程中，她发现了他们的冷血无情和对生命的蔑视，也理解了母亲为什么为了那个看似偏执的信念奋斗了终生。

经过调查，她发现母亲的确是自杀的，但是自杀的原因却让她无法平静。时冰已经对那个人类世界绝望，认为那些“进步者”已经变成了魔鬼，不应该再获得自由。而她知道只要她还活着，作为“信使”的我就不可能忍心把她们母女永远地关在那里，我一定会想尽办法把她们和所有人从木星之中解救出来。她不想让我为难，也不想放弃她的信念，才会选择结束自己的生命。

在了解了这些之后，我女儿也意识到，她和母亲处于同样的境遇，事到如今，她只有追寻母亲的脚步，才能确保关在“卡利斯托”这座监狱的杀人凶手永远不会被释放……

信息到这里就结束了，我不知道女儿的下落，那时我所有的悲伤都转化成了愤怒。“进步者”已经害死了太多人，我的家人，剑南庇护所的张一清还有无数士兵，所有在回溯元年牺牲的平民，以及逃离了地球却又被他们关在木星之外的人，每一笔账都应该算在他们头上。

和女儿联系过之后，我再也没有联系过“卡利斯托”上的“进步者”，他们却主动找了过来。他们已经知道我女儿联系上了我，她并没有自杀，而且他们“宽容”地赦免了她，并把她看护起来，让我不要担心。但是我告诉他们，从我发现妻子的视频是伪造的之后，就对他们失去了信任，无论是我还是其他“信使”，都不过是他们可以随意操纵、用之即弃的棋子而已。现在我要成为棋手，竭尽全力与他们对抗，确保他们永远被关在那个孤独的宇宙之中。

他们丝毫不在意我的威胁，反而嘲笑我们这些“低层”的人注定无法理解他们的宏大信念和责任感。在他们看来，正是因为他们一直掌控着人类的命运，为发展保驾护航，人类才可以发展到今天这个程度。

“进步者”告诉我，他们也只是棋子而已，真的棋手是贪婪和肮脏的人性。人们之所以选择他们作为领袖，是因为他们可以填满人们对物质的渴望，可以让人们毫不费力地生活，享受奢侈的福利，而这些福利只有靠压榨其他人才可以实现。凡是不那么做的社会形态，都被淘汰了，而只剩下这一种稳定的、建立在丑恶的人性上的结构，让人类文明延续了上千年。

我告诉他们，因为他们的决定日后引来了“净化者”，整个地球都已毁灭，曾经可以拥有浩瀚宇宙的人类，现在躲在了太阳系一隅，从宜居的地球流落到灾难频发的星球，每天都在生死线上挣扎。他们竟然还敢称自己为人类保驾护航，应该说是人类流亡的罪魁祸首才对。那些曾经抱着坚定信念的“田园派”，敢于来到荒凉的“卡利斯托”建设梦想世界的先驱，却被他们大言不惭地污蔑为贪图物质追求安逸的人……他们犯的罪已经够多了，我不可能让他们的这种思想再污染二十一世纪的人。

他们知道尝试说服我只是徒劳，于是告诉我无论是哪个时代，人类的命运都是由少数人决定的，我的影响已经无关紧要。现在他们既然已经和人类建立了联系，他们相信二十一世纪的领袖们会理解他们的想法，并且看到释放他们对于人类的好处。他们说在仔细权衡之后会做出理智的决定，而不会像我一样意气用事，像我这种无名之辈，是无法改变历史的趋势的。

我不知道最终“进步者”主导的“卡利斯托”会如何与你们的领袖达成一致，也不知道“进步者”的思想在这个时代是否存在，但无论如何，我都不允许他们替全人类做出决定，我相信这个世界无法被少数人控制。所以我把我知道的一切都写成了你们现在正在看的这些文字，并把它翻译成多国语言，同时发送给了全世界五百多家媒体，谁都无法阻止让全世界的人看到黑洞构造背后的真相。

我希望你们不要被“卡利斯托”的花言巧语所欺骗，千万不要把他们从那个世界中释放出来……

第七章

第二十一节

张桢看完了时宇写的东西，难以想象原来他们牵扯进了如此错综复杂的事情之中，与此同时，他心里也有很多疑问。他抬起头环视了一周，没有看到刘思锐的踪影。

沈梦看出他的疑惑："刘所长刚才接了个电话就走了。你没注意到吗？"

张桢又看了看四周，除了北原术直之外，其他人都已经看完了时宇写的内容，宋教授脸色惨白，目光有些呆滞。

"刘所长肯定是去时宇那里了。"张桢大声说道，"咱们也过去找她吧。"然后就招呼所有人起身离开。杨诗怡扶着宋清明，几个人一起上了沈梦的车。

不一会儿，几个人来到时宇的家，房门大敞着，两个武警笔直地站在门口拦住了他们。屋里也有好几个警察，和几个穿白大褂的在谈论着什么。

刘思锐听到门口有动静，从里屋出来瞟了一眼，说："让他们进来吧。"说着又转身走进了房间。

几个人走了进去，发现刘思锐正呆坐在书桌前，手中拿着时宇的自白信，而时宇躺在床上，面色安详。他身边蹲着两个法医，正在拿棉签刮取他口腔里的东西。屋子里弥漫着一股浓烈的腐败的味道。

沈梦“啊”的一声尖叫着跑了出去，杨诗怡见状也差点吐了出来，张桢则愣在一边没有动。

“上午他们告诉我里面很久没有动静了，于是我让他们破门，发现时宇已经死了。应该是自杀。”刘思锐平缓地说，她晃了晃手中时宇的星云盘账户卡，“这应该就是他的遗书。”

张桢忽然想起，在“遗书”的开篇，时宇说会证明自己没有撒谎，原来自杀就是他证明自己的方法，可能只有这样别人才会相信他没有任何欺骗的动机吧。想想他们一家三口都是为同一个信念自杀而死，张桢不禁感到唏嘘。

刘思锐又对法医低声说了几句话，吩咐一定要对时宇进行细致的尸检，然后对张桢等人说：“回实验室吧，这里没有什么可看的了。”

珞珈实验室会议室，众人围坐。

“时宇的信我已经上报了。”刘思锐镇定的语气中带着隐藏不住的疲倦。

沈梦小心翼翼地说：“刘所长，这个事情已经在网上传遍了。我回来的路上看到了好几条新闻，内容都是时宇的信，和您给我们的东西一字不差，还有其他语言版本的，都公布出来了。”

刘思锐点点头，语气依旧波澜不惊：“对，回来的路上我看到了。”

杨诗怡试探道：“那你不会受到影响吧？”

刘思锐摇摇头:“这件事有我的责任,我本应仔细调查他的来历,但出于同情心我没有按照流程行事,更何况这一切都是在我的监管下发生的。”

她轻描淡写的语气并没有让其他人安下心来,没人知道等待她的会是什么结果。

沈梦很认真地对刘思锐说:“刘所长,我不知道这件事最后会如何,不过我们昨天已经商量好了,宋教授会建立一个第二路珈实验室,地点我都找好了,就在杭州西湖边上。小桢、小怡还有小直都同意了,我们也欢迎你一起来呀。”

刘思锐罕见地抬起头对沈梦微笑:“我会考虑的。”

沈梦欢呼着站起来:“别想了,反正是福不是祸,是祸躲不过,所有的事情都已经水落石出了,咱们去黄鹤楼喝个痛快呗!”

刘思锐跟着沈梦一起站了起来,算是同意了这个提议,大家一起走出实验室,暂时把即将到来的严重后果抛到脑后,先去过一把“今朝有酒今朝醉”的瘾。

一路上,沈梦绘声绘色地向宋教授和杨诗怡描述她为第二路珈实验室选定的大楼,不过张桢一个字都没有听进去,他用手机搜索“木星黑洞”这个关键词,上万条索引弹了出来,他快速地浏览着网络上的评论,特别是公众对木星黑洞中人类的看法。

首先映入眼帘的是一部分人对珞珈实验室的指责,他们认为宋教授的研究差点给人类酿成大祸;也有一些人为他们辩护,称发生这种事情是谁都无法预料到的,他们只是尽自己科研人员的责任而已,更何况正是因为珞珈实验室,人类的第一个聚变电站横门核电站才会进展得如此顺利。对于珞珈实验室的声望从之前的“人类科技之光”一落千丈,张桢毫不在意,反正这个实验室即将不复存在了。

网上更多的声音是在讨论是否应该接纳这些来自未来的“移民”，主流观点有三个。第一种观点认为木星内部依旧是由“田园派”执掌大权，只是出于对未来的恐惧和焦虑才会向时宇隐瞒妻子和女儿的死讯。对他们而言，因为只有一小部分“信使”在“净化者”入侵之后幸免于难，所以可以依靠的人少之又少，而时宇既然成功建立了量子通信，他们必然把时宇当作救命稻草，一旦向他透露妻女都已自杀的消息，出于愤怒和报复，时宇肯定不会为拯救“卡利斯托”人付出任何努力。基于对那个宇宙中上百万人类负责的考虑，他们只得欺骗他继续履行“信使”的责任。一旦这些人被释放，他们就会回归善良平和的本性，不会与现在的人类有什么冲突——毕竟他们只有几百万人，无法在这个社会中成为主流。而且，他们还极有可能出于感恩分享他们的技术，提升人类的生活水平。毕竟之前在通过量子通信联络的时候，他们就已经把所有可控核聚变的技术分享给了人类，证明了他们的善意。既然大家都是同胞，就不应该见死不救。不过，这种言论下面的大量回复中，绝大多数都在指责“楼主”的单纯和幼稚，甚至不乏谩骂的声音。

第二种想法赞同的声音更多。他们认为，根据时宇的描述，显然“进步者”已经完全掌控了木星，而他们的罪行可谓罄竹难书，一开始通过暗杀来胁迫 CoTE 委员就范，支持《回溯法案》并谋划针对其他时代人类的屠杀，在被“净化者”威胁之后提前逃走，又在登陆木星之后关闭大门，几乎导致了全人类的灭绝。这种一而再再而三地对人类的背叛和对生命的漠视，已经让他们失去了被原谅的资格。更何况，他们掌握着人类无法企及的先进技术，并且早已做好入侵人类的一切准备。把他们放出来，就等于把整个地球拱手相让。至于他们提到的种族延续之类的说法更是无稽之谈，他们只来自于一个特定的年代，根本谈不上“灭绝”，“人类”还安安稳稳地生活在地球上，他们在木星中被关到发霉也不会对人类有一丝一毫的影响。

第三种观点的争议性最大。他们认为按照时宇的估计，木星宇宙中的人可以继续存活几千年甚至上万年。既然他们已经和珞珈实验室建立了量子通信，在未来的几百年之中，他们或许还可以跟全世界的其他组织或者国家建立联系。而且他们只是妄图占领地球的生存环境，并不是电影中为了毁灭世界而毁灭世界的恶魔，他们可能以许诺出让世界的一部分为条件，诱惑某些组织把他们释放出来，协助他们征服整个世界。而没有人可以保证在未来的上千年中，人类不会出现这样的叛徒。

更为棘手的事情是，在多个国家与“卡利斯托”建立通信之后，他们会给人类出一道选择题：最先构造出黑洞释放他们的国家将会被赦免，其他国家都会沦为一片焦土。人类之间的博弈最终会让全人类成为输家，而惟一的赢家则是“卡利斯托”上的“进步者”。

即使“卡利斯托”没有作为瓶中的恶魔来诱惑人类，某个有能力构造黑洞的国家也可能主动和“卡利斯托”达成某种协议，让对方在扫平世界的同时，保全他们的国土，以此来要挟国际社会达成他们的某些不合理要求。和“卡利斯托”的联系，就成了这个世界新的“核威慑”。

既然无法指望全人类组成统一阵线，不如现在就把危险控制在可控范围之内。可以通过某些方法消除“卡利斯托”的威胁，如销毁他们的所有武器,命其严格接受管制等,然后再慢慢地同化他们,把他们接纳到现在的人类社会中来,这样才能一劳永逸。

这种观点的质疑声最大,“如何实现“卡利斯托”的无害化”成为争议的焦点。

除了这三种观点之外,还有一部分人对时宇信中的内容提出质疑。其中有些也正是张桢的疑惑,但是现在这些问题都随着时宇的离去而成了永远解不开的谜。张桢放下手机,安静地看着远处的天空,静静地思考着。

车行不久,他们来到了餐厅,出于意料的是松间晴正在里面等着他们。

“她怎么也在?”张桢小声问沈梦。

“我叫她来的,反正又不是你花钱,哪这么多话?”沈梦白了他一眼。

北原术直见到松间晴之后显得有些尴尬,倒是松间晴很大方地和所有人打起了招呼。众人依次落座,大家很默契地留了两个相邻的位置给这两个日本人。

为了缓解尴尬,张桢把刚才从网上看到的关于“卡利斯托”的观点跟大家说了一遍,然后直截了当地问道:“刘所长,您认为呢?”

刘思锐思考了一下,缓慢而平静地回答:“现在这件事情很多细节还没有搞清,我也不好下结论。”

沈梦好奇地看着她:“有什么没搞清的呀,时宇五十多页的资料不是都说明白了吗?”张桢和北原也跟着点了点头。

刘思锐皱了皱眉头:“这只是他的一面之词,必须要参考双方的说法才可以做决定。从文章中我可以看出来,虽然时宇努力让自己的文字客观中立，但是考虑到他的立场，难免会夹杂个人情感在里面。所以还是要听他称之为‘进步者’的那些人是如何解释的。”

沈梦继续用吃惊的语气说道：“如果去问他们，他们肯定不会说实话的呀。”

刘思锐转头盯着沈梦，目光好像能穿透她的内心：“如果现在有个人声称星汇科技的所有技术都是剽窃而来的，自称那些发明都是他的构思，只不过没有申请到任何专利，然后编了一个天衣无缝的故事，我们也不能仅仅凭借这个就给沈总裁定罪，对不对？”

“这……倒是。”沈梦的声音软了下来。旁边的张桢接着问道：“但是从时宇的信来看，他的陈述和我们观察到的现实都是吻合的。宋教授之前也说过，他的很多灵感来自于时宇，并且这也可以解释为什么我们可以顺利地‘碰巧’联系上‘外星文明’。还有对方想依靠黑洞来进行物质传输，逃脱那个宇宙的事情，这都和我们的研究对得上。”

刘思锐继续用她招牌式的不温不火的语气说：“你刚才说的这些证据只能证明一部分事实。另外，我并不是说时宇在撒谎，毕竟他已经试图用自杀证明自己的诚实，我只是认为他写的东西中有一部分是带有偏见或者个人理解的，我们不应该照单全收。这是关乎几百万人性命的决定，不能随随便便做判断。”

一直在旁听的宋清明点点头：“我理解刘所长的意思，我虽然熟悉时宇，我知道他的性格，也相信他写的所有东西，但是听了故事的一面就下结论是不负责任的。等最后水落石出，我们可能会发现时宇的确没有说错，‘进步者’就是一群撒谎成性的伪君子，但是我们必须通过调查来判断,给他们发声的机会。”

松间晴犹豫了一下,欲言又止,最后终于鼓起勇气开口说道:“我有一个朋友,她去年离婚了。”她的声音非常小,其他人都要竖起耳朵才能听得到。“他们结婚一年多就分开了,离婚之后,她对我说了很多前夫的坏话。我听了非常气愤,觉得他根本不配我朋友这么善良的人,所以也非常支持她离婚的决定。”她转头看了看北原,“不过那个男生是术直的朋友,离婚之后,他也对术直说了很多他们过去的事情。术直转告我之后,我才知道原来那个男生也有很多苦衷和优秀的地方是我朋友没有发觉的。其实我们都会倾向于相信我们认识的人,熟悉的人,把他们的偏见当作事实来评判别人。但其实我们对他们的信任不是出于他们的智慧或者他们的行为,只是因为碰巧先听到了他这一边的描述而已。”

张桢继续问道:“那我们假设时宇说的都是真的,‘进步者’就是一群自大而且草菅人命的货色,我们应该怎么办呢?”

所有人的目光又集中在刘思锐身上。

刘思锐拿起面前的玻璃杯,喝了一口水,缓慢地说道:“网上有人提到的‘卡利斯托无害化’是一个不错的建议,但是如果真的这么做,也会带来很多难以解决的社会问题。比如,这几百万人应该如何安置?最好的方法是把他们分散到各个国家,以防他们谋划反攻人类。换句话说,只有把他们分散了之后才容易同化。不过这样也会有别的问题。我随便举个例子,因为他们生存的社会状态比我们先进,他们会自诩有更高的道德水平。比如我们今天看来毫无人性的奴隶制,在几个世纪以前不但合法,而且没有任何争议。我不知道两百年之后人类会发展成什么样子,但是以他们的水平,可能看到死刑甚至无期徒刑都会觉得是残忍原始的表现。他们看我们的感觉，极有可能就是我们看前人的感觉。而他们为了融入这个社会又不得不顺应我们的法律和习惯，与生俱来的‘优越感’会让他们觉得现在栖身于我们的屋檐之下是形势所迫的权宜之计，进而成为社会不稳定因素。在历史上因为种族、信仰的不同产生的歧视已经造成了很多不良后果，而时代感的差距远大于这两者，更加难以弥合。”

杨诗怡点头补充道：“这些‘进步者’原来都是商界或者政界的精英，到了我们这个时代，他们凭借自己的能力和经验，想必很快就会爬到行业高管的位置，这样他们对我们这个时代人类的歧视就更加肆无忌惮了。一旦他们成为我们这个时代的主宰，那我们马上就要投票给我们自己的《回溯法案》了。”

这时，刘思锐的手机响了起来，她起身走到门外接听电话。

北原问杨诗怡：“那诗怡姐觉得应该是把他们继续关在里面比较好了？”

杨诗怡摇了摇头，做出了一个很为难的表情：“我也不知道，对于这种情况没有什么好办法，只能静观其变吧。”

“如果是全民投票的话，那我估计他们是出不来了。这是网上对是否应该救出他们的投票结果。”张桢边说边把手机上的内容投影到了旁边的玻璃屏上，“投票给‘让他们自生自灭’的占到了70%以上，有20%投给了其他选项，欢迎他们的还不到10%。”

正说到这里，刘思锐回到座位上，打断了他们的对话。

“我刚得到通知，有些东西要给你们看一下。”说着，刘思锐划了几下手机，把一封电子邮件投影到了玻璃屏上，取代了张桢的投票结果。

“通信部通过‘谷雨一号’给‘卡利斯托’人发送了一些时宇写

的东西的片段，跟他们核实一下整个事件的真实性。刚刚得到了回复，其中有一部分是他们的行为解释，因为涉密我就不给你们看了，需要你们协助的是这一段。”她用手指了指屏幕，“需要你们从专业的角度看一下，他说的这个可能性有多大。”

沈梦显得有些不高兴，好不容易大家出来轻松一下，又被拉回到工作中。不过看着一旁的张桢聚精会神地盯着屏幕，她也没说什么，只好无奈地跟着一起看，屏幕上只有几行字：

“我们也不想强人所难，如果以你们目前的科技水平实在无法实现，我们也由衷地感谢你们为我们付出的努力，不过这不代表我们就永远不会相见。我们发现，你们所处的宇宙可能像我们想象般狭小。根据我们最近的研究，我们很可能身处一个‘克莱因宇宙’之中，就如同一个克莱因瓶。或许有一天，我们可以借助另一维度回到你们身处的宇宙之中，届时，我们便会见面。如果我们现在就可以得到人类的欢迎，那我们就是永久的朋友，但是如果你们这次无法协助我们，那我们再次见面的时候，可能就无法以朋友之间的礼仪相待了。”

杨诗怡有些犹豫：“对方的意思，是不是说不需要咱们的帮助，他们也会自己出来？说白了就是回来再跟咱们算账？”

刘思锐不置可否：“他们想表达的含义还需要再深入研究，我们现在只是确定其理论上的可能性。”

沈梦拽了拽张桢的袖口，问：“克莱因黑洞是什么？”

“我只知道克莱因瓶。”说着，他撕下一条餐巾纸，拼成一个环状，“我从简单的开始说吧。这是一个普通的曲面，有内侧和外侧之分，这两个面是不相连的。”张桢把这个纸环从切口处打开，把一端扭了一圈然后又和另一端拼到了一起，“现在这就变成了一个莫比乌斯面，虽然看起来和刚才的差不多，但是这两个面是相连的，也就是说它只有一个面。如果两个人站在正反两端，当他们走得足够远，绕了整个面两周的时候，他们就会处于同一个位置上。”

“挺有意思的，但是这有什么关系呢？”沈梦歪着脑袋问道。

“所以说莫比乌斯面就是一个没有内外之分，通过三维结构而存在的二维面。克莱因瓶与之类似，是通过四维结构而存在的三维空间，看起来像是一个瓶子，但是瓶口在第四维度扭曲了一下，连到了瓶底，虽然看起来这个瓶子有内外之分，其实这两个空间是联通的。也就是说，如果两个人站在克莱因瓶玻璃的‘两面’，他们最终是可以不打破玻璃而相遇的。”

“所以……”杨诗怡接过张桢的话，“‘卡利斯托’的意思是，虽然看起来他们被困在一个封闭的空间内，但是实际上他们能找到一条和我们的宇宙相通的路线，通过它来到我们这个宇宙？”

张桢耸耸肩：“我也不知道，他们的这个说法我也没想过，我只是从字面上理解他们的意思。可能他们认为所有宇宙，无论是黑洞内外，都是相连的，就像克莱因瓶一样，瓶口可能出现在任何一个位置，如果他们能找到，就可以来到我们这个宇宙所处的瓶底。”

张桢把头转向刘思锐：“不过宇宙之大，就算他们能找到或者创造出这么一个出口，来到我们所处的宇宙，也不一定落在哪里。仅仅是银河系的直径就有十多万光年，找到地球就像大海捞针一样。”

刘思锐皱了皱眉：“但是也说不定，他们会发明一项技术，把出口放在太阳系附近。”

张桢有些尴尬:“这已经远远超出我们的认知了,我现在真不好说。这可能只是一个毫无意义的威胁,他们知道我们不懂这些,也没办法证伪,所以笃定我们会出于恐惧,把他们放出来。”大家又陷入了沉默。

未几,沈梦拿筷子敲了敲面前的高脚杯:“好啦好啦,先别想这么多啦,今天大家是出来放松的不是吗?干杯干杯!”说着高举起装满红酒的杯子。

刘思锐紧皱的眉头也舒展开来,露出了一个浅浅的微笑,和大家一起举起了酒杯,清脆的碰撞声让他们暂时忘记了眼前的烦恼,开始把关注点放到面前的这一桌菜上来。

酒过一巡,众人开始讨论起第二路珈实验室的规划,以及他们梦想的自由自在的未来,就连一向板着脸的刘思锐都开始融入进来,讲了几件她之前经历的事情,逗得大家哈哈大笑。认识大家以来,刘思锐从来没有表现过她幽默的一面。

其间,松间晴和北原术直只是安静地听着,彼此都趁对方不注意瞟过对方几眼,没有任何对白。

第二十二节

转眼间几个月过去了,横门电站已经落成并且开始试运行,马上就要并入电网,第二批规划的四台机组也在筹备之中,全世界都在摩拳擦掌渴望尝试这个“卡利斯托”赠与人类的礼物。

而对于这些“远方表亲”的命运,大多数人态度冷漠。联合国参考IACC与他们的联络记录以及宋清明的笔记,认为时宇的言论可信度很高,最终决定用“专家提案,全民公投”的方式来决定“卡利斯托”的命运。经过一个月的讨论与可行性研究,最终一百多个国家的代表在民意的基础上为人类提出了三个选项。

第一个选项是让“卡利斯托”和平化之后，再构造黑洞把他们释放出来，使之成为人类的一分子，把他们分散到各个国家中去。至于和平化的方法有很多种，比如强迫他们交出所有武器和军事装备的设计图纸，帮助人类也全副武装起来，或者让他们自行销毁所有武器装备等。“卡利斯托”必须拿出他们的诚意，给出足够让人类信服的证据来证明他们出来之后不会造成任何伤害。

这个想法得到了很多人的认同，因为这样一来就等同于把这个难题甩给了对方，人类可以按兵不动，静待对方绞尽脑汁证明自己无害。而且无论他们提出什么样的方案，人类都可以以“我们不信”为借口搁置计划，所以这个方案又被称为“拖延计划”。

第二个方案被称为“保守计划”，即对“卡利斯托”的要求置之不理，成立太空资源委员会，严格监视任何国家私自构造黑洞通道的行为。与此同时加快量子理论研究，争取尽快在科技水平上超过被关在木星上的“卡利斯托”人，彻底消灭他们的威胁之后再释放他们。

第三个方案是先发制人，谎称同意构造黑洞通道，然后在通道完成的瞬间把人类全部的反物质或者核弹通过黑洞传递到“卡利斯托”的宇宙中去，直接让他们成为灰烬。

第三个想法有些异想天开，而且显然没有经过周密的计算，可行性极低。不过，这个提议反而成为最热门选项，很多人都抱着看热闹的心态，想看看人类倾尽力量和一群穷途末路的未来人类正面对抗究竟会是什么样子。

作为整件事的亲历者，张桢却没有什么心思关心外界的情况。这段时间他和杨诗怡、北原术直还有松间晴都在协助沈梦和宋清明建立第二珞珈实验室。新的实验室坐落在杭州市南屏山脚下、风景怡人的西子湖畔，取名为“南屏研究院”，内部构造几乎和珞珈实验室一模一样，研究方向依旧是量子通信。而且由于沈梦的关系，南屏研究院和星汇科技的合作更加紧密，承担起星汇科技的萤火火星探测计划的主要通信研究。

“谷雨一号”被留在了珞珈实验室，同时上交的还有所有的量子信道制造参数以及已经完成的共轭量子对，以确保他们不会私下再联系“卡利斯托”。这段时间以来，所有人都在紧锣密鼓地计划着“谷雨二号”以及火星通信的计划。

刘思锐从通信部辞职的申请获批了，这很出乎她的意料，毕竟这么危险的阴谋发生在她眼皮底下两年多的时间，她都没有任何察觉，最后时宇把整个计划公之于众，让全人类都知道曾经名声显赫的珞珈实验室竟然是未来人入侵地球的桥头堡，她作为唯一负责人，还可以全身而退。

正如她之前答应沈梦的那样，她来到南屏研究院做起项目管理。这里的安全管理标准较以前得以放宽，所有人终于可以在实验室里光明正大地滑手机了，这让沈梦开心得不得了。

松间晴被羁押了一个月之后被宋清明保释了出来，距离审判不知道还有多长时间，至少在那之前，她还有大部分自由。

她和北原术直的关系不温不火，虽然他们没有分手，但并不像往日那么亲近，仿佛有一道无形的墙竖在他们之间，让两人难以再靠近彼此。不过她已经心满意足了，毕竟北原术直能再给她这次机会，对她来说就已经是奢望。面对未知的未来，两个人都有些迷茫。

火星通信立项报告提交的前一天，宋清明和张桢在办公室里默默地坐着，等待北原术直一起敲定最后的细节。

屋子里非常安静，宋清明聚精会神地盯着电脑屏幕，偶尔发出鼠标点击的声音。张桢在一旁感觉非常不自在，他本来想关心一下宋老板的病情，不过想到最近几个月他对手术一直闭口不谈，可能是不想再回忆起这段经历，于是作罢。一个曾经直面死亡的人，对待他最好的方式，是忘记他曾经身患绝症，以一颗平常心与之交往。

张桢只好呆呆地看着窗外，昏暗的路灯点亮空旷的停车场。

一辆银白色的轿车缓缓停下，前大灯熄灭，北原术直从车上走了下来。

“你不要下来了，外面挺冷的。”他说着把车门关上。

松间晴忽然小心地下了车，拉住北原术直的衣服，压低声音说：“等等，先别动。”

北原术直不明就里地被松间晴拉回到车子后座，他奇怪地问：“怎么了？宋教授和张君已经等了我很长时间了，我得赶紧过去了。”

松间晴继续低声说：“我刚才看到有个人影从侧门出去了，侧门平时不都是锁着的吗？”

北原术直警觉起来：“你看清了吗？我现在就报警。”

松间晴又盯着侧门看了一会儿说：“你先报警吧，我给宋教授打个电话，让他们检查一下。”她很快拨通了宋清明的电话，但是没有人接，于是把手机放回到口袋里，对北原说：“我去楼上找他们一趟，你在这里等我一会儿。”

这时，一声闷响从实验室中传出来，划破了安静的夜空，松间晴闻声连忙回头,想确定响声的来源。

只见实验室西侧走廊发生爆炸,震碎的玻璃散落一地,窜出的火焰直冲三楼,浓浓的黑烟从窗框中滚滚而出……北原术直愣在那里,手足无措。

松间晴马上回到车里拿了一瓶水,洒在衣服上,然后冲着已经惊呆了的北原术直喊道:“打电话叫救护车!”然后就拿衣服蒙在脸上冲进了实验室。

她弯着腰,小心翼翼地不让自己吸入浓烟。因为能看到红外线,她可以清楚地知道哪些地方温度过高,而哪些地方暂时安全。她迅速来到大厅的一侧,拉下了消防阀门,冰凉的水瞬间从房顶倾泻而下,火势暂时弱了下去。她又向楼梯的方向继续前进,此时西侧走廊已经通红一片,大厅里也浓烟滚滚,所有的顶灯全都熄灭了,只有几个应急灯还亮着,消防喷头虽然喷着水,但是效果已经不像刚才那么明显。她把衣服当口罩系在了脸上,然后向远处的楼梯小跑过去。实验室有两个楼梯,她猜测,张桢他们出于逃生的本能,会选择这个离宋教授办公室近的楼梯下楼。她抓着栏杆,刚来到二楼,就听到了重重的撞击声,好像是一个人从上面摔了下来。她连忙又往上爬了半层,看到不省人事的张桢倒在转角,身边有一个防毒面具,可能是刚才掉下来的时候摔掉的。她赶忙蹲到张桢身边喊他、拍他,但是他没有任何反应,应该是吸入了烟尘之后昏迷了。松间晴又大喊宋教授的名字,也没回应。来不及犹豫,她决定先把张桢带出去。

松间晴吃力地抱住张桢的腰,一步一步拖下楼梯。浸湿的衣服贴在她的鼻子上,每一次呼吸都异常困难。她已经筋疲力尽,抹了一下脸上的水,坐在楼梯上大口地喘着气,离门口短短十几米的距离，却像马拉松一样漫长。

西侧走廊又传来了爆裂的声音，这时松间晴才意识到究竟是什么引起了火灾——西侧仓库中有一些用于激光冷却的液氢。应该是有人故意破坏了储氢罐，第一声爆炸是储氢罐发生了压力爆炸，弹飞的储氢罐碎片撞击到其他东西产生了火花，进而引起了氢气的燃烧爆炸。现在随着温度的升高，越来越多的储氢罐受热变形之后，在引发后续一连串的爆炸。想到这里她更加紧张，她不知道如果数个储氢瓶一起爆炸，会不会把整个实验室夷为平地。在这一瞬间，她想到的不是自己和张桢，而是还等在停车场的术直的安全。

肾上腺素让她的血液快速奔流，直冲她的大脑，有一瞬间她仿佛看到了当年在浅草爆炸时，父亲离他而去的背影。不知道他当年义无反顾地冲向火场的时候，是不是也曾犹豫过，怯懦过。或许，他不曾想过这么多，军人的义务告诉他有平民受伤的时候，他就要冲在最前。

想到这里，她觉得自己好像又恢复了些力量。她费力地拖着张桢的身体，撕裂的疼痛感让她不禁喊了出来，她快速穿过整个大厅，已经能看到不远处玻璃门外闪烁的警灯，还有几个穿着反光服的人影在门前晃动。看到希望的她深吸了一口气，用尽自己的最后一丝气力，把张桢背在背上，挣扎着站了起来，踉踉跄跄地朝着门口走去。门外的消防员好像也看到了她，正敲击玻璃准备冲进来。

就在这时，她的身后忽然传来一声巨响，一股热浪从四面八方袭来，强大的冲击力把她震飞，重重地摔在地上，皮肤上所有裸露的部分都感到钻心的疼痛。她随即昏了过去，手一松，张桢也倒在了她旁边。

第二十三节

松间晴再次醒来的时候,发现自己躺在床上,身边有轻微的杂音,视野里全都是白色的纱布。她想挣扎着坐起来,却丝毫用不上力。她的意识虽然还没有完全清醒,但是也马上意识到自己应该是在医院里。

这时,她听到不远处传来北原熟悉的声音:“你醒了!”虽然没有看到他,却能从他的尖叫声中听出他的兴奋。

“张桢呢?他还好吗?”松间晴费力地开口问道。

“他很好,就在隔壁,我去叫他。”北原说着就跑了出去。没过多久,沈梦扶着张桢走了进来。他头上也缠着一些绷带,左肩上打着石膏,看到松间晴之后也露出兴奋和喜悦。

“太好了,你终于醒了!可把我们吓死了。”张桢一瘸一拐地走到松间晴床边,“我叫了诗姐和刘所长,她们已经在路上了。”他走近之后,松间晴发现他的左脸下方有一大片烧伤的痕迹,一直蔓延到脖子下方,鲜红的皮肤和他脸上的其他部分显得格格不入,她忽然紧张起来,不知道自己会变成什么样子。想到这里,连在她身上的体征仪突然“嘀嘀”地响了起来,提示她心跳过速。她连忙转移自己的注意力,不让自己想这些事情。她感觉自己的身体还很虚弱,说每一个字都非常吃力。“你还……好吗?”她用尽了气力,挤出了这么几个字。

张桢走到她床边坐了下来:“我没什么事,如果不是你把我拖出来,你就看不见彩色的我了。”

沈梦轻轻拍了张桢一下:“不许拿这个事开玩笑。”然后转向松间晴，拉着她的手说："这次真是多亏了你在，我才能再看到小桢。如果真的……"沈梦说着也有些哽咽。

张桢站起身抱住沈梦："我这不是没事嘛，都过去的事情就别瞎想了。而且我哥还专程从泰国回来看我呢，要不然平时我都见不着他。"

松间晴又轻声问道："后来呢？到底发生了什么？"

北原走到松间晴床头，帮她整理了一下枕头，说："消防员刚刚赶到，我就看到你背着张桢出现在门口，但是后来的爆炸让你们都摔倒了，我怕得要死，赶忙冲了进去，把你拖了出来，后面还有两个消防员跟着我把张桢君拖了出来，送到了医院，你们两个人都是重度昏迷，三度烧伤。张桢在重症监护室(ICU)待了四天，你待了十五天。张桢出了 ICU 之后就醒了，一直在医院休养。今天已经是你昏迷的第十八天了。"北原说完，帮她拨了一下挡在眼前的头发。

松间晴轻轻地转头对北原说："辛苦你了，担心了这么久。"

"不要说这种话，能为你担心我觉得很幸福。"北原微笑着，轻轻地抚着她的头。

松间晴试探着问道："宋教授呢？他怎么样了？"

刚才还兴高采烈的张桢一瞬间僵住了，双眼看着地面，另外两个人也都沉默不语，松间晴见状，已经猜出来个大概，有些后悔问了这个问题。

过了一会儿，张桢打破沉默："宋教授，他没出来。"他抹了一下眼角："听到爆炸之后，我们就知道起火了，我一看跳窗太危险，就想拉着教授出去。他递给我一个防毒面具和一把消防斧，自己拿上了灭火器。我们往外走的时候，他告诉我他其实根本没做手术,因为肝癌已经扩散了,本来也时日无多。他希望能和实验室一起走,就像船长随着自己的船一起沉没一样,这样比病死在病床上更有尊严。之后的事情我什么都不记得了,再有意识的时候,我已经在医院了……”说到这里,张桢失声痛哭起来,沈梦连忙站起身给他擦脸,边擦边说:“你伤口刚好,别再感染了。”

北原术直接着说:“宋教授把唯一的防毒面具给了张桢,他看到火势已经蔓延到楼梯附近了,就用灭火器灭火,想给张桢争取点时间,后来的事情他就都不知道了。我们和消防员把你们两个人拖出来之后,我告诉他们里面应该还有一个人。但是他们冲进去找了好几分钟也没有找到,这个楼还有坍塌的危险,所以他们也只好撤出来了。”说完之后,北原深深叹了一口气,盯着松间晴的体征仪发呆。

沈梦轻抚着张桢的后背,安慰道:“你也别太自责了。宋教授不是因为你才牺牲自己的。你哥前两天来不是说了嘛,他找人查了一下宋教授的病案,他近期的确没有手术记录,而且之前的确是确诊肝癌晚期了。”

张桢抽噎了一下:“我哥就是为了让我心里好受一些吧,我也不知道他说的是不是真的。”

北原也一起安慰他道:“人各有命,或许宋教授就真的像他说的那样,对他来说,这就是最光荣的结局呢。”

张桢摇了摇头,目光有些呆滞:“我这几天在病床上没事干,就在网上找到了时宇的文章,想再重新看看宋教授年轻时候的事。”说着,他掏出手机,点了几下:“有一段是这么写的:‘宋教授一直主导量子通信的研究,短短四十多年的职业生涯中,提出了数十项超出时代的构想和理论……’也就是说,在时宇从未来看到的历史中,宋教授至少还能活三十多年。"

沈梦扶着张桢坐了下来:"小怡上次不就跟你说了嘛,他们穿越时空是创造了一个平行宇宙, 从他穿越之后的那一点开始,历史就都不一样了呀。"

松间晴强忍着疼痛——哪怕是最轻微的活动都会让她的五脏六腑钻心般疼痛,劝说道:"张桢君,我知道你的想法,在父亲过世之后很久,我都觉得自己对不起他,总觉得是我的出生才给他带来殉职的命运。这种仇恨几乎把我生吞活剥,让我慌不择路地做出很多错误的决定,差点让我失去了最亲近的人。我曾经以为报仇是唯一能化解我的怨恨的手段,但是经历了这件事让我终于想通了他之前明明可以无动于衷, 但是却奋不顾身去救人的原因。这是刻在思维中,流在血液里的人性,这种性格让我们无法置身事外,袖手旁观。我为我父亲当时的决定骄傲,我相信他知道我的选择之后,也会为我骄傲。这也让我意识到,或许我活下来的意义,不是为他报仇,而是像他一样拯救别人的生命。既然宋教授把生存的机会留给了你,他也肯定不愿意看到你每天因为他的这个决定唉声叹气,他也一定是希望你振作的。我希望有一天,你可以像我一样,找到生命的意义。"

张桢点点头,不再说话,其他人也都低着头,不知道该说什么好。

这时,刘思锐和杨诗怡走进了病房,看到松间晴在和他们聊着天,不禁喜形于色。杨诗怡兴奋地跑到病床前,说:"我就知道你肯定不会有事的。"

刘思锐随后把手中的一篮子水果放在了床头柜上:"现在她还需要多休息吧,咱们探望的时间也不要太长。"

小晴强忍着疼痛回以微笑:“真是麻烦你们了，还专程跑过来,大家还惦念着我,我真的好开心,心情好了,恢复的速度也会快一些吧。”说着,她看了看身边的北原,四目相对,北原心疼而又欣慰地报以微笑。

这时张桢忽然问道:“实验室怎么样了？”

杨诗怡歪头想了想,说:“西走廊那边完全毁了,东走廊还在,但是我找人评估了一下,已经没有修的必要了,最好是推倒重建。不过还好有保险,应该能挽回大部分损失。”

这时,沈梦叫了一声,手忙脚乱地把电视墙激活,把自己的手机画面投影到了墙上:“你们看看这个。”

屏幕上显示出一则新闻,是关于南屏实验室恐怖袭击案的线索:有人翻出了某个人在两个多月之前发表的言论,他认为“卡利斯托”如同恶魔,而珞珈实验室的研究就如同打开潘多拉魔盒一样危险。一旦人类受到蛊惑把他们从监狱中解救出来,地球上现存的人类将会被绞杀得一干二净，所以出于对整个族群的责任感,他决定一劳永逸地解决这件事,唯一的方法就是破坏掉和恶魔们联络的珞珈实验室。虽然会有牺牲,但是可以换回人类的安宁。

新闻还说,这个消息起初没有引起注意,爆炸发生之后才被翻出来,目前发帖者身份和事发现场的监控视频吻合,公安机关已经发起了通缉令,希望得到社会的协助。最后还提到了见义勇为的日本友人松间小姐,为了搭救里面的两名中国研究人员而重度烧伤,目前还没有脱离生命危险,号召大家为她捐款。

“这人是脑残吧？”杨诗怡气愤地说,“他难道不知道现在杭州这个研究所已经和珞珈实验室没关系了吗？武汉那个才是和‘卡利斯托’通信的啊！”她情绪激动，声音都有些颤抖。

沈梦有些吞吞吐吐地说：“其实……我一直有点担心来着，自从时宇的文章曝光了之后，社会上就有很多对路珈实验室，还有宋教授、小怡你们几个人的谩骂。我一直害怕会有人迁怒于你们，所以还特意花了好多心思在新实验室的安保上呢。没想到……”

松间晴继续问道：“凶手找到了吗？”

“找到了一个。”刘思锐严肃地说，“目前初步调查的结果是，一楼仓库的氢气瓶被人为破坏引发火灾。作案者对实验室的情况足够了解，应该有内部人员参与。经过排查发现实验室中有一个安保人员是同谋，目前已经被控制了，他全盘认罪并且交代还有两个同伙。他们给了那个保安很多钱，骗他说只是想去里面偷点东西，这个保安才给他们画了一个实验室的地形图。现在虽然确定了这两个主谋的身份，但我听到消息说他们已经逃出国了。”

“你放心吧。”杨诗怡愤愤地对松间晴说，“法网恢恢，他们逃不远的。”

刘思锐摇了摇头：“不一定，如果他们逃到有引渡条约的国家，那就更麻烦了，因为一般来说请求引渡是有前提的，即嫌疑人引渡回国之后不能被判死刑。”

“凭什么啊？”杨诗怡“腾”地一下站了起来，“这可是明目张胆的恐怖主义啊，为什么不能判死刑？”

刘思锐安抚杨诗怡坐了下来：“这一般是出于人道主义吧。”

杨诗怡轻蔑地“哼”了一声，气鼓鼓地说：“对恐怖分子讲起人道主义了？一点道理都没有。”

“算了算了。”沈梦安慰道，“换个话题吧，小晴刚醒过来还适应吗？”

松间晴眯起眼睛说："刚才醒来的时候还不太舒服，昏昏沉沉的，但是现在看到这么多人陪着我，好像也感觉没有那么难受了呢。"说罢她又忍着疼痛打了一个哈欠。

杨诗怡抬起手腕看了看表："哎呀，时间不早了，咱们也走吧，让小晴多休息一会儿，别影响她恢复。咱们去隔壁折腾张桢吧。"

"好嘞。"沈梦带头同意，说着一跳一跳地出去了。

北原对他们说："你们先去吧，我再陪小晴待一会儿。"说着拉住她的手，在她耳边悄悄地说了些什么。

几个人来到隔壁张桢的病房，虽然结构和刚才那间一模一样，但是因为里面摆了几束花和一些小装饰品，比隔壁多了一些生活气息。沈梦扶着张桢坐到床上，帮他松了松枕头，让他靠在背后，好让他坐着轻松一些。

刘思锐点亮了床头的显示屏，看了看张桢的用药记录，问道："医生说你什么时候可以出院了吗？"

张桢看向旁边的沈梦："医生说我什么时候可以出院了吗？"

"医生说大概下周吧，之后还有十个疗程的 PTSD（创伤后应激障碍）心理治疗，我已经给你约了上海最有名的医生，我哥推荐给我的。"沈梦边说边熟练地给摆在床头的鲜花换水，摘掉几根有些发黄的花枝，让人难以想象这与两年之前的大小姐是同一个人。

杨诗怡慢慢坐在椅子上："实验室没了，你们有什么想法吗？"她环视了一圈大家。沈梦看着张桢，仿佛在等他说些什么。

张桢有些犹豫地说："其实经历了这么多事，我也不想再回到实验室了。间谍案水落石出之后，我和科林通了一次电话，他告诉我虽然咱们的研究很有突破性，但他还是想享受陪伴家人的快乐。当时的我以为他只是不想再回忆起之前狼狈出逃的样子，当我经历了这么多之后，才发现其实我之前过于热衷这些所谓的理论和研究，从来没有享受过生活中那些平淡的部分。而且，在看了时宇的故事之后，我才意识到原来科技的进步不一定总能让这个世界变好。时光穿梭、构造黑洞、超距传输这些在几十年之前想都不敢想的技术，他们都实现了，而他们的命运，又成了什么样子……”

张桢停顿了一下，看了看刘思锐和杨诗怡的表情，见她们表示认同，继续说道：“想到这些之后，以前那些支撑着我努力工作的理由就变得不堪一击。虽然我知道那些会让人类陷入混乱的技术还是会不可避免地被其他人发明出来，但是我不希望我是其中之一，所以我想换一种生活方式。这件事我还没和沈梦商量，但是她之前说想去开个花店，我可以帮她打理打理什么的，然后平时就练练画画，体验一下简单的生活。”

沈梦睁大眼睛看着他，有些出乎意料地说：“没想到我当时随便一说的你还记得呢。那咱们去上海或者回武汉开个花店吧。”

杨诗怡看到他们两个人脸上都洋溢着幸福的笑容，悠悠地说道：“那你以后就指望你老婆养着你了？”

沈梦笑着说：“不一定啊，张桢的画我看过，还挺有天赋的呢，说不定以后能出名。”

张桢一脸严肃地说：“再说，给她打工和靠她养活是两码事好吗？”他顿了一下，转向刘思锐：“那你们呢？刘所长有什么打算吗？”

刘思锐看了一眼旁边的杨诗怡，说道：“我还没有什么想法，最近这几年的确发生了很多事，趁这段时间我得先好好休息一下。”

杨诗怡也摇摇头：“我也没想好呢，走一步看一步吧。”

这时忽然传来敲门声，北原走了进来。

“你怎么过来啦？小晴还好吗？”杨诗怡疑惑地问。

北原轻轻点着头：“她挺好的，有些疲惫先睡下了。我是想来邀请你们参加我们的婚礼的。”

“啊！”沈梦尖叫道，“你们要结婚了吗？”

北原不好意思地笑了：“是啊，我刚刚求了婚。”

“恭喜恭喜啊。”杨诗怡和张桢纷纷说道。只有刘思锐皱着眉说：“松间小姐刚刚恢复过来，不应该听到这种刺激性的消息吧。”

北原摸了摸后脑勺：“哎呀，刘所长说得对，我没有注意。”

杨诗怡拍了拍刘思锐的肩膀：“别那么扫兴嘛，这可是小晴和小直的大日子呢。”

沈梦抑制不住心里的激动，从张桢的床上跳了下来，连珠炮一样地问：“日期定了没有？在哪？我认识一个特别好的婚礼策划，我回头把他的手机号给你，你就说是我介绍的。还有婚纱我都已经帮小晴看好了。”

北原被一连串的问题问蒙了，愣在那里不知道该说什么好。

张桢不禁调侃沈梦道：“是他要娶小晴还是你要娶小晴？我怎么感觉你比新郎还上心呢？”

沈梦撇撇嘴，又坐回到张桢身边：“婚礼和新郎有什么关系，男方就是走个过场而已。”

北原腼腆地说：“这些我们都还没有考虑好，不过仪式可能不会很大，毕竟我们经济不是很宽裕，而且结婚之后用钱的地方还有很多。”他对沈梦笑了笑：“可能会让你失望呢。”

杨诗怡翻了翻手机:“不一定,大家听说小晴冲进火场救人受了重伤之后,都开始捐款了呢,现在已经募集了不少钱了。”

北原惊诧地摆了摆手:“那怎么行? 这是那些好心人捐给小晴治病的钱,怎么能用作别的呢? 而且小晴所有住院的费用沈小姐都帮我们付了,我们对此已经感激不尽了,这些钱我们不能收的。”

“你不要也无所谓,我再出钱帮你们办一场婚礼不就好了。”沈梦颇有义气地说,“小晴可是救了张桢的命啊,难道他的命还不值这么点钱吗?我连表示一下都不应该吗?放心啦,花不了多少钱的。”

张桢回忆了一下,几个月前她提到新建珞珈实验室的时候,说的好像也是“花不了多少钱”。他转头一看,发现沈梦在盯着自己,于是心领神会地附和道:“对呀,我们应该做的嘛。而且这件事你也要问小晴的意思呀。放心吧,花不了多少钱的。”

北原笑了笑,不再争辩。

杨诗怡继续问道:“那你们结婚之后有什么计划吗?”

北原认真地说:“不知道,因为现在她的案子的开庭日期还没有定,所以我们还没有想太多,可能我会先回日本吧,她出来之后我们可以一起在东京大学找一份工作。”

张桢一拍脑门:“哎呀,我刚才忘记跟你说了,我哥前两天告诉我,小晴见义勇为这件事社会影响挺大的,再加上珞珈实验室的名声已经跌到谷底,她最后如果被定罪,也只是会被驱逐出境。所以你也别太担心啦。”

北原喜出望外:,“那真的很令人兴奋,这样我们可以一起回到日本了。”

沈梦却有些伤感地说："可惜大家要分开了。"

杨诗怡走上前去安慰道："分开也是为了更好地生活，再说，我们还会常常见面的。"她意味深长地看了一眼刘思锐，后者微笑着，点了点头。

第二十四节

不久之后，张桢和松间晴相继出院，并且在沈梦的安排下做了烧伤整形，不仔细看已经完全看不出他们曾受到那么严重的伤害。

宋教授的葬礼在他工作多年的武汉大学附近举行，北原新夏教授专程从东京赶来致了悼词。他的学生们把他的骨灰撒入了长江——这是他的遗愿之一，他的所有财产也依照遗嘱捐给了武汉大学。

在料理完宋教授的后事之后，沈梦就开始跑前跑后帮松间晴策划婚礼，可以说比这两个新人还上心，她在上海开花店的事情就都交给了张桢。两个人每每因为意见不统一吵来吵去，最后总是以沈梦一句"我是老板听我的"而告终。

随后也有两个好消息传来，一是周宁终于东窗事发，因为诬陷和渎职被公诉，几年的囹圄生涯之后，他步步高升的春秋大梦也随之破灭。另一件就是南屏爆炸案的策划者逃亡到泰国之后，因为拒捕而被警方击毙。虽然实验室已经成为一片焦土，但是这种"大仇得报"的快感也给了大家一些安慰。

几个月的时间很快过去，转眼间到了北原和小晴婚礼的那一天，婚礼的地点定在冲绳海边的一个小教堂。圣坛背靠几扇巨大的玻璃窗，面前就是一望无际的湛蓝的大海，太阳斜挂在天边，透过云层把点点金色洒向往复的潮汐。透过教堂的玻璃地板，可以看到脚下五彩的鱼群循循游过，海水清浅，斑斓的鹅卵石清晰可见。洁白的墙壁上装饰着紫色的缎带，点缀着黄色的鲜花。一切准备就绪，所有宾客也已一一落座，北原术直在伴郎张桢的陪伴下在圣坛前耐心地等待着新娘的到来。

礼堂的大门缓缓打开，松间晴挽着父亲伊维斯在所有人的注视下慢慢走来，她穿着淡淡琼脂色的鱼尾裙婚纱，露出了颈项和锁骨清晰的线条，脸上挂着满足的微笑，洋溢着期待多年的愿望终于成真的幸福。

伊维斯先生缓步走到北原术直面前，把松间晴的手交到他的手中，然后并拢双脚，郑重地敬了一个军礼。他受朋友之托做了这个女孩整整二十五年的监护人，看到她幸福地和丈夫在一起，也算是圆满地完成了旧友的遗愿。他缓步走回台下，和伊维斯夫人坐在了一起。

北原术直揭开松间晴的面纱，深吸了一口气，说道：

“从我在椭圆广场见到你的那一天，我就想象着我们结婚的样子。事到如今，我终于梦想成真了。

“那天我看到一个不知所措的女孩站在路口，她向我问路时露出的笑容，是我这辈子最难以忘记的笑脸。在我们短暂分别的那一年里，每当我遇到障碍，沮丧地不知道如何面对生活的时候，也是你的笑脸让我有了重新应对困难的勇气。

“但是当我以为足够了解你，下定决心和你共度余生之时，意外发现了你背后的秘密。我惶恐，不知所措，开始怀疑我是不是真的了解你。在那一刻，我第一次要退缩了。虽然我身边的朋友，站在我身后的张桢君，他告诉我要用心感受你的所作所为，但是我还是无法说服自己去接受和理解这样一场欺骗和阴谋。

“直到那一天,看到你毫不犹豫地冲进火海,在命悬一线的时刻救出了朋友,而我却像一个懦夫一样在门口傻傻地站着,一动都不敢动,我才知道我们两个灵魂的差距。和你相比,我像是从来没有见过外面世界的猫一样,用我自己幼稚的思维去忖度你的想法,用我自以为清高的标准,丈量着你的行为。

“不知道焦急地等了多久,我看到一个模糊的身影出现在浓烟之中,我好想跑过去帮你卸下身上的重担,但是随后发生的爆炸让我心惊胆战,我大脑一片空白,疯了似的跑进去找你。也就是在这个时候,我看到了你失去意识,昏倒在地,凝固在脸上的,是我熟悉的笑容,那是我看到的最美丽的场景。

“直到那个时刻我才知道,原来我一见钟情的那个人,一直用真心来对待我,所谓的欺骗和阴谋都是我强加在自己心里的桎梏。你对我展现出来的一直是最真诚的笑,而我辜负了你的真诚。所以在我们的父母和所有朋友面前,我请求你原谅我因为那些你身不由己的事情责怪你,原谅我曾对你动摇了信任。幸福并不是上天赐予的,那些睿智的神明只是赐予了我们一个相识的机会,并且降临苦难作为磨练,训练我们,考察我们,让我们通过患难对彼此更加依赖。有些人没能经受住苦难的考验,草率地分开了,辜负了神明赐予他们的缘分;而我却感谢生活和命运带给我们的残酷的考验,让我意识到原来你在我的生命中是如此的不可或缺。

“虽然我还有很多不成熟的地方,但是从今往后,我会与你共同成长,面对困难,也绝对不会再有任何动摇的念头。”

北原说罢,向松间晴深深地鞠了一躬。

张桢带头为一对新人鼓起掌来。他看向站在松间晴身后双手